KB104740

Campioness of Sanctuary

신역의 캄피오네스

영웅계 휘페르보레아

volume 4

JOE TAKEDUKI & BUNBUN

타케즈키 조 지음
BUNBUN 일러스트

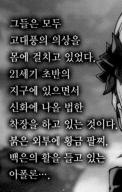

그들은 모두
고대풍의 의상을
몸에 걸치고 있었다.
21세기 초반의
지구에 있으면서
신화에 나올 법한
착장을 하고 있는 것이다.
붉은 외투에 황금 팔찌,
백은의 활을 들고 있는
아폴론….

"큰불을 일으켜
멸망시켜야만 한다."

Appolon
태양신 아폴론

생각해 보니
당신도 신살자 중
한 명.
순연이든 역연이든,
언젠가 무슨 인연이
나와 당신 사이에
생겨나도 이상하지
않을 테니까요.

…좋아요.

Baekryun Wang
백련왕

불꽃 속에서, 백련왕의 옷이 활활 타 버렸다.
소매와 하늘거리는 옷자락이 달린 가운도, 붉은 스톨 '피백'도.
그리고 계속 쓰고 있던 베일과 얼굴을 가리고 있던 천도…
지금 파란 불꽃 속에서 새하얀 알몸이 훤히 드러났다.

눈을 마주치려 하지 않는 왕녀의 귓가에 살포시 속삭였다.
렌에게 안긴 카산드라는 "?!" 하고 경직되더니, 순식간에 홍당무가 되었다.
얼굴만이 아니라 온몸이 홍조를 띠고 있다.
이번에야말로 렌은 사랑스러운 그녀의 눈을 똑바로 들여다보았다.

"난 카산드라를 정말 좋아해."

"카산드라도 그렇지?"

"……줄곧

사모해 왔어요."

새로운 신역,
휘페르보레아에서 펼쳐지는!

정의의 심판이
있기를!

VS.태양신 아폴론과의 치열한
카산드라 탈환 배틀이

Contents

Campioness of Sanctuary

신역의 캄피오네스

◈──•── 영웅계 휘페르보레아 ──•──◈

volume **4**

JOE TAKEDUKI & BUNBUN

타케즈키 조 지음
BUNBUN 일러스트

eXtreme novel

╼•── 여신 레토 ──•╾

티탄 신족 출신으로, 아폴론과 아르테미스의 모친.
그리스 신화에서는 그 외의 에피소드를 볼 수 없다.
여신 레토에 대한 숭배는 아폴론,
아르테미스 신앙에 관련된 형태로만 존재했다.
아마 그리스 신화에 '수입'되기 전,
그녀는 소아시아의 여신이었을 것이다.
레토, 라토, 라다 등의 이름으로 불린 풍작의 여신이다.

╼•── 아폴론 ──•╾

그의 신성(神性)은 그야말로 다채롭다.
곡물의 풍작과 목축을 관장하는 신이자, 의료의 신이다.
들쥐와 늑대를 내쫓고 해충을 박멸하는 신이기도 했다.
예언, 음악, 시, 운동을 관장하는 신이기도 했다.
또한 빛의 신, 태양의 화신으로도 여겨진다.
신명의 어원에는 여러 가지 설이 있다.
그리스어로 '멸망시키는 자 : Apollyon'이라는 설,
'가축 막사, 집회 : Apellai'라는 설 등.
그는 소아시아에서 전래된 오리엔트의 신이며,
그리스의 토착신이 아니라는 설도 뿌리 깊이 박혀 있다.
히타이트의 비문에 적힌 신명 'Apulunas'가
그의 기원이라는 설도 있다.
또한 휘페르보레아 전설을 방증하는 북방기원설도 있다.

휘페르보레아

아폴론의 성지 델로스 섬에는 휘페르보레아인이 봉납품을 보내왔다.
진위는 확실하지 않지만 역사가 헤로도토스는 그런 기록을 남겼다.
휘페르보레아국은 몹시 온난하고 밤이 오지 않는다.
365일 한낮인 그곳은 아폴론을 칭송하는 찬가로 넘쳐 났다.
나라 안을 흐르는 큰 강의 모래에는 황금색으로 빛나는
호박(琥珀)이 수없이 많이 묻혀 있다고도 전해지는 한편,
다음과 같은 전승도 있다.
휘페르보레아의 가난하고 초라한 생활을 목격한 여행자가 질색을
하며 그 이상 길을 나아가지 않고 돌아가 버렸다는 전승이….

어느 '소실된 세계'에 대해
고대 그리스의 현자는 이렇게 말했다.

"금 다음으로 가장 귀중한 금속인 오레이칼코스가 섬 여기저기에서
채굴되었습니다."
"건물을 짓기 위한 목재도 대량으로 있었고, 온갖 종류의 가축과
야생동물도 있었습니다. 온갖 종류의 허브, 꽃, 과일도 마구 자라나
있었습니다."
"신전에는 수소가 풀어져 있었습니다. 열 명의 왕은 신의 환심을
사기 위해 단신으로 올라타, 곤봉과 밧줄로 수소를 잡곤…
목을 갈랐습니다."
"법문을 새긴 기둥 위에서 수소의 목을 가른 후,
법문을 피로 물들였습니다."
"수소의 사지를 신에게 바친 후, 남은 피를 와인에 섞어
불이 붙은 산 제물에 뿌렸습니다. 그러고 나서 법을 지키고
법에 따르며, 죄를 벌하겠다고 맹세했습니다."

서 장 prologue

얼마 후, 겨울이 찾아올 예정이었다.

세차게 부는 찬바람은 가차 없이 인간들의 몸을 얼렸다. 게다가 여름이 되면 이 땅은 혹서로 변해 버린다.

1년 내내 항상 마른 바람이 거칠게 휘몰아친다….

그런 황량한 토지였다.

"빛나는 자, 아폴론이여."

가련하고 중후한 목소리로 여신 아테나는 물었다.

생김새는 10대 초반의 소녀지만, 그녀는 냉연한 위엄을 갖추고 있었다.

"이곳이 목적지… 가 틀림없나?"

"그래. 어디까지나 '첫 번째'라고 덧붙여야 하겠지만."

늠름한 미청년이 괴짜다운 미소로 대답했다.

아름다운 금색 곱슬머리를 화려하게 꾸미고 있는 월계수의 관. 그리스 신화가 자랑하는 멋진 남자이자 태양신, 바로 그 아폴론이었다.

그의 바로 옆에서 지혜와 전쟁의 여신 아테나는 눈을 가늘게 떴다.

제우스의 딸은 태양신이 아닌 '동물들의 그림'을 보고 있었다.

"이곳은 아주 먼 옛날, **신전**이었던 곳이군."

"그리고 인간들이 살던 마을이기도 했지. 지금으로부터 1만 년 정도 시간을 되돌리면."

두 신이 바라보는 것….

그것은 거석에 새겨진 선화(線畵)였다.

들소 무리, 사슴 무리, 말 무리, 돌고래, 늑대, 염소, 표범 등 다채로운 동물들이 몹시 소박한 화법으로 바위의 표면에 그려져 있었다.

바위가 많은 곳이었다.

확 트인 황야 안에 바위산이 모여 협곡을 이루고 있다.

그리고 이 일대의 바위 표면 이곳저곳에 동물과 인간들이 그려져 있었다.

노래하고 춤추는 인간들, 활과 화살을 들고 사냥을 하는 인간들.

이 땅은 '바다 언저리'이자, 머나먼 태고에는 이 주변도 바다 밑바닥이었던 듯하다. Gobustan(고부스탄)이라는 지명이라고 한다.

하지만 신족인 아테나와 아폴론에게는 아무래도 상관없는 일이었다.

참고로 인간 동행자도 있었다.

왕녀 카산드라. 트로이 왕가 공주의 공허한 눈이 수많은 선화로 향해 있었다.

아름다운 보라색 눈동자에 비친 동물상은 소박하지만 깊이가 느껴졌다.

"……."

하지만 카산드라는 아무 말도 하지 않았다. 그저 바위의 표면에 그려진 짐승들을 쳐다볼 뿐, 그 어떤 감정도 겉으로 드러내지 않았다.

또한 그들은 모두 고대풍의 의상을 몸에 걸치고 있었다.

21세기 초반의 지구에 있으면서 신화에 나올 법한 착장을 하고 있는 것이다.

붉은 외투에 황금 팔찌, 백은의 활을 들고 있는 아폴론은 녹색 로브에 지팡이를 들고 있는 아테나에게 물었다.

"제우스의 딸이여. 너는 어떤 방법으로 이 지상을 멸망시킬 생각이지?"

"홍수로 멸망시킬 것이다."

아테나는 모진 말투로 즉답했다.

"당연하지. 그것이 약속된 세계의 종언이니까."

"흐음. 내 의견과는 다르군."

"뭐라고? 빛나는 자여, 그렇다면 그대의 지론을 들려주거라."

"큰불을 일으켜 멸망시켜야만 한다."

"어리석긴. 언젠가 때가 되면 홍수는 반드시 도래하지만, 큰불이 날 징조는 아직 보이지 않는다. 지혜의 여신인 내 눈에도."

"무슨 소리. 나 아폴론이 이 지상을 반드시 멸망시키는 큰불을 일으키면 끝나는 얘기이지 않느냐."

태양신이 호언장담하자, 아테나는 고개를 설레설레 저었다.

"그대는 확실히 위대한 신이야. 반짝반짝 빛나는 태양빛으로 세상과 인간들을 비춰 주는 존재. 하지만 세계에 멸망을 초래하는 불꽃을 관리하는 자는 아니지 않은가."

"지금은 아니지. 하지만 **그렇게 될** 수는 있다."

"…호오?"

아테나는 함축적인 의미가 내포된 아폴론의 대답을 듣곤 미소를 지었다.

"그렇군. 그래서 고향을 찾고 있던 건가. 좋아. 그렇다면 물로 멸망하는 길에 불로 멸망하는 방법을 추가하도록 하지. 이 더러운 세상에는 그 또한 참으로 잘 어울리는군."

"척하면 착이군. 역시 예지가 넘치는 메티스의 딸이야."

아무런 설명도 하지 않았지만, 아테나는 쉽게 납득했다.

아폴론은 신화의 그것과 같은 총명함에 미소를 지은 후, 아직 한마디도 하지 않은 왕녀 카산드라에게 시선을 돌렸다.

"그럼 그대가 슬슬 도움이 되어 줘야겠군."

트로이의 저주받은 예언자. 일찍이 아폴론의 무녀였던 아름다운 공주.

카산드라에게서 일시적으로 이성을 빼앗아 혼미함의 경지로 이끈 것은 아폴론이다. 그녀의 힘을 끌어내기 위해서였다.

넋을 잃은 상태인 트로이 왕녀의 귓가에서 아폴론은 가만히 속삭였다.

"공주여. 이곳에 짐승… 아니, 《성스러운 신들》의 그림을 그린 백성은 그 후, 아직 보지 못한 신천지를 찾아 여행을 떠났다. 어떤 자는 서쪽, 어떤 자는 동쪽, 그리고 어떤 자는 남쪽으로."

"……."

카산드라는 말이 없다. 하지만 그림을 바라보는 눈동자에 빛이 깃들었다.

"철은커녕 청동을 다루는 법조차 몰라 돌을 깎아 도구와 무기로 쓰던 백성들이다. 몇 천 년에 걸쳐 이들은 동쪽과 서쪽으로 나아갔다. 다시 말해, 이곳이야말로 수많은 문명과 신들을 낳은 원향(原鄉). 즉, 나 아폴론의 고향 휘페르보레아….”

“…….”

“그 나라의 모습이 보이느냐, 공주?”

“…….”

“오오, 휘페르보레아. 북풍 저편의 땅. 언제나 봄인 나라. 그 땅의 빛은 끊이지 않고, 하늘과 땅을 영원히 비추지. 오오, 휘페르보레아. 멀리서 화살을 날리는 신, 은으로 된 활을 가진 아폴론의 고향이여. 그 나라로 이어진 길을 지날 수 있는 자는 고작 몇 명뿐….”

아폴론은 자신의 고향을 칭송하고 노래했다.

원래도 미성이지만, 노랫소리는 더더욱 아름다웠다.

만약 인간들이 이 노랫소리를 듣는다면 감동에 벅찬 나머지 한없이 눈물을 흘릴 것이다. 그 노래를 독점하고 있는 카산드라는….

여전히 아무 말이 없었다.

하지만 그 두 눈은 강한 황금빛을 발하고 있었다.

예언자 카산드라는 이미 바위에 그려진 그림이 아닌 다른 풍경을 보고 있을 것이다. 그렇다. 태양신 아폴론을 낳은 땅의….

“……보였, 습니다.”

트로이 왕녀의 가련한 입술이 갈라진 목소리로 속삭였다.

“바다… 끝없이 펼쳐진 푸른 바다… 수많은 섬… 찢긴 생명과

다시 태어난 생명… 구세주인 영웅들이 모인 신역….”

“잘 했다, 공주.”

아폴론이 칭찬의 말을 건넨 순간, 카산드라의 무릎이 풀썩 꺾였다.

힘이 다해 쓰러진 것이다. 태양신의 다부진 오른팔이 예언자의 몸을 재빨리 받아 냈다. 그 모습을 아테나가 감탄한 표정으로 바라보고 있었다.

“제법이군, 빛나는 자여.”

“벌써 눈치챘나? 아테나의 혜안은 정말 놀랍군.”

“휘페르보레아의 정확한 위치를 전하는 신화는 당대에 남아 있지 않다. 하나 이 그림은 그 나라의 백성이 그린 신들이자 신화. 그것이 나중에 어떻게 변화하는지… 예언자 카산드라 공주에게 ‘미래’를 환시(幻視)하게 하면….”

“그것이 신역의 문을 여는 ‘열쇠’가 되는군. 뭐, 나에게도 예지의 권능은 있지만….”

“뭐, 나도 예지의 권능을 가진 신이긴 하지만….”

“그대는 아폴론. 이성을 관장하는 신. 이런 망아의 경지에 달해 꿈속에서 신탁을 얻을 수는 없지. 그래서 카산드라 공주를 납치한 것이군.”

“전부 그대의 말대로다. 그럼 이만 가 보자고.”

더럽혀진 지상에 멸망을 선사하기 위해.

아폴론은 더할 나위 없는 미성으로 다시금 시작된 여행을 알렸다.

"두 번째 목적지로. 우리의 여행은 이제 막 시작되었다."

태양신 아폴론.

그리스 신화에서는 델로스 섬에서 태어났다고 일컬어진다.

아폴론과 달의 여신 아르테미스의 모친 레토는 에게해에 떠다니는 바위가 많은 섬, 그것도 땅속에 숨어서 몰래 쌍둥이를 출산했다.

쌍둥이의 부친은 신왕 제우스. 그 제우스의 본처인 격노한 헤라로부터 도망치기 위해서였다.

아폴론은 태어나자마자 늠름한 청년의 모습으로 성장했다. 그리고 성지 델포이에 우글거리는 괴물 피톤을 활로 쏘아 죽였다.

그 여세를 몰아 제우스의 앞에 나타난 아폴론.

신들은 조용히 그를 예찬했다.

이것이 바로 아폴론의 탄생에 대한 이야기이다. 하지만 이상한 소문이 돌았다. 제우스가 있는 올림포스에 나타나기 전, 그는 1년 정도 휘페르보레아라는 땅에서 살았다는 소문이….

제1장 chapter 1 북풍의 저편으로

1

어둠이 끝없이 펼쳐져 있었다.

칠흑의 공간. 하지만 그 어둠 속에 무수히 많은 광점이 흩어져 있었다. 마치 우주를 장식하는 별빛 같았다.

그러나 빛의 정체에 대해 태양신 아폴론은 말했다.

"공주여. 저 하나하나가 전부 신역의 문이다."

"어머나…."

카산드라는 감탄했다.

아폴론과 카산드라 두 사람은 나란히 마차에 앉아 있었다.

단, 말이 아닌 두 마리의 백조가 그 마차를 끌었다. 아폴론의 사자이기도 한 순백의 성스러운 새들은 우아하게 날갯짓하며 공중을 나아갔다.

…카산드라가 정신을 차렸을 때는 이미 백조들이 끄는 마차에 태워진 상태였다.

그리고 여신 아테나의 모습은 없었다.

"아폴론 님. 빛나는 눈동자의 여신은 어디로 가셨나요?"

"후후. 조만간 알게 될 것이다."

이미 낯익은 괴짜의 미소로 얼버무린 금발의 태양신은 집게손가락을 똑바로 들어 마차 건너편을 가리켰다.

울퉁불퉁한 바윗덩어리가 칠흑빛 하늘에 둥둥 떠 있다.

…지구의 우주에서 말하는 '소행성'과 흡사했다.

"그보다 지금은 저쪽에 볼일이 있다. 다시 한번 나를 도와주거라!"

"아, 네."

사로잡힌 몸인 카산드라가 험한 대우를 받는 일은 없었다.

아폴론은 더없이 너그럽고 포용력 넘치는 태도로 대해 주고 있었다.

그러나 카산드라를 풀어 줄 생각은 없어 보였고, 자신을 도와 아폴론의 '고향'을 함께 찾아 달라고 요청하고 있다. 태양신의 기분을 언짢게 할 수는 없었기에 카산드라는 그가 시키는 대로 따랐다.

잠시 후, 백조가 끄는 마차는 육지에 내려섰다.

역시 소행성의 대지는 온통 바위뿐이었다.

그 위를 아폴론과 함께 걸으면서 카산드라는 눈을 휘둥그렇게 떴다.

"어머나. 신전이 있어요!"

"언제부턴가 이곳에 파수꾼이 눌러 살고 있더군."

태양신이 향한 곳은 돌로 만들어진 신전이었다.

조각이 새겨진 돌기둥이 일정한 간격으로 있었고, 그 돌기둥은 마찬가지로 돌로 만들어진 장엄하고 아름다운 지붕을 지탱하고 있었다. 카산드라의 고향 트로이에도 비슷한 신전이 있었다.

그리고 출입구에는 돌계단.

그곳에 흑발의 청년이 앉아 있었다. 20대 초반 정도로 보였다.

신기(神氣)는 전혀 느껴지지 않았다. 인간인 건가?

의아해 하는 카산드라와 위풍당당한 아폴론이 가까이 다가갔음에도 불구하고 청년은 고개를 들지 않았다.

그는 작은 돌판 같은 물건을 두 손으로 든 채, 그것을 들여다보고 있었다.

"어머?"

카산드라는 그것이 무엇인지 알아챘다. 돌판이 아니었다.

"그건 스마트폰이라고 하는 것 맞죠?"

"…현세에 태어나지도 않았는데, 잘 아는군."

흑발 청년은 겨우 고개를 들었다.

수려한 외모. 물론 옆에 있는 태양신에겐 미치지 못하지만, 미남자라 부르기엔 충분한 얼굴이었다. 그러나 그의 눈빛과 고약한 표정에는 감출 수 없는 고집이 깃들어 있었다.

청년은 카산드라의 미모에 날카로운 시선을 보냈다.

"당신, 어디 신화 세계에서 왔지?"

"네. 트로이에서 온 카산드라라고 합니다."

"오, 유명인이잖아? 저주받은 예언자. 나도 알아."

"그러시군요."

"그래. …뭐, 이곳에는 전파도 와이파이도 터지지 않지만, 스마트폰은 작동하거든. 덕분에 심심풀이로 음악도 듣고, 게임도 하고, 잘 써먹고 있지. 비축해 놓은 배터리와 충전기가 바닥나는 건 무섭지만."

지구 세계에서만 들을 수 있는 용어가 그의 입에서 술술 나왔다.

청년은 누가 봐도 로쿠하라 렌과 토바 리오나와 같은 인종이었다.

"젊은이여, 한 가지 묻겠다."

아폴론이 말을 걸었다.

"이곳은 다원 세계의 특이점이 틀림없는가?"

"응, 맞아. 무수히 존재하는 신화 세계와 그 게이트인 공간왜곡을 관측하기 위한 특수한 영역이지. 우리는 《관측소》라고 부르고 있어."

"저번에는 다른 자가 주재했던 것으로 기억하고 있다만."

"내가 오기 전에 있었던 관리자 말이야? 그 녀석은 휴가 보냈어."

흑발 청년은 씨익 웃었다.

참으로 뻔뻔하고 의미심장한 웃음이었다.

"뭐, 휴가 가는 걸 좀 꺼리기에 등을 걷어차… 아니, 부드럽게 설득했더니 결국 나한테 흔쾌히 임무를 넘기더라고. 당분간은 내가 이 관측소의 책임자야."

"오오. 한가락 하는가 보군."

"농담도 잘 하셔. 당신, 어딘가의 신 아니면 영웅이지? 난 당신 같은 사람에게 힘자랑을 할 정도로 바보가 아니라고."

태양신 아폴론의 신기를 감지한 것일까.

신이라는 걸 알리지도 않았는데 청년은 이런 말을 했다. 하지만 빛나는 신을 앞에 두고 주춤하는 기색은 없었다. 아첨을 떨지도 않았다. 겁을 먹지도 않았다.

아폴론은 배짱이 두둑한 청년에게 미소를 지어 보였다.

"알았다. 그럼 신참인 너에게 묻지. 우리가 찾는 신역의 문이 어느 것인지 알려 주지 않겠나?"

아폴론은 머리 위를 올려다보았다.

밤하늘을 수놓는 별처럼 빛을 발하는 점이 무수히 반짝이고 있었다. 그 모든 것이 신역의 문이라는 것은 조금 전에 태양신이 직접 말했다.

한편 흑발 청년은 미간을 찌푸리며,

"그런, '눈치껏 알아서 알려 달라'는 식으로 말하는 건 좀 아니지 않아?"

"호오?"

"더 구체적으로 말해 줘. 어떤 세계에 가고 싶은지."

"네 말이 맞다. 그럼 카산드라 공주, 그에게 전해 주거라. 네가 환시한 세계, 내 고향 휘페르보레아가 어떤 곳이었는지를."

"어, 아, 네!"

갑자기 자신에게 화제가 돌아오자 카산드라는 허둥댔지만.

계속 앉아 있던 청년이 갑자기 일어서더니, "기다려 봐."라는 말을 남기고 신전으로 들어갔다. 그리고 잠시 후.

그는 나무로 된 긴 궤를 오른쪽 어깨에 둘러메고 돌아왔다.

놀랍게도 청년의 키와 거의 비슷한 크기의 궤였다.

그 궤는 몹시 무겁고 두꺼워 보이는 목재로 만들어져 있었다. 아무리 안이 텅텅 비었다 하더라도 무게가 상당할 것이다. 그럼에도 불구하고.

그것을 어깨에 둘러메고 온 청년의 발걸음은 가벼웠다.

몸을 휘청거리지도 않고 똑바로 카산드라의 앞까지 걸어와선, 나무로 된 궤를 거침없는 동작으로 땅에 내려놓았다. 한 손으로 가볍게!

쿠웅. 몹시 무거운 소리가 났다.

엄청난 힘의 소유자… 아니, 그렇지 않다.

겉모습과 달리 무예에 조예가 깊은 카산드라는 무심코 그를 보던 중에 깨달았다.

상식 밖의 수련을 통해 몸을 단련하고 단련하고 또 단련해, 어떤 상황에서도 거목처럼 흔들림 없는 체간을 얻었기 때문에 가능한, 보통 사람이라면 꿈도 못 꿀 재주였다.

어쩌면… 하고 카산드라는 생각했다.

트로이에서 제일가는 덩치 큰 사나이가 혼신의 힘을 다해 몸통 박치기를 한다 하더라도.

흑발 청년은 그 공격을 아무렇지도 않게 받아 내곤 미동도 하지 않을지도….

"이 녀석을 봐, 공주님."

"어머나. 두루마리라고 하는 거네요?"

청년이 연 긴 궤짝 안에는 얇은 종이로 된 두루마리가 대량으로 담겨 있었다.

고향 트로이에는 이런 종이가 없다. 하지만 로쿠하라 렌의 세계에서 수없이 보고, 접해 왔다.

카산드라가 알고 있다는 듯이 고개를 끄덕이자, 흑발 청년은 말했다.

"우리 사부님… 다시 말해 내 보스는 생각한 곳에 마음대로 갈 수 있는 힘, 신족통(神足通)을 가진 데다 그림에 재능이 있는 분이시거든. 몇 천, 몇 만 개나 되는 공간왜곡을 닥치는 대로 들여다보곤, 어떤 세계인지 하나씩 확인하셨지. 그때 본 풍경을 그린 그림이 바로 이거야."

"그런 위업을 달성한 분이 계신단 말인가요?!"

"응, 뭐, 지용(智勇)을 겸비하고, 모든 일에 능한 천재이시거든. 머릿속에 있는 기억만을 가지고 순식간에 사실 기법으로 수묵화를 완성하셨어."

자신이 섬기는 '왕'을 칭송하는 말.

하지만 오히려 청년은 진절머리가 난다는 표정으로 말했다.

그 모습을 신기하게 바라보던 트로이 왕녀는 깨달았다. 그러고 보니 이 청년, 카산드라와 단 한 번도 눈을 마주치지 않았다.

그렇다면… 카산드라는 청년의 얼굴을 들여다보았지만, 청년은 곧바로 눈을 피했다.

"저기. 제가 무슨 거슬리는 행동이라도 했나요?"

"아니, 전혀. 신경 쓰지 마. 난 '여자'라는 존재를 좋아하지 않을 뿐이니까. 그보다 얼른 기억 속에 있는 풍경을 찾아."

"아, 네."

카산드라는 긴 궤짝 안으로 주뼛주뼛 손을 뻗었다.

끈으로 묶인 두루마리를 펼치자, 검은색 하나로 그려진 풍경이 눈앞에 나타났다. 섬세한 붓터치로 정경을 생생하게 그려 내고 있었다.

황량한 사막의 그림. 스산한 밀림의 그림.

인간의 머리를 본뜬 석상이 쭉 놓여 있는 섬의 그림. 끝없이 펼쳐진 초원을 말들과 늑대가 달리는 그림. 그림. 그림. 그림. 그림. 그림….

청년은 두루마리 그림이 담긴 긴 궤짝을 잇따라 가지고 나왔다.

카산드라가 발견한 '그것'은 세 번째 궤짝에 들어 있었다.

"이거예요…! 이게 틀림없어요!"

대해원이 펼쳐진 곳에 크고 작은 섬들이 띄엄띄엄 흩어져 있는 그림.

그 그림이 그려진 두루마리를 응시하면서 카산드라는 소리쳤다. 그 직후, 발밑에서 '쿠구구구구!' 하는 진동과 굉음이 전해져 왔다!

그리고 머리 위에서 깜박이던 무수히 많은 광점이 쭉쭉 다가왔다.

태양신 아폴론이 감탄한 말투로 중얼거렸다.

"호오. 이 신전 자체가 신역의 문까지 안내해 주는 건가."

"응. 우리 사부님이 이렇게 해 놓으셨어. 원하는 공간왜곡을 찾으면 이 소행성 같은 대기소가 알아서 그곳까지 날아가는 시스템이야. 편리하지?"

"너의 스승인지 뭔지 하는 자는 신들에게도 맞먹는 대마술사 같군."

"뭐, 그렇긴 하지. 그 실력에 인격이 멀쩡했다면 나무랄 데 없었겠지만."

아폴론이 스승을 칭찬하자, 어째선지 청년은 한숨을 푹 내쉬었다.

여하튼 어느샌가 세 사람의 머리 위에서는 '빛 덩어리'가 반짝였다. 지금까지 몇 번이나 본 적이 있는 것이었다.

무수히 많은 빛이 모여 마치 성운처럼 반짝거리고 있었다.

로쿠하라 렌 일행이 말하던 공간왜곡. 신역으로 향하는 문. 이 세계로 연결되는 입구….

"갔군."

흑발의 청년은 나지막이 중얼거렸다.

홀연히 나타난 금발 미청년과 아름다운 은발 아가씨는 몇 분 전에 여행을 떠났다.

"이번에는 어딘가의 신인지 영웅인지가 '그 세계'로 향했구나."

또다시 '공간왜곡 관측소'에 홀로 남게 되었다.

그는 고독하기 그지없는 영역에서 어깨를 움츠리며 감회 어린 말투로 말했다.

"숙부님이 말했던 대로 그곳은 역시 **특별**한가 보네. 우리 사부님도 굳이 날 이곳의 파수꾼으로 둘 정도니까!"

2

간사이 공항.

이곳은 항공사의 라운지다.

"있잖아, 줄리오."

로쿠하라 렌은 옆에 앉은 결사 캄피오네스의 총수에게 말했다.

"꼭 발렌시아로 돌아가야 해? 그보다 나, 카산드라를 구하러 가고 싶은데."

항상 태평하고 까불거리는 점이 로쿠하라 렌의 특징이라고 해도 좋다.

하지만 지금 그는 몹시 못마땅한 듯, 약간의 짜증까지 겉으로 표출하며 줄리오 브란델리에게 호소했다.

"어딘가로 사라진 아폴론 씨를 빨리 찾으러 가야 한단 말이야."

"마음은 이해하지만 진정해. 그 아폴론의 소재를 모르는 이상, 일단 본부로 돌아가 정보를 수집하는 것이 우선이야."

그에 반해 줄리오는 평소와 다름없이 침착했다.

그러나 의지할 수 있는 친구의 충고를 듣고도 렌은 불만스러운 표정을 보였다.

"그야 그렇지만. 난 지금 아무튼 옛날 형사 드라마처럼 움직이고 싶어. 유럽행 비행기에서 몇 십 시간이나 손을 놓은 채 가만히 있어야 하다니, 난 그런 건 못 견뎌!"

"옛날 형사 드라마? 일본 드라마 말이야?"

"응. 일단 형사는 거리로 나가선, 범인을 찾아 사정없이 뛰어다니지. 그리고 뛰어다니다 보면 알아서 수사가 진전되고, 사건의 진상에 접근하게 돼."

"뛰어다니는 동안 테마송이 흐르는 그 드라마 말이죠?"

고개를 끄덕이는 리오나는 태양을 향해 외치는 그 드라마를 떠올렸다.

그리고 새삼 감탄했다. 쾌활함, 기력, 태평함의 3박자를 갖춘 '주인님'도 짜증을 낼 때가 있구나, 하고.

항상 표표한 모습만 보여 왔던 그에게도!

지금의 로쿠하라 렌은 마치 토라진 아이 같았다. 리오나는 달래듯이 말했다.

"저도 카산드라 왕녀님이 걱정돼요. 하지만 지금은 일단 본부로 귀환하도록 하죠. 항공편이 막히기 전에. 이 공항도 어제까지 운항 중지였던 상태에서 겨우 비행이 재개된 참이니까요."

"그래. 세계 각지에서 천재지변이 빈발하고 있어."

줄리오도 옆에서 말을 거들었다.

"비행기와 배를 언제까지 탈 수 있을지 모르는 상황이야. 이상기후, 지진, 쓰나미, 회오리바람… 렌, 우리가 본 '세계의 끝'은 그리 멀지 않아."

"…알았어."

렌은 항복했다는 듯이 겨우 어깨에서 힘을 뺐다.

"당분간 비행기 좌석에서 얌전히 있을게."

"그렇게 해 줘. 감사하게도 일본 신기원이 퍼스트 클래스로 준비해 줬어. 자리는 아늑할 거야."

"오케이. 내가 지금 느끼고 있는 이 답답함은 언젠가 반드시 갚아 주지."

로쿠하라 렌은 가볍게 중얼거렸다.

그 말투는 아무렇지도 않은 듯, 담담하기마저 했다.

하지만 허공을 응시하는 《신살자》의 눈에는 확고한 의지의 빛이 깃들어 있었다. 어쩌면 그는 머지않아 찾아내겠다고 맹세한 숙적의 그림자를 보고 있는 것인지도 모른다.

'로쿠하라 씨, 화났나?'

리오나는 남몰래 상상해 보려 했다.

태양신 아폴론과 재회했을 때, 주인님은 어떻게 행동할지. 그러나 아직까지 그가 분노하는 모습은 한 번도 본 적이 없는지라 예상하기가 어려웠다.

한편, 우아하게 웃기 시작한 귀인도 있었다.

"하, 하, 하, 하. 좀 진정하거라, 신살자여."

쇼토쿠 태자, 즉 우마야도 황자의… 망령.

훤칠하고 중성적인 매력을 가진 미남자는 보기만 해도 아름다웠다.

그는 고대 일본 왕족의 상징인 황단색 포를 입고 있었다. 유령이라는 점을 차치하고도 속세와는 동떨어진 분위기를 가진 남자였다.

"아폴론인지 뭔지 하는 자는 뭔가 생각이 있어 은색 머리 공주를 납치했을 테지. 그다지 무모한 짓은 하지 않을 것이다."

"그건 모르지."

렌은 우아하고 아름다운 우마야도 황자에게 대꾸했다.

"목숨은 빼앗지 않아도 나쁜 짓을 할 수는 있잖아."

"하나 아폴론은 공주를 납치할 때 '신변의 안전은 보장한다'고 하지 않았느냐. 그렇다면 그것은 신으로서 한 맹세. 듣자 하니 최상위 신령인 것 같으니까 말이다. 스스로 한 맹세를 쉽사리 어길 만한 짓을 가볍게 하지는 않을 것이다."

"어째서?"

"신을 신답게 만들어 주는 영혼의 고귀함, 고결함을 스스로 깎아내릴 수 있으니까. 일단 어리석은 짓을 저질렀다 하면 성스러운 신의 근원이 흔들리기 때문이지."

"자아의 붕괴라는 거군요."

고개를 끄덕이며 납득하는 리오나. 우마야도 황자는 또다시 말했다.

"그래. 지상에 나타나는 신의 힘은 '얼마나 흔들림 없는 자아를 가지느냐'로 정해진다. 자신이 원하는 것을 어디까지나… 모든 인간을 멸망시키고 천지를 재창조하는 일이 있어도 완수해야 한다는 의지. 그것이 신의 힘으로 이어지는 것이라고 알고 있거라."

"그런가…."

로쿠하라 렌은 겨우 편해 보이는 얼굴로 말했다.

"알았어. 일단 태자님의 말을 믿을게."

"일단이 뭐냐, 일단. 성덕으로 가득 찬 이 몸의 금언은 부처님의 가르침과 동일하다고 여기거라."

"저기…."

미륵보살상과도 닮은 미모로 기고만장한 미소를 짓는 우마야도 황자.

그 고대 일본의 전설적 황태자에게 주뼛주뼛 말을 거는 소녀가 있었다.

"세계의 위기와 카산드라 씨가 위태로운 상황에 처한 건 이해했는데요… 어째서 저도 유럽에 가야 하는 거죠?"

토바 후미카, 리오나의 동생이었다.

그녀는 초조한 모습으로 라운지 의자에 앉아 있었다. 영매 체질인 《타마요리히메》. 리오나와 마찬가지로 카모 가문의 핏줄에 유래하는 영력자였다.

우마야도 황자는 잔뜩 겁먹은 얼굴을 한 후미카에게 불쑥 말했다.

"물론 내 시중을 들기 위해서지. 힘써 근면하거라, 타마요리히메로서."

"아니, 하지만! 《엔노 교자》 님은 이미 황천으로 돌아가신걸요! '현세에 있으면 피곤하다'고 하시면서. 태자님도 빨리 돌아가셔야 한다고요!"

"난 교자보다 더 우월한 영혼이기 때문에 아직 지상에 머무를 수 있다."

우마야도 황자는 옷소매로 입가를 가리면서 기품 있게 웃었다.

"일본만이 아니라 모든 천지에 파멸의 위기가 닥쳤다면 백성을 구제하기 위해 손을 내미는 것도 왕족의 의무. 발 벗고 나서야지."

"하지만! 저번에 말씀하셨잖아요?!"

몹시 긴박한 상황하에 가게 된 유럽.

그것이 무서운지, 겁이 많은 후미카는 안간힘을 다해 호소했다.

"태자님은 일본과의 영적 인연이 아주 깊은 영혼이니까, 이 나라를 떠나면 아마 '밖'으로 나오실 수 없을 거예요! 가셔도 아무

의미 없는 게 아닐지…?"

"하, 하, 하, 하. 뭐 어떠냐."

우마야도 황자는 그의 트레이드마크인 우아한 웃음과 함께 후
미카의 말을 적당히 받아넘겼다.

"그래도 그대의 몸에 들어가 있으면 조언 정도는 할 수 있을지
않겠느냐? 무얼, 그게 힘들어도 유람을 즐기면 될 터."

"유, 유럽 관광을 가는 게 아니거든요!"

"실은 살아 있을 때부터 바깥 나라를 두루 돌아다녀 보고 싶었
다. 겨우 염원이 이루어지다니, 참으로 기쁘구나."

"으으으. 역시 그게 진심이시군요…."

어깨를 떨구는 후미카. 전혀 개의치 않는 우마야도 황자.

리오나는 두 사람의 대화를 들으면서 중얼거렸다.

"얼마나 전력이 될지는 미지수지만, 태자의 존재는 든든하니
까요. 후미카에겐 한동안 태자의 뒤치다꺼리를 맡기도록 하죠."

"후미카의 영매술도 기대가 되고 말이지."

정보보다 실리를 우선한 줄리오도 고개를 끄덕이고 있었다.

한 소녀의 동요는 아랑곳하지 않고, 비행 시간은 바로 코앞까
지 다가와 있었다.

"비행기, 시간에 맞게 출발했나 봐요."

"가 버렸구나."

38

교토 시의 외곽, 아라시야마.

신기원 본부 깊숙한 곳에 있는 방에서 세이슈인 마키는 명실 공히 '수장'이 된 타카츠카사 히나코와 마주 앉아 있었다.

평소처럼 기모노 차림의 히나코 님은 걱정스러운 듯이 말했다.

"무사히 돌아와야 할 텐데…."

"저희 세이슈인 가에 전해 내려오는 말이 있어요. '신살자의 적은 신, 혹은 같은 신살자. 어디를 가든 세계의 위기가 기다리고 있다'라고."

"아아."

히나코 님은 세이슈인 가 아가씨의 말을 듣고 떠올렸다.

"너희 집안은 결사 캄피오네스의 브란델리 가와 옛날부터 교류가 있었지. 그 결사의 시조님이 건재했던 시절부터."

"저희 선조가 유럽에서 유학했을 때 만나 친해졌나 봐요."

세이슈인 마키는 집안에서 전해 들은 옛날이야기를 들려주었다.

"저희 선조는 선대 마왕님과의 알현도 허가됐던 것 같더라고요."

"호오."

"그나저나 신기원 각 지부에서 보고가 오고 있어요. 4등급 이상의 영시술사(靈視術師)가 일제히 '임박한 국난'의 징조를 보고 있다고…."

"임박… 1년 후, 아니면 반년 후인가…."

"보름 후나 한 달 후가 아니면 좋을 텐데 말이죠…."

"그러고 보니 오늘 아침에도 꽤 흔들렸었지…."

초로의 히나코 님과 20대인 마키.

나이 차이가 많이 나는 두 여성은 나란히 한숨을 쉬며 세계의 앞날을 걱정했다.

3

그리하여 렌 일행은 스무 시간 이상의 비행을 거쳐 돌아왔다.

도착한 곳은 발렌시아 공항. 스페인 국내에 있는 공항치고 존재감은 약간 없지만, 본거지인 발렌시아 시의 중심부에도 금방 갈 수 있다.

결사 캄피오네스의 차가 마중을 와 주었다.

시가지로 달리기 시작한 직후, 조수석에 앉은 줄리오가 손목시계를 보았다.

"아직 오후 2시 전이군. 이대로 본부로 가자."

"으으으. 기껏 스페인까지 왔는데, 무슨 버라이어티 프로그램의 당일치기 총알여행처럼 이렇게 분주하게 움직이다니…."

여덟 명까지 탈 수 있는 대형차의 시트 두 번째 줄에 앉은 후미카가 침울하게 말했다.

그에 반해 옆에 앉은 언니 리오나는 은근슬쩍 자백했다.

"참고로 난 저번에 왔을 때 실컷 관광했지."

"어, 언니는 왜 그렇게 심술쟁이야?! 굳이 이런 때 자랑할 필요는 없잖아!"

"지구를 멸망의 위기에서 구하면 후미카도 원하는 만큼 스페인에서 놀게 해 줄게. 우마야도 황자도 잘 돌봐 드리렴."

"근데 태자님, 비행기가 이륙한 이후로 아무 말씀도 안 하셔."

고귀한 망령은 지금 타마요리히메인 토바 후미카의 '안'에 있다.

스사노오와의 전투에서 그랬듯이 실체를 갖는 후미카와 동화함으로써 안정된 상태를 유지… 하고 있을 것이다.

리오나는 생각에 잠겼다.

"역시 외국으로 나오면 밖으로 나오는 게 어려운가 보구나."

"일단 사라지시진 않은 것 같지만."

또한 토바 자매의 뒤쪽, 세 번째 줄 시트에는 로쿠하라 렌이 있었다.

혼자 좌석을 독점하곤, 웬일로 아무 말 없이 창밖을 바라보고 있었다. 시차 때문에 나른하고 졸려서 멍하니 있는 것처럼 보이지는 않았다.

리오나는 백미러로 주인님을 힐끔힐끔 관찰했다.

기내에서도 줄곧 말수가 적었다. 마치 다가오는 빅매치에 대비해 천천히 집중력을 높여 가는 운동선수와도 비슷한 분위기였다.

'평소와 모습이 확연히 달라….'

리오나는 생각했다. 평소의 로쿠하라 렌은 어디까지나 '왕자님 같다' 정도. 단정한 얼굴도 경박함과 태평함에 상쇄되어 좋은 의미로도 나쁜 의미로도 친근했다.

하지만 지금 느낌이라면.

'충분히 진짜 왕자님 역할을 맡으실 수 있겠군요….'

그것은 과연 좋은 방향으로 움직일지, 나쁜 방향으로 움직일지.

리오나가 기대와 불안을 동시에 느끼고는 곤혹스러워하던 그때.

"그러고 보니 말이야."

부하에게 운전을 맡기고 조수석에 앉아 있던 줄리오가 말했다.

"우리 결사 캄피오네스에는 전해 내려오는 말이 있어. '언젠가 신화 세계로 이어지는 문이 연거푸 나타나고, 전대미문의 위기가 세계를 덮칠지도 모른다. 아무쪼록 경계해라'라고."

"그렇군. 그럼 경고대로 된 거네."

뒷좌석에서 렌이 대답했다.

표정과 마찬가지로 목소리도 평소만큼 가볍지 않았다.

평소보다 30퍼센트 정도 더 달콤한 미성으로 들리는 듯한 기분이…. 같은 생각을 했는지, 바로 옆에서 동생이 조용히 귓속말을 했다.

"로쿠하라 씨의 진짜 목소리, 이것저것 말하게 만들고 싶은 목소리야."

"묘한 대사 리스트 같은 거 주지 마. 저 사람이 귀축공이나 유혹수가 되는 장면과 마주하고 싶지 않으니까."

"자, 잠깐, 언니! 아무리 나라도 갑자기 그런 짓은 안 시켜!"

"시간이 지나고 나서도 마찬가지야."

자매의 대화는 아랑곳하지 않고 당대 신살자와 총수는 이야기를 이어 갔다.

"그 구전의 기원은 결사의 여명기로 거슬러 올라가. 시조인 신살자, 체사레 브란델리와 측근들이 들려주던 이야기인가 봐."

"옛날 사람들한테 직접 이것저것 물어보는 편이 빠르지 않아?"

렌은 조직의 역사를 이야기하는 현 보스에게 말했다.

"네가 말한 그 사람은 몇 년 전 사람이야?"

"시조 체사레의 시대는 19세기. 150년도 더 전이지. 하지만 렌. 실은 말이지, 당시의 캄피오네스 간부와 대화를 나눌 방법이 있어."

"뭐? 어떻게?!"

"신들과 신살자에 대해서는 나보다 훨씬 자세히 아는 사람이야. 태양신 아폴론이 향한다고 하던 세계에 대해 물어보는 것도 나쁘지 않겠군."

줄리오는 운전사에게 "행선지 변경이다."라고 말했다.

"호오. 휘페르보레아 말인가."

여전사는 당당하게 울리는 목소리로 말했다.

고개를 끄덕이는 동작도 엄숙하고 위엄이 넘쳐흘렀다. 줄리오를 비롯한 브란델리 가의 역대 당주를 수호해 온 존재라고 한다.

"뭔가 알고 있다면 부디 가르쳐 줘, 여왕."

"머나먼, 아주 머나먼 옛날, 어딘가에서 그 이름을 들은 적이 있다. 자세히는 모른다. 내가 말할 수 있는 건 그 정도뿐이다. 용서하거라, 내 주인의 후예여."

줄리오에게 대답한 수호령은 통칭 《하얀 여왕》이라고 한다.

남장을 한 아름다운 여인이었다. 체인메일에 투구, 그리고 하얀 망토를 둘렀으며, 허리에는 장검을 차고 있다. 완전무장 상태였다.

투구 아래에는 벌꿀색 금발이 숨어 있다.

얼굴 생김새도, 목소리도, 행동거지도, 모든 것이 늠름한 아름다운 여전사였다.

"이 사람이 줄리오의 수호령이구나?"

"일단 사람은 아니다. 옛날에는 신이었던 몸이지. 사정이 있어서 체사레 브란델리의 기사가 되었고, 지금은 그의 후예를 수호하고 있다."

《하얀 여왕》이 렌의 말에 반응했다.

"그대의 앞에 모습을 드러내는 것은 처음이구나, 로쿠하라 렌."

"가끔씩 줄리오가 내리치는 번개 공격은 누님의 힘을 빌리는 거라면서? 덕분에 나도 얼마나 도움을 받고 있는지 몰라."

렌은 감사의 말을 입에 담았다.

발렌시아 시 교외에 있는 작은 예배당.

같은 부지 안에는 커다란 서양관과 몇 동의 별채가 있었다. 이곳은 컬러풀한 스테인드글라스가 화려하게 수놓여 있는 예배당이지만, 물건이 거의 놓여 있지 않았다.

유일한 예외는《파멸 예지의 시계》.

대좌 위에 놓여진 직경 3미터는 되어 보이는 둥그런 기계식 시계. 시각은 '11시 50분'을 가리키고 있었다.

0시 0분을 가리킨 그때, 세계의 끝이 도래한다고 한다….

렌도 몇 번이나 이 시계를 본 적이 있다. 하지만 그 보관소에 여전사 수호령이 있는 줄은 몰랐다.

"아군의 존재를 알고 나니 마음이 든든하지만, 아폴론을 찾을 단서는 없구나."

렌은 한숨을 내쉬고 나서 절친을 힐끔 보았다.

"줄리오는 뭐 아는 것 없어?"

"이런 신화가 있어. 아폴론은 태어난 직후 성지 델포이로 향하라는 부친 제우스의 명령을 받았지만, 이를 무시하고 휘페르보레아라는 땅으로 향했지. 아폴론은 그 지역에서 1년이나 머물렀다고 해."

"태어나자마자 갑자기?"

"응. 이유는 전해지지 않아. 아폴론은 결코 문명적이라곤 할 수 없었던 '북풍의 저편에 있는 나라'에 법을 만들고, 사람들에게 질서를 주었지. 이것이 바로 휘페르보레아가 그 신의 고향이라고 일컬어지는 이유야."

"법… 법률 말이구나. 아폴론 씨답지 않은 이야기네."

렌의 솔직한 감상. 하지만 줄리오는 동의하지 않았다.

"아니. 예로부터 절도와 이성을 주관하던 아폴론은 '청년의 이상상'이라고 일컬어져 왔어. '법의 창조자'라는 일면이 있어도 이상하지 않을 거야. 뭐, 그리스 신화에서는 어디까지나 궁술의 신, 음악의 신, 의술의 신, 예언의 신, 목축의 신이라곤 해도 사법신으로서의 성격은 없지만."

줄리오가 말을 주워섬겼다. 렌은 투덜거렸다.

"직함이 꽤나 많군."

"그만큼 인기가 많고, 오래된 역사를 가진 신이라는 뜻이야."

"어머?"

남자들의 문답을 아랑곳 않고 리오나가 고개를 갸웃거렸다.

"그러고 보니 후미카는 어디로 갔을까요?"

"왜 이렇게 가슴이 두근거리지…?"

후미카는 그렇게 중얼거리면서 헤매고 있었다.

공항이 위치해 있던 대도시 바르셀로나에는 들르지도 않고 발렌시아 시까지 왔다. 그러나 오렌지와 파에야로 유명한 주의 중심지에는 향하지 않았고, 일본의 시골처럼 광대한 농지뿐인 교외로 온 것이다.

옆집 따윈 없는 저택은 그 부지 내에 있었다.

구석에 있는 작은 예배당에 언니와 로쿠하라 렌이 있다. 하지만 후미카는 묘한 두근거림에 이끌려 혼자가 되었다.

후미카가 향한 곳은 가장 큰 건물이었다.

2층으로 된 서양관. 현관까지 간 후미카는 무거운 나무 문에 손을 뻗으려고 했다.

"…이건 안 되겠다."

후미카는 문에서 손을 뗐다.

이래 봬도 최상급 영매인 《타마요리히메》. 언니인 리오나의 혹독한 훈련을 통해 제법 단련된 상태이기도 했다. 후미카의 영감은 일찌감치 감지한 상태였다.

"엄청나게 강력한 수호술로 문이 봉인되어 있어, 분명히. 열려고 했다간 《투탕카멘의 저주》급의 어마무시한 천벌이 내려질 거야."

역시 유럽의 노장, 결사 캄피오네스의 요지.

불법 침입을 허락할 생각은 당연히 없을 것이다. 후미카는 곧바로 포기했지만.

"엥?!"

어떤 말이 갑자기 떠올랐다.

'세간허가(世間虛假), 유불시진(唯佛是眞).'

이 세상은 어차피 전부 가짜이며, 부처님의 가르침만이 진실이다.

아마 쇼토쿠 태자, 즉 우마야도 황자가 좋아했던 문장일 것이다. 그리고 후미카의 입은 멋대로 혼자 주구를 뱉어 냈다.

"불살생계(不殺生戒), 저질러선 안 될지어다!"

요컨대 '생명을 죽이지 말아라'라는 뜻이다.

후미카는 화들짝 놀랐다. 틀림없다. 자신의 몸에 깃든 우마야도 황자, 일본 역사에서도 보기 드문 현인이 가호를 내려 준 것이다!

그리고 후미카는 눈앞의 문에 손을 뻗었다.

콰과과과과광! 콰과과과과광! 콰과과과과광!

천둥이 세 번이나 쳤다.

"흐에에에에에엑?!"

신벌의 벼락이 내리치는 줄 알았던 후미카는 머리를 두 손으로 감쌌다.

하지만 부처님의 가호라도 있었을까? 다친 데 하나 없이 무사했다. 후미카는 서둘러 문을 열어 서양관으로 들어갔다.

끼이이이이이이이….

문은 소리를 내며 아무 이상 없이 열렸다.

"시, 실례합니다아아…."

후미카는 조심스레 건물 안으로 들어갔다.

그럼 이제 어디로 가면 되지…? 그렇게 고민한 순간이었다.

"누, 누군가가 부르고 있어."

……렴.

……오렴.

……이리 오렴.

이리 오라고 부르는 목소리가 느껴졌다. 청각이 아닌 후미카의 영적 능력에 호소하고 있다.

이 서양관에 숨어 있는 누군가가 토바 후미카의 침입을 눈치챈 것 같았다.

"으아. 절대 가기 싫… 흐, 흐에에엑?!"

발이 멋대로 움직이더니 자신을 부르는 목소리를 향해 걷기 시작하고 말았다.

"태자님, 너무해요! 저는 지금 당장 나가고 싶은데!"

후미카의 몸을 조종하는 것은 물론 우마야도 황자였다.

역시 많은 전설과 위대한 업적을 이룬 쇼토쿠 태자. 외국에 나와서도 중요한 국면에서는 《타마요리히메》의 몸을 점령하는 것이 가능한 듯했다.

"정체 모를 무시무시한 것이 기다리고 있으면 어떻게 하실 셈이에요?!"

우는소리를 해도 걸음은 멈추지 않았다. 어느덧 2층 제일 안쪽 방까지 왔다.

철컥. 문을 연 곳은 침실이었다.

퀸사이즈의 캐노피 침대. 세련된 가구들. 그리고 침대에는 갈색 피부의 소녀가 누워 있었다.

"응?"

잠자는 소녀는 하얀 잠옷을 입고 있었다.

머리는 흑발. 사랑스럽고 가련한 외모.

나이는 아마 10대 후반. 평온하게 누워 있는 몸은 꽤나 글래머러스했다. 볼륨 면에서 따지자면 슬림한 언니 리오나 따윈 그녀의 발끝에도 미치지 못했다.

그리고 소녀가 잠든 침대 옆에,

또 한 명의 소녀가 난데없이 출현해선 미소를 지어 보였다.

'반가워요. 잘 오셨어요. 오랜만에 오신 손님이네요.'

"흐에에에엑?!"

후미카는 뒤로 몸을 젖히며 경악했다.

침대 옆에 홀연히 나타난 소녀는 잠든 소녀와 판박이였기 때문이다. 단, 지금 나타난 소녀는 몸이 투명하게 비쳐 보였다.

망령… 아니야. 후미카는 《타마요리히메》의 직감으로 알아챘
다.

이것은 살아 있는 사람의 영혼. 침대에 잠든 소녀의 영혼이 몸
을 빠져나와 현현한 것이다.

4

'당신, 조금 특이하네요.'

잠자는 소녀의 영혼은 유령 주제에 코를 킁킁거렸다.

당황하는 후미카의 체취를 맡으려는 듯이.

'저 같은 존재를 끌어당기는 낌새, 기척… 한마디로 아주 우수
한 영매라는 걸 알겠어요. 선조들의 영혼을 저세상에서 백발백
중으로 불러내어 자신에게 씌게 해 버리는!'

"그, 그게 느껴지나요?"

'네~ 저, 이런 존재가 된 지 꽤 오래됐거든요. 완전 베테랑이
에요!'

후미카는 방긋방긋 웃는 소녀의 호탕함에 어색한 웃음으로 반
응했다.

말 하나하나가 너무나도 가벼웠다 지금까지 타마요리히메로
서 접해 온 망령들은 대부분 소극적이고 어두운 기질이 있었다.
이른바 '아웃사이더'다.

이 소녀도 그렇고 우마야도 황자도 그렇고, 최근엔 이례적인 존재들뿐….

문득 생각이 떠오른 후미카는 소녀에게 물었다.

"혹시 엄청 유명한 분이신가요?"

'제, 제가요? 아뇨, 아뇨, 이름을 내세울 만한 사람은 아니에요.'

"하지만 언니, 다른 혼령과는 격이 다르달까, 존재감이 굉장히 강한걸요? 최근에 알게 된 초유명인의 망령에게도 지지 않을 정도로…. 혹시 역사에 이름을 남긴 사람의 영혼은 그렇지 않을까 하는 생각이 들어서요."

'거기에는 인과관계가 없을 거예요~'

"그럼 단순히 언니의 영혼이 엄청난 힘을 가진 거로군요."

'그렇게 칭찬받으니 쑥스럽네요. 아, 그런데 당신. 저의 정체를 모르시는군요….'

수줍은 미소를 짓고 있던 소녀는 갑자기 어찌할 바를 몰라 하기 시작했다.

'그렇다면 잠깐 도움을 요청해도 될까요…?'

"저한테요? 제가 뭘 하면 되나요?"

'저는 사실 《잠자는 공주의 저주》에 걸려 있거든요. 오랫동안 계속 잠들어 있는 상태예요. 하지만 저주 때문에 몸은 저 모양이지만, 마음은 아주 건강하답니다.'

"보통은 몸이 잠들면 마음도 잠들지 않나요…?"

'그건 의지와 근성의 문제예요! 덕분에 이렇게 생령으로서 '밖'에 나오는 특기까지 터득했답니다. 하지만 이 저택에는 결계가 쳐져 있어서 말이죠….'

"결계? 유령의 출입을 금지하는 결계 같은 게 말인가요?"

'바로 그거예요! 그래서 부탁이 있는데….'

소녀는 햇살처럼 활짝 웃어 보였다.

'괜찮으면 결계를 풀어 주지 않으시겠어요? 벌써 100년 넘게 바깥공기를 못 쐬고 있거든요. 저를 자유의 천지로 안내해 주….'

"무리예요."

'그렇게 바로 대답할 필요는 없잖아요?! 좀 더 검토해 주세요!'

"제가 영매 이외의 능력은 수행이 많이 부족해서… 죄송해요."

후미카는 사과하면서 가만히 생각했다.

자신의 몸에 깃든 《쇼토쿠 태자》에게 부탁하면, 결계를 깨뜨리는 것 정도는 의외로 기꺼이 해 줄지도 모른다. 하지만.

아무리 봐도 수상했다. 눈앞에 있는 지나치게 호탕한 소녀가.

나쁜 사람은 아닌 것 같다. 하지만 뭔가 위험한 요인이 있기 때문에 《잠자는 공주의 저주》에 걸려 결계가 쳐진 건물에 유폐된 것이 아닐까…?

타마요리히메로서 종종 악령이나 원령도 만난다.

그렇기 때문에 길러진 경계심. 그러나 후미카의 거절에도 굴

하지 않고 소녀의 생령은 물고 늘어졌다.

'그렇다면 부탁 제2탄! 자고 있는 저의 입술에 키스를 해 주지 않으시겠어요?'

"…네?"

'왕자님의 키스로 저주가 풀린다. 보통 그렇잖아요? 한번 시험해 보고 싶었어요~! 상황이 이러하니 성별 같은 건 상관없어요. 박력 있게 쪽!'

"저, 저는 BL은 봐도 백합에는 관심 없어요!"

신나게 대화를 주고받은 탓일까.

타마요리히메… 영혼의 매체가 되는 무녀 토바 후미카의 마음과 쓸데없이 밝은 잠자는 공주의 혼령이 동조하기 시작하고 말았다.

말을 주고받고 마음이 가까워지면 자연스럽게 영혼도 공명한다.

그리고 후미카가 우선 느낀 것은 '상대의 무시무시함'이었다.

이 잠자는 공주의 생령, 실은 우마야도 황자를 뺨칠 만큼 영격(靈格)이 높은, '아라미타마(荒御靈)'의 부류일 것이다.

아라미타마. 사나운 영혼이며 화를 부르는 재앙의 신. 아무튼 그런 종류의 괴물.

한편, 갈색 피부에 하얀 잠옷을 입고 있는 생령 소녀는 후미카를 빤히 쳐다보곤 나지막이 중얼거렸다.

'휘페르보레아… 북풍의 저편….'

"응? 언니, 그 말을 어떻게 알고 계시는 거예요?!"

놀란 후미카. 소녀의 생령은 방긋 미소를 지었다.

'당신의 마음을 조금 엿보고 말았거든요. 당신과 친구분들은 태양신 아폴론이 태어난 고향을 찾고 있죠?'

"……."

후미카는 소스라치게 놀랐다.

영혼과 영혼의 공명이 일어났다. 그러나 상대만이 일방적으로 이쪽의 마음을 엿보았다. 후미카에게는 소녀의 마음속이 전혀 보이지 않았다.

다시 말해, 자신과 그녀의 사이에는 절망적일 정도로 '힘의 차이'가 있다….

어느 쪽이 더 강한지 힘겨루기를 하게 되면 순식간에 질 것이다. 틀림없다. 소녀의 생령은 방긋방긋 웃으면서 공포에 떠는 후미카를 설득했다.

'괜찮다면 조언을 해드릴게요~'

"조언?"

'저, 이래 봬도 다양한 세계와 시대를 여행해서 제법 박식하거든요. 아폴론에 대해서도 나름대로 많이 알고 있어요. 그가 태어난 고향 '북풍의 저편'까지 여행했던 경험도 있고요.'

"휘페르보레아도…."

'옛날에 그 세계로 '통로'가 열렸던 게 어디였더라?'

소녀는 생각에 잠겼고, 후미카는 경계하면서도 상대의 말에 빠져들었다.

그 직후, 어느샌가 소녀의 생령이 이동해 있었다. 바로 눈앞에. 소녀는 타마요리히메인 후미카를 껴안았다.

물론 실체가 없는 영혼이 후미카를 만질 수 있을 리 없었다.

후미카의 몸을 점령할 생각이다. 몇 번이나 같은 일을 당해 왔다. 공명한 영혼에게 빙의되어 토바 후미카의 몸이 점령당하고 마는 일을.

영혼과의 공명은 양날의 검. 상대를 직감적으로 이해할 수 있는 계기도 되지만, 이런 식으로 자신의 몸으로 불러들이게 될 수도 있다.

"흔들어라, 찰랑찰랑 흔들어라…."

후미카는 언령을 외우며 최대한 주력을 높였다.

소녀의 '침입'을 거부하기 위해서였다. 그러나 영적 파워에 절망적인 차이가 있는 이상, 이 힘겨루기에 이길 수 있을 리가 없다.

'잠깐만 몸을 빌릴게요!'

소녀의 생령은 기회에 편승할 마음으로 가득했다.

'죄송하지만, 저도 당신에게 마음을 쓸 여유가 없어요! 잠든 본체가 저주에서 풀리면 돌려드릴게요~!'

"잠깐만이라니, 그게 어느 정도인데요?!"

'빠르면 2, 3일…? 하지만 길면 4, 5년 정도?'

"흐에에에엑?!"

절망할 뻔한 그때, 귓가에서 질타하는 목소리가 들려왔다. … 그런 기분이 들었다.

「사중구활(死中求活)! 이 역경이야말로 좋은 기회라고 생각하 거라!」

우마야도 황자의 미성이었다.

그리고 순식간에 타마요리히메 안으로 들어오려던 생령 소녀 의 영체는 어째선지 그러지 못하고 후미카의 몸에 매달린 채 놀 라고 있었다.

'어라?! 당신, 수호령 님이라도 있나요?!'

"질풍의 신이시여, 서둘러 주시옵소서. 오키츠카가미, 헤츠카 가미, 야츠카노츠루기, 이쿠타마, 타루타마, 마카루카에시노타 마, 치카에시노타마, 오로치노히레, 하치노히레, 쿠사구사노모 노노히레… 열 가지 보물을 합쳐 하나, 둘, 셋, 넷, 다섯, 여섯, 일곱, 여덟, 아홉, 열. 흔들어라, 찰랑찰랑 흔들어라."

그 틈에 후미카는 안간힘을 다해 언령을 읊었다.

타마요리히메로서 가진 힘을 최대한으로 높이는 언령. 영혼의 공명을 디딤돌 삼아 상대의 마음을 들여다보기 위해.

…어떠한 이름이 마음에 떠올랐다.

그 직후. 의식이 희미해지는 가운데 언니의 목소리를 들었다.

"임병투자(臨兵鬪者), 개진열재전(皆陣列在前)! 악을 저지르는 악귀여, 물러가거라!"

자신의 몸에 매달려 있던 소녀의 생령이 훅 소멸되어 갔다. 그 모습을 지켜보고 난 후, 후미카는 정신을 잃었다.

"태자님이 후미카를 이곳까지 데려왔다… 다시 말해, 그런 뜻이야?"

렌은 물었다.

토바 후미카가 신비한 생령과 대면한 방이었다. 퀸사이즈 침대에는 의식이 없는 갈색 피부의 소녀가 누운 채 잠들어 있었다.

후미카는 방금 전 깨어났지만, 아직 멍한 상태였다.

그 곁에 있는 언니 리오나는 이렇게 말했다.

"아마 그런 것 같아요. 미래를 아는 귀 밝은 성인이니까요. 저희에게 필요한 단서가 이곳에 있다고 예지 혹은 영시를 통해 이끌어 준 거겠죠."

의식을 되찾은 직후, 후미카는 어떠한 지명을 입에 담았다.

그곳에 《신화 세계 휘페르보레아》의 입구가 있을지도 모른다고. 수훈을 세운 여중생은 굉장히 피곤했는지, 넋을 놓은 듯이 허공을 쳐다보고 있었다.

줄리오가 만족스러운 듯이 말했다.

"데려오자마자 바로 도움이 됐군."

"그런데 줄리오. 거기 잠들어 있는 사람은… 정체가 뭐야?"

"나도 몰라."

렌이 묻자, 줄리오는 고개를 가로저었다.

"나도 재앙을 부르는 마녀, 결코 눈을 뜨게 해선 안 되는 존재라고만 들었어. 여왕도 '모르는 게 너희를 위한 일이다'라고만 얘기하고 말이지. 하지만… 잠자는 공주에 대해 시조 체사레는 이렇게 말했다고 해."

"뭐라고 말했는데?"

"조만간 세계의 위기가 찾아와 돌이킬 수 없는 국면을 맞이했을 때, 밑져야 본전이라는 심정으로 깨워 보는 것도 좋을지 모른다고…."

"무슨 뜻일까요?"

리오나가 고개를 갸웃거렸다. 줄리오는 어깨를 움츠렸다.

"트릭스터*가 일으키는 재앙이 이따금 상황을 호전시키는 케이스도 있어. 신화에서도 가끔씩 볼 수 있는 전개지. 더 이상 나빠질 수 없겠다 싶을 정도로 궁지에 몰렸을 때, 모든 것을 뒤엎는 기폭제로 써라… 난 내 마음대로 그런 의미라고 여기고 있어."

"그거네, 드래곤 퀘스트의 주문. 뭐더라?"

"팔푼테 말씀이죠? 후미카도 용케 무사했네요."

※트릭스터 : 신화나 옛이야기 속에서 도덕과 관습을 무시하고 질서를 어지럽히는 인물이나 동물. 이따금 장난꾸러기로 그려지기도 한다.

렌과 리오나는 고개를 끄덕였다.

두 사람의 시선 끝에서는 아직도 후미카가 멍하니 넋을 놓고 있었다. 렌은 아까 그녀가 말했던 지명을 떠올렸다.

"그래서, '아라라트 산'은 어디에 있는 거야?"

"튀르키예와 아르메니아 국경에 접해 있어요. 노아의 방주가 발견된 곳으로 유명하죠."

리오나가 그렇게 알려 주자, 렌은 고개를 크게 끄덕였다.

태양신 아폴론에게 설욕하기 위한 여행을 드디어 시작할 수 있을 것 같았다.

신역의 캄피오네스

제 2 장 *chapter*
2

바다와 섬의 세계

1

노아의 방주.

성경과 기독교에 대해 잘 모르는 일본인, 예를 들면 로쿠하라 렌조차 알고 있다.

이른바 '죄악을 저지른 더럽혀진 인간이 지상에 너무 많이 늘어났기 때문에 그들을 땅에서 다 쓸어 버리기 위해 신은 대홍수를 일으켰고, 인간의 수를 줄였다. 하지만 선택받은 자 노아는 그것을 이미 계시를 통해 알고 있었다. 노아는 직접 만든 방주에 그의 가족과 온갖 동물을 암수 한 쌍씩 태웠다'.

그 방주가 다다른 곳이 아라라트 산이었다….

"아니, 엄밀히 말하면 달라."

박식한 줄리오가 주석을 달았다.

"구약성서에는 '방주는 일곱째 달 곧 그 달 열이렛날에 아라라트의 산에 머물렀으며, 물이 점점 줄어들어 열째 달 곧 그 달 초하룻날에 산들의 봉우리가 보였더라'라고 적혀 있어. 이 기술에 따르면, '아라라트 어딘가에 있는 산'이라고도 해석할 수 있지. 현대의 아라라트 산이라고는 단정할 수 없어."

치이이이익, 고기 구워지는 소리와 함께 강의를 듣고 있었다.

튀르키예 동부, 국경의 마을 도우베야짓. 소박한 시골 마을이라 할 수 있는 소도시의 길가. 숯불로 고기를 구워 주는 포장마차 옆이었다.

한낮의 거리에 많은 테이블과 의자가 놓여 있다.

이곳은 길 한복판이지만….

사람들이 모여 식사와 수다를 즐기고 있었다. 그 인파에 줄리오와 로쿠하라 렌, 그리고 리오나도 섞여 들었다.

색이 바랜 의자는 일본의 목욕탕에서 사용할 법한 플라스틱 의자.

셋이서 에워싼 테이블에는 향신료로 맛을 내어 구운 양이며 소, 칠면조 고기와 썰어 놓은 호박, 수박, 오렌지, 썰지 않은 토마토, 구운 옥수수, 튀르키예에서 흔히 먹는 가늘고 긴 빵이 나란히 놓여 있었다.

전부 노점과 포장마차에서 사 왔다.

스페인에서 튀르키예 동부에 도착한 것은 오늘 오전.

늦은 점심 겸 작전 회의를 하면서 렌은 멀리, 거리 밖을 보았다.

"아라라트의 산들이라… 확실히 후지산 같은 산이 두 개나 나란히 있긴 하네. 저거, 어느 쪽이 아라라트 산이야?"

능선도 그렇고, 산 정상 부근에 하얀 눈이 덮여 있는 점도 그렇고, 일본의 후지산과 꼭 닮은 산 두 개가 쌍둥이처럼 이어져 있었다.

"둘 다 아라라트 산이에요. 참 헷갈리게 말이죠."

리오나가 그렇게 대답했다.

"큰 쪽이 대(大) 아라라트 산, 해발 5000미터 조금 넘어요. 작은 쪽이 소(小) 아라라트 산, 해발 3900미터. 이쪽은 높이까지 후지산과 비슷하네요."

"참고로 국경선을 넘으면 그 외에도 산이 있어."

"이곳 도우베야짓의 북쪽은 아르메니아의 영토예요. 원래 아라라트 산은 아르메니아 민족의 상징이었어요. 하지만 제2차 세계대전이 종결될 무렵, 이쪽 영토가 되었죠…. 조금 복잡한 사정이 있는 곳이에요."

"튀르키예 정부의 허가 없이 입산하는 것도 금지야."

리오나와 줄리오가 제각기 가르쳐 주었다.

등산하는 데에도 허가가 필요하다. 하지만 줄리오라면 틀림없이 어떻게든 해 줄 것이다. 지금 들은 정보를 무시하고 렌은 물었다.

"그래서 결국 난 어느 산으로 올라가면 돼?"

"실은 말이지. 이번에는 등산하지 않아도 될 것 같아."

"네. 결사 캄피오네스의 조사원이 소 아라라트 산 기슭 근처에서 공간왜곡을 발견했어요."

"그럼 성가신 일은 별로 없겠다."

"굳이 말하자면 저희 동생일까요?"

"충분히 우리의 전력이 되어 줄 수 있다는 걸 알았으니 가능하면 이번 생크추어리 돌입에도 동행해 줬으면 하는데."

언니와 달리 유리 멘탈인 토바 후미카. 일단 여기까지 데려오긴 했지만, 완전히 위축된 상태였다. 도저히 신화 세계 여행에 따라가겠다고 동의해 줄 것 같진 않았다.

렌은 중얼거렸다.

"지금은 일단 관광 중이지?"

"응. 회유와 위로를 위해."

과연 수완가다운 줄리오가 말했다.

"가이드를 붙여 주고 마을 밖으로 보냈어. 이삭파샤 궁전이 있는 곳으로. 오스만 제국의 쿠르드인(人) 영주가 17세기에 부친,

아들, 손자 3대에 걸쳐 완성시킨 곳이야. 이국 정서를 실컷 만끽할 수 있는 관광 명소지. 지금쯤 후미카도 여정(旅情)이 깊어지고 있을걸?"

"좋은 곳 같지만, 여중생이 과연 그런 곳을 좋아할까…?"

"그래? 궁전 근처에는 그 당시의 요새와 모스크도 있는걸? 산간 초원에 있는 유적이라 운이 좋으면 양떼와 양치기도 만날 수 있는 명소인데…."

의외라는 듯한 캄피오네스 총수를 보며 리오나가 감탄했다.

"줄리오는 그런 곳을 좋아하셨군요."

"나도 싫어하진 않아. 하지만 후미카는 어떨지."

귀공자이자 희대의 인재, 줄리오 브란델리.

하지만 연애나 여심 등은 전문 분야가 아니었다. 그런 그의 센스에 렌은 어렴풋이 쓴웃음을 지었다. 한편, 스파르타 노선의 언니가 말을 꺼냈다.

"아까 본 하맘, 그러니까 튀르키예 전통 목욕탕에 그 아이를 집어넣죠. 왜인지는 모르겠지만 한국식 때밀이며 타이식 마사지도 한다고 간판에 적혀 있었거든요. 풀코스로 혼을 쫙 빼고 수면제를 먹인 다음, 잠이 든 후미카를 신화 세계에 데려가는 거예요."

과연 친언니인가 싶을 만큼, 상당히 극악무도한 아이디어였다.

렌은 쓴웃음을 짓고는 대안을 제시했다.

"억지로 데려가면 사기가 확 떨어질 수도 있으니까, 내가 후미카에게 한번 부탁해 볼게."

"도서 연구비?"

후미카가 눈을 동그랗게 뜨고 묻자, 렌은 호쾌하게 대답했다.

점심과 밀담이 끝난 무렵, 모두가 에워싸고 앉아 있던 테이블로 후미카가 다가왔다. 여정과는 거리가 먼 듯한 지친 얼굴이었다.

렌은 그런 여중생을 향해 윙크를 했다.

"응. 우리 회사… 가 아니라 결사에는 그런 제도가 있어. 캄피오네스의 구성원은 자신의 연구 주제에 도움이 되는 서적이나 영상 소프트를 '경비'로 구입할 수 있지."

결사에 들어올 때, 렌도 똑같은 설명을 들었다.

그러나 방에 물건을 쌓아 두는 걸 좋아하지 않는다. 렌 본인은 전혀 이용하지 않았던 제도지만.

"참고로 동료 아니타는 일본 애니메이션 블루레이라든가 만화라든가 '얇은 책' 같은 걸 살 때 이용하고 있어."

"흐엑?! 정말인가요?!"

놀라는 후미카의 옆에서 줄리오가 고개를 갸웃했다.

"얇은 책이라는 게 뭐야? 그녀의 연구비 신청서를 본 적이 있는데, 내 기억으론 '소도미즘 및 현대 시각 문화의 고찰을 진행하기 위해'라고 적혀 있었어."

"재, 재야의 연구자가 자비로 출판한 자료예요오, 에헤헤헤!"

웃으며 얼버무린 후미카는 곧바로 렌 쪽으로 몸을 돌렸다. 그러더니 진지한 얼굴로.

"로쿠하라 씨. 더 자세히 말씀해 주세요."

"아니타는 애니메이션과 일본도가 인간이 되는 게임을 사랑하는 포르투갈 출신 언니야. 이 결사는 연구 자료에 대해 굉장히 유연한 사고를 가진 조직이라고 바로 그 아니타가 얘기한 적이 있어. 그런 방면으로 자료를 구입해도 신청이 쉽게 통과되나 봐."

렌이 덧붙여 말하자 줄리오도 동의했다.

"당연하지. 얼핏 '샛길'로 보이는 주제를 추구함으로써 진전되는 연구도 있는걸. 일방적인 짐작이나 선입견 때문에 새로운 문화에 대한 연구를 거부해선 안 돼. 그래서 그건 그렇고, 동성애와 일본 애니메이션에 무슨 인과관계가?"

"그, 그런 건 아무래도 좋잖아요! 그보다 저도!"

후미카가 총수의 말을 가로막곤 호소했다.

"결사 캄피오네스에 들어가 보고 싶어요…."

"하하하. 물론 대환영이야."

"신난다!"

렌의 환영 인사를 듣자마자 기뻐하는 후미카. 그리고 그 모습을 지켜보던 줄리오는 놀라 감탄을 자아냈다.

"···정말? 하지만 후미카, 며칠 전에 들어오라고 했을 땐 '아무리 대우가 좋아도 위험한 건 패스!'라고 즉답했잖아?"

"마음이 변했어요!"

후미카는 신기한 듯이 묻는 줄리오에게 열변을 토했다.

"중학생이 그쪽 취미를 계속해 나가는 건 경제적으로 힘들거든요! 알바도 못 하고! 하지만 연구비라면 엄마가 제지할 일도 없으니까요!"

"그러고 보니 예전에도 그런 일이 있었지."

리오나가 끼어들었다.

"신기원에서 나오는 보수를 어머니가 거절하셨던 일."

"맞아, 언니! 중학생에겐 아직 이르다고 하면서!"

"참고로 난 중학교 때부터 신기원에서 받는 급여는 스스로 관리할 수 있도록 어머니를 살살 구슬렸지만~"

"그 말솜씨를 동생을 위해 써 주면 좋을 텐데."

"조용히 해. 그 정도의 교섭도 스스로 하지 못하면 어쩌려고 그래!"

리오나는 동생을 단호하게 꾸짖은 후, 렌을 향해 몸을 돌렸다.

"그건 그렇고··· 척 봐도 리얼충인 로쿠하라 씨가 '얇은 책' 같은 걸 알고 계셨다니, 굉장히 의외네요."

"실은 BL을 엄청 좋아하는 레즈비언 누나 집에 얹혀산 적도 있거든."

"…네?"

눈을 동그랗게 뜬 리오나. 렌은 씨익 미소 지었다.

"난 노멀이라 연애가 얽힌 동거는 아니었어. 월세 대신 노동력을 제공하라고 동인지 원고 마무리 작업을 도와주는 데에 동원됐지. 그 누나의 가르침 덕분에 클립스튜디오도 다룰 줄 알아."

"네? 만화 원고를 말인가요?!"

"이벤트 전에 어시스턴트가 필요하면 언제든지 말해. 이래 봬도 손재주가 좋은 편이니까. 마지막엔 '이제 가르칠 건 아무것도 없다'는 말까지 들을 정도였다니까?"

렌은 윙크를 하며 특기를 어필했다.

2

해가 꽤 저물었다.

렌 일행은 도우베야짓의 거리를 나왔다.

이곳은 국경지대. 북쪽은 아르메니아령, 동쪽은 이란령과 접해 있다.

줄리오가 소집한 결사 캄피오네스의 멤버 십여 명과 차를 몇 대 나눠 타곤 이란과의 국경에 와 있었다.

경치 좋은 평원과 기복이 있는 구릉이 끝없이 이어져 있었다.

나무는 적었다. 하지만 이곳저곳에 초지가 있었다. 이곳은 예전에 말을 모는 유목민들이 활약한 토지다. 지금도 양치기는 어렵지 않게 볼 수 있었다.

그런 넓은 들판 일각에….

직경 35미터 정도의 크레이터가 뜬금없이 입을 벌리고 있었다. 렌은 물었다.

"이거, 운석이 떨어진 자국이라면서? 떨어진 지 100년도 더 됐다고 마을에서 들었어."

한 발짝만 더 가면 커다란 구멍 바닥으로 곤두박질칠 수 있는 거리.

그 정도로 크레이터와 가까운 곳에서 줄리오와 이야기를 나누고 있었다. 결사 캄피오네스의 총수는 어깨를 움츠렸다.

"실은 그 얘기, 꽤 의심스러운가 봐."

"어이쿠. 관광 명소가 사라지겠군."

"진위는 확실하지 않지만, 과학적 근거가 전혀 없다고 하지 뭐야. 아무튼 깊이가 60미터 되는 수혈(竪穴)인데, 후에 매립되어 깊이가 반으로 줄어들었어. 단…."

"지금은 구멍 바닥이 안 보이네?"

렌과 줄리오가 내려다보는 커다란 구멍 속.

그곳에는 무수히 많은 빛이 성운처럼 반짝반짝 빛나고 있었다.

공간왜곡… 아라라트 산 주변을 조사한 결사 캄피오네스의 영시술사가 이곳에 위화감을 느꼈다고 한다. 그래서 몇 명이 팀을 이루어 이 크레이터를 주술과 기도로 정화하자 나타난 것이다. 생크추어리로 향하는 문이.

그리고 오늘, 마침내 로쿠하라 렌이 현지에 도착했다.

"오, 리오나가 돌아왔어."

빛나는 공간왜곡에서 파란 제비가 뛰어나왔다.

렌 일행의 앞으로 날쌔게 날아온 작은 철새는 여고생의 모습으로 변했다. 평소처럼 승부복(勝負服)인 블레이저를 입은 토바 리오나로.

"정찰하고 왔어요. 저 건너편은 역시 신화 세계예요."

리오나는 딱 잘라 말했다. 그러나 곧바로 미간을 찌푸렸다.

"하지만 어느 신화를 재현한 세계인지는… 모르겠어요. 단시간의 정찰로는 아무래도 확인이 불가능해서…."

"어떤 특징이 있는 세계였어?"

줄리오가 물었다. 리오나는 곤란한 얼굴로 대답했다.

"그게… 바다밖에 없는 세계였어요. 30분 정도 육지를 찾아 날아 봤지만, 섬 하나 발견하지 못했어요."

"세계의 속사정을 알려면 본격적으로 여행할 필요가 있을 것 같군."

"바라는 바야. 얼른 들어가자."

곧바로 렌이 선언하자, 줄리오가 똑바로 쳐다보았다.

"굳이 본심을 말하자면… 너를 보낼 합당한 이유가 전혀 없어. 세계의 위기가 닥치고 있다면 신살자 로쿠하라 렌은 지상에 있어야 할 거야. 머지않아 지구를 덮칠 위협에 맞설 수 있는 유일한 희망으로서."

"그럴지도 모르지. 하지만 난 가겠어. 카산드라를 데리고 돌아올 거야."

렌은 조금도 망설임 없이 말했다.

"나에게는 세계도, 동생 같은 공주님도 모두 소중하거든."

"난 전혀 이해하기 어려운 생각이군. 어리석고 비논리적이야. 그리스 신화의 예언자이긴 하지만, 그렇게까지 할 가치는 없을 텐데."

줄리오는 렌을 부정하는 여러 말들을 담담하게 입에 담은 후.

오른손을 쓱 내밀었다.

"하지만 네가 '왕'인 이상, 나와 결사 캄피오네스는 무조건 너의 결정을 따를게. 마음이 원하는 대로 행동하고, 지상과 신화 세계에 커다란 혼란과 약간의 희망을 선사하도록 해."

"오케이. 너의 '충성'에 감사할 따름이야."

렌은 미소를 짓고는, 솔직하게 속내를 말한 복심의 오른손을 꽉 잡았다.

그런 두 남자를 지켜보며 리오나가 중얼거렸다.

"줄리오도 참 신기한 사람이네요. 누구보다 이론파이면서 마지막엔 감각파인 로쿠하라 씨에게 전부 위임하다니…."

"그것이 마왕을 섬기는 자가 가져야 할 바람직한 자세니까."

줄리오는 당연하다는 듯이 말했다.

"아무리 지혜를 터득했다 하더라도 결국은 똑똑한 체하는 인간의 얕은 지식. 사나운 마왕에게는 돌멩이처럼 발로 뻥 차일 뿐이야. 신살자 짐승을 제어할 수 있는 자는 아무도 없어. 몸과 마음을 바쳐 왕에게 복종하고, 임기응변으로 대응해 일을 매듭짓는 데에 능력을 써라… 우리 브란델리 가에 대대로 전해 내려온 가훈이지."

"줄리오의 조상님은 그런 식으로 가르치셨구나."

"맞아, 렌. 그리고 그 가르침은 아마 옳았어. 너와 그 후작… 신살자의 실물을 눈앞에서 직접 보면서 나 스스로도 그렇게 생각하게 됐거든."

줄리오는 실감을 담아 딱 잘라 말하고는, 홍일점을 힐끗 보았다.

"이론파라는 점에서는 리오나도 마찬가지잖아? 네가 렌의 방침을 받아들인 이유는 뭐야?"

"저는 간단해요."

야타가라스의 환생은 시원스럽게 대답했다.

"로쿠하라 씨와는 일심동체니까요. 부창부수(夫唱婦隨)이자 부창부수(婦唱夫隨)인 셈이죠. 서로 윈윈하는 이익 관계로 가야 해요. 게다가….."

"별로 티는 안 내지만, 리오나도 걱정을 많이 하고 있거든."

"시끄러워요, 주인님. 뭐, 그 맹한 공주님을 결코 싫어하는 건 아니니까요. 우격다짐으로 납치당했다면 구하러 가는 것도 사람 된 도리죠."

긍지 높은 여왕 리오나는 선언했다.

"우리에겐 그럴 만한 힘이 있으니까요."

"좋아. 그럼 이번 신화 세계를 '생크추어리 휘페르보레아'라는 가칭으로 부르자."

결사의 총수답게 줄리오는 화제를 전환했다.

"곧바로 탐색팀을 편성하자. 렌과 리오나는 당연히 포함되고…."

"저, 저기!"

후미카가 당황한 듯이 뛰어왔다.

"가슴이 굉장히 술렁거리는 게 어쩌면 태자님이 무슨 경고를 해 주고 계신 건지도… 어? 아아아아아, 저길 보세요!"

언니에게 맞춘 것인지, 중학교 교복인 세일러복을 입은 소녀가 머나먼 저편을 손가락으로 가리켰다.

후지산과 비슷하게 생긴 대 아라라트 산, 소 아라라트 산.

새하얀 눈으로 장식된 두 개의 산 정상에 저녁노을이 비쳐 선명한 오렌지색으로 물들어 있었다. 이제 곧 해가 진다.

그리고 노을빛 아래, 사람의 모습이 하늘에서 강림했다.

사람의 형태를 한 그것은 점점 다가오고 있었다. 정확한 사이즈는 알 수 없지만 꽤나 거대한지 지상에서도 점차 어렴풋한 모습을 알아볼 수 있었다.

"날개가 달려 있어…. 혹시 천사인가?"

렌은 눈을 가늘게 뜨며 중얼거렸다.

하얀색의 간소한 옷을 걸치고, 작은 검을 쥔 아름다운 형체가 구름 사이에서 나타나더니 지상… 게다가 렌 일행이 있는 크레이터로 강림해 왔다.

소름 끼치게 단정한 얼굴만 보고서는 성별을 알 수 없었다.

그리고 그 혹은 그녀의 등에는 순백의 날개가 돋아나 있었다.

그야말로 로쿠하라 렌이 '천사'로 인식하고 있는 존재 그 자체였다. 줄리오가 팔짱을 끼곤 생각에 잠겼다.

"생각해 보면 아라라트 산은 구약성서와 관련된 성지니까 말이지. 그곳에서 공간왜곡을 불러일으키면 이 지역의 신령까지 각성시킬지도 몰라. 당연히 예상했어야 했는데."

"저 천사, 우리가 불러낸 건가요?!"

"글쎄. '세계의 끝'이 가까우니까, 우리가 딱히 뭘 하지 않았는데도 마음대로 하늘에서 내려왔을 가능성도 커."

후미카가 당황해서 어쩔 줄 몰라 하는 반면, 그녀의 언니는 몹시 차분했다.

"큰일이군."

로쿠하라 렌은 그렇게 말하며 머리를 긁적였다.

"저 천사에게서 뜨거운 시선이 느껴져. 나에게 첫눈에 반했거나, 아니면 나한테 잔뜩 열받아서 때려눕히고 싶거나 둘 중 하나인 것 같아."

"신과 신살자는 서로가 숙적. 틀림없이 때려눕힐 생각이에요."

리오나가 곧바로 지적했다.

바람은 쌩쌩 거칠어질 뿐. 천사가 뿜어내는 투지가 공기에 위력을 불어넣고 있는 것처럼 느껴졌다.

체념한 렌은 한숨을 푹 내쉬었다.

"할 수 없지. 휘페르보레아로 뛰어들기 전에 되도록 재빠르게 정리할게. 너무 강적이 아니면 좋겠지만."

"아니. 너에게 전의를 보이고 있다면, 아예 표적을 없애 버리자."

줄리오가 제지하자, 렌은 물었다.

"무슨 뜻이야?"

"곧바로 공간왜곡으로 뛰어들어. 그 후엔 내가 어떻게든 할게. 빨리 카산드라 왕녀를 구출해 내서 돌아와. 세계의 멸망에 맞서기 위해!"

"줄리오…."

"자, 잠시만요! 신살자인 로쿠하라 씨가 없어지면 확실히 저 천사님도 진정될지 모르지만!"

캄피오네스의 임시 멤버가 된 후미카가 총수에게 열심히 의견을 말했다.

"하지만 그렇게 되지 않는 경우에는…?!"

"그 말도 일리 있어. 하지만 안심해. 녀석의 신기는 강대하지만 절망적인 수준은 아니야. 하급 천사이거나 종속신 클래스 정도일 거야. 《성배》를 사용하면 충분히 대응이 가능해."

성배. 결사 캄피오네스의 비장의 무기.

본거지인 발렌시아의 대성당에 은밀하게 보관되어 있는 그것의 이름을 줄리오가 입에 담았다. 지상에서 죽은 신의 사체이며, 방대한 양의 마력을 축적해 두고 있다고 한다.

그 힘을 사용해 불러내는 것은….

렌은 친구의 의도를 헤아렸다. 리오나는 그런 렌을 보며 고개를 끄덕였다.

"가시죠, 로쿠하라 씨."

"응. 물론 너도, 그리고 후미카도!"

"으으, 역시 저도 가는 건가요오?"

"당연한 인선이군. 가능하면 내가 따라가야 하겠지만, 총수로서 현세에서 완수해야 할 일이 산더미처럼 쌓여 있어서 말이지. 하지만 미지의 신역 휘페르보레아에 뛰어드는 이상, 유능한 서

포트 역을 렌에게 붙여 두고 싶어."

"네. 우마야도 황자도 세트라면 더할 나위 없죠. 가자!"

"흐에에에엑?!"

리오나는 동생의 대답을 듣지도 않고 그녀의 어깨를 감싸더니 함께 뛰었다.

눈앞에 있는 크레이터 속, 공간왜곡이라는 빛의 소용돌이로. 렌은 엄지를 척 세우곤 복심인 친구에게 씨익 웃음을 지어 보인 다음, 곧바로 자매를 쫓아 뛰어들었다.

"갔군."

줄리오는 여행을 떠난 세 사람을 배웅한 후, 얼굴에 미소를 지었다.

선풍은 더욱더 강해졌고, 이미 최대급 태풍이나 다름없었다.

하지만 상위 마술사의 소양으로 몸에 방풍 보호술을 걸어 놓았다. 그 덕분에 겨우 서 있을 수 있었다.

하늘에서 강림한 하급 천사는 8미터 정도 되어 보였다.

앞으로 5, 60초만 있으면 지상에 내려설 것이다.

숙적인 신살자가 사라졌는데도 맹렬한 신기를 흩뿌리고 있었다. 마치 위협하듯이. 아직 투지를 거두지 못한 것 같았다.

역시 영격 태세를 취해 두어야 할까?

줄리오는 집안에 대대로 전해 내려오는 마검을 불러냈다. 시조 체사레의 대부터 내려온 사자의 마검, 쿠오레 디 레오네. 폭이 넓은 한손검이었다.

그렇게 선조가 미래에 맡긴 최강의 유산은….

"옛 창의 군신이여! 성배의 은혜를 받아 이곳으로 와 주소서!"

"알겠다, 사랑스러운 아이여."

하얀 투구에 망토, 체인메일 차림의 여기사 《하얀 여왕》.

그 아름답고 용맹한 모습이 줄리오의 옆에 현현했다. 여왕이 지닌 무구는 장창과 원형의 방패. 그리고 평소와는 달리 말과 함께였다.

늘씬한 백마 위에 걸터앉은 여왕은 기사로서 완전무장을 하고 있었다!

"말해 두지만, 브란델리 가의 후예여. 이곳은 성배가 있는 도시에서 많이 멀다. 일단 가지고 올 수 있는 신력을 성배에서 최대한 퍼 왔지만."

수호 기사는 말 위에서 태연한 목소리로 알려 왔다.

"없어지면 거기서 끝이다. 힘을 가지러 다시 돌아가도 좋지만, 그동안 너를 수호할 수 없다. 그렇게 알고 있거라."

"그럼 문제없을 거야."

"호오?"

"전투란 전속, 전력으로 해치우는 법. 일격으로 패하는가, 일격으로 승리하는가. 결국 그것이 《하얀 여왕》의 전투라고 예전에….”

“말한 적이 있었나?”

“응. 우리 집안의 수호 기사는 거짓말을 하지 않는다고 내 자손에게도 전하고 싶어. 건투를 빌게.”

“하하! 아이를 만들 길이 없는 남자가 통하지도 않는 헛소리를!”

여왕은 웃음을 터뜨리면서 창끝을 하늘로 쳐들었다.

아라라트 산 상공에서 내려온 하급 천사를 먹잇감으로 확실하게 인지했다.

“하나 그래, 좋다. 휘몰아치는 바람, 내리치는 번개가 되어 단숨에 적을 박살 내도록 하마. 이것이 나의 방식이다. 눈을 크게 뜨고 보거라!”

다음 찰나, 하얀 여신과 말은 빛이 되었다.

하급 천사를 향해 일직선으로 뛰어드는 전광이 된 것이다. 기사도 말도 눈부시게 하얀 번개에 감싸였다.

말의 돌진에 몸을 맡기며 창을 앞으로 쑥 내밀어 적병을 향해 내찔렀다.

그야말로 기사의 돌격이었다. 한 줄기 섬광이 지상에서 일어났고, 천사의 명치에 창을 꽂아 위로, 위로, 하늘 높이 쳐올려 나갔다.

「Ah… aaaaaaaa!!」

하급 천사의 입에서 고통스러운 비명이 터져 나왔다.

그럼에도 불구하고 백기사와 그의 말은 빛이 되어 급상승을 이어 나갔다. 적인 천사를 운해의 높이까지 쭉쭉 밀어 올렸다.

그것은 마치 운석의 추락을 역재생한 영상과도 비슷했다.

"저것이 여왕의 전력이구나. 무시무시하군…."

줄리오는 감탄을 자아냈다. 평소에는 《성배》를 절약하기 위해 힘을 아껴 왔다. 하지만 지금, 마침내 그 족쇄에서 풀려나자마자 이런 힘을 발휘했다.

하급 천사의 모습은 더 이상 보이지 않았다.

그리고 줄리오는 절대로 돌아오지 않을 것이라고 확신했다.

3

바다의 세계였다.

파란 대해원이 끝없이 펼쳐진 세계.

"그 점은 저번에 갔던 생크추어리 트로이와 똑같지만."

야타가라스로 변신한 리오나는 금색 날개를 펄럭이며 하늘을 나아갔다.

아무튼 똑바로. 북쪽으로 여겨지는 방향을 향해 대해원의 상공을 날았다. 육지의 그림자를 발견하기 전까지 비행을 계속할 생각이었다.

"이쪽은 지중해가 무대인 트로이보다 훨씬 시원하네요."

바람과 공기가 몹시 차가웠다.

하늘을 나는 야타가라스의 거구에 닿는 바람이 제법 서늘했다. 하지만 생크추어리 미트가르트만큼 춥진 않았다.

유럽으로 치면 독일이나 프랑스 중북부 언저리에 가까운 듯한….

"습도도 그렇게까지 높지 않고요."

그리고 수십 킬로미터를 북상한 야타가라스, 즉 리오나는 마침내 발견했다.

"섬을 발견! 게다가 여러 개!"

작은 섬 몇 개가 모여 군도를 이루고 있었다.

그 상공을 빙글빙글 돌면서 새의 눈으로 관찰했다. 섬의 수는 여섯 개. 전부 산, 숲, 강 등이 있었고 평야도 있었다.

그리고 영조의 날카로운 시력으로 찾아냈다.

험한 산을 뛰어오르는 염소 무리, 완만한 초원에서 무리를 지어 다니는 양들, 사슴과 들소도 들판을 뛰어다녔고 새들의 종류도 다양했다.

또한 양들의 옆에는 천막 같은 인공물이 또렷하게 존재했다.

"인간 아니면 데미 휴먼으로 분류되는 지적 종족이 있는 것 같네요!"

천막이 있는 섬은 가장 북쪽에 있었다.

이 군도에서 제일 큰 섬이었다. 리오나는 날개를 펼쳐 하강했다.

휘페르보레아.

그리스 신화에 등장하는 지명이다. 줄리오가 들려준 '아폴론, 북풍의 저편으로'를 시작으로 몇 가지 에피소드에 이 이름이 등장한다.

"그중 하나가 '낙원전설'. 휘페르보레아는 북쪽에 있으며 항상 태양이 환히 빛나는 낙원. 겨울도 밤도 없으며, 1년 내내 따뜻하다고 하는 곳….."

공기는 으슬으슬했다. 신화처럼 온난한 기후는 아닌 것 같았다.

"하지만 '북쪽 끝에 있는 가난한 변경' 설도 있으니까요."

생크추어리 휘페르보레아의 진실을 알고자 영조 야타가라스는 힘차게 하늘을 날았다.

"또 깡촌 신역으로 날 데려왔구나, 렌….."

"하하하하. 시골도 아닌 무인도 같지만. 그래도 리오나가 사람이 살고 있는 흔적을 발견했대."

렌은 왼쪽 어깨에 앉은 스텔라의 날카로운 시선을 느끼며 씨익 웃었다.

한편, 후미카는 주뼛주뼛 주위를 둘러보고 있었다. 초원 한가운데였다. 저 멀리 풀을 뜯어먹는 양떼가 보였다.

"우와아…. 소문으로만 듣던 신화 세계에 마침내 오고 말았어. 으윽. 처음이니까 더 난이도가 낮은 세계면 좋았을 텐데."

"좀비들이 우글거리던 요모츠히라사카보단 건전해 보이는 세계인데?"

리오나는 투덜대는 동생에게 매정하게 말했다.

야타가라스의 몸속에 모두를 거둬들인 다음, 이곳까지 옮겨 준 것이다.

"나 참, 정신 똑바로 차려. 이게 『화성의 군주』 시리즈라면 첫이세계는 네 개의 팔을 가진 전투민족에게 지배당한 화성 왕국이었어. 게다가 한창 전란 중인 상황. 그것보단 아마 나은 시작이 아닐까?"

"또, 똑같이 가혹해질지도 모르잖아!"

얼마 가지 않을 언니의 위로에, 걱정이 많은 후미카가 눈물 어린 눈으로 호소했다.

그러나 지금은 후미카를 돌보고 있을 상황이 아니었다. 렌은 스텔라를 어깨에 얹은 채 양떼가 있는 곳으로 다가갔다.

부자(父子)로 보이는 어른과 남자아이를 발견했기 때문이다.

둘이서 덩치가 작은 말 한 마리에 같이 올라타 있었다. 안장은 없지만 말의 입에는 가죽으로 된 재갈과 고삐가 있었다. 부친으로 보이는 어른이 고삐를 잡고 있다.

"보아하니 양 주인 같군."

"그러게. 딱 보기에도 산에 사는 양치기 같네."

렌과 스텔라는 서로의 말에 동의하며 고개를 끄덕였다. 말 위의 부자는 평범한 인간이었다. 지구에서 말하는 코카소이드. 하얀 피부에 이목구비가 뚜렷했다.

부자는 자신들을 향해 다가오는 렌과 스텔라에게 수상쩍은 듯한 눈빛을 보냈다.

어느 곳에나 있을 법한 외투와 관두의(貫頭衣), 바지에 샌들 차림. 일단 트로이처럼 따뜻한 지중해성 기후와는 거리가 먼 의복이었다.

부친으로 보이는 어른은 턱수염을 길렀고, 나이는 서른 전후인 것 같았다.

어떤 언어가 통할지 모른다. 렌은 당당하게 일본어로 인사했다.

"반가워요. 난 로쿠하라 렌, 여행을 다니는 중이에요. 이 친구는 스텔라."

"××××. ×××××××××."

스텔라도 로쿠하라 렌에게는 미지의 언어로 부자를 불렀다.

웃는 얼굴이 우호의 증표가 되는 문화권인지는 모르지만, 일단 사랑의 여신과 함께 렌은 방긋 웃는 얼굴로 천천히 접근했다.

두 손도 자연스럽게 보이며 무기가 없다는 것을 어필했다.

아무튼 상대의 경계심을 자극하지 않는다. 수수께끼의 세계 휘페르보레아 주민과의 첫 접촉을 성공시키고자 갖고 있는 커뮤니케이션 능력을 총동원할 생각인 것이다.

그리고 덩치가 작은 말에 올라탄 양치기 부자는….

"○○, △△△△. ○○○○△△△△."

"○○○, △△! △△△△△!"

부친으로 보이는 어른이 수상쩍다는 듯이, 남자아이는 흥분한 듯이 말을 주고받았다.

두 사람 다 겁을 먹은 듯한 모습은 볼 수 없었다. 이곳을 찾는 여행자가 드물지 않은 건지, 단순히 그들의 배짱이 대단할 뿐인 건지.

그리고 부자의 말을 들으면서 스텔라가 생각에 잠긴 표정을 보이더니….

렌의 왼쪽 어깨에서 "○○○○, △△△△!" 하고 난데없이 호소했다.

역시 사랑의 여신다운 꽃 같은 미소로 사근사근, 부자와 똑같은 언어를 구사하며.

"모두가 무슨 말을 하고 있는지 이제 알 것 같아."

"저도 슬슬 스텔라의 통역 없이도 무슨 말이 오가는지 알아듣겠어요."

"나, 난 아직 하나도 못 알아듣겠어… 으윽, 소외감이."

양치기 일가에 손님으로서 마중을 받은 지 몇 시간이 지났다.

그들의 가족 구성은 아빠, 엄마, 아들 둘, 할머니. 그리고 양을 풀어 두었던 초원에 천막이 몇 개 설치되어 있었다.

렌 일행은 지금 천막 안에 있다. 밖은 완전히 깜깜한 밤이었다.

휘페르보레아 세계에서 만난 양치기 일가는 소녀신 스텔라를 에워싸곤 그녀의 일거수일투족을 뜨거운 시선으로 관찰하고 있었다.

주목을 받은 스텔라는 그럭저럭 만족스러워 보였다.

"호호호호. 정직한 인간들이구나. 나 같은 여신에게 계속 있어 달라고 하다니. 하지만 안 돼. 저들과 중요한 여행을 하는 중이거든."

"그것 참 안타깝구먼."

"여신님이 있어 주신다면 이 섬도 태평성대를 누릴 수 있을 텐데…."

부친과 할머니가 낙담하는 표정을 지으며 말했다.

그들은 '여신'이라고 자신을 소개한 스텔라를 선뜻 받아들이더니, '성스러운 자'에게 소박한 경의를 보이며 환대해 주었다.

땅을 파서 간소한 '화로'를 놓고, 그 주위에 둘러앉을 수 있는 공간이 천막의 중심이었다.

일가와 스텔라는 바로 그 화롯가에 앉아 있었다.

렌 일행은 둥그렇게 둘러앉은 그들과 거리를 두고 앉아 있었다. 리오나가 작은 목소리로 속닥속닥 말했다.

"아마 인도유럽어족의 언어, 그것도 꽤 옛 시대의 언어로 대화하고 있는 것처럼 느껴지네요. 정확히 어느 언어인지는 알 수 없지만."

"혹시 트로이에서 사용하던 것보다 더 오래된 언어야?"

"아마도… 네. 그렇다고 단정해도 좋을 것 같아요."

미지의 언어지만, 한동안 듣고 있다 보면 저절로 귀로 습득하는 특기.

신살자인 렌만이 아니라 리오나도 천재 음양사의 소양으로서 그 특기를 몸에 익히고 있었다.

이곳은 트로이 전쟁보다도 '오래된 신화'의 세계….

놀라는 렌의 옆에서 이번에는 후미카가 말했다.

"음식도 꽤나 심플해."

후미카는 납작하게 구운 빵을 입에 가져갔다.

재료는 보리와 밀을 섞은 가루처럼 보였다. 하지만 야채와 고기 조각을 넣고 푹 끓인 수프에는 밀가루에 의한 '점성'도 있었으며, 아마 꽤나 손이 많이 갔을 것으로 생각되었다. 어린 양고기를 구운 스테이크도 부드러웠다. 잡내가 없었다.

심플하면서도 꽤나 알찬 식탁이었다.

리오나는 토기 그릇으로 양젖을 마시곤 중얼거렸다.

"텐트를 주거로 삼고, 말을 타고, 양을 키우고, 먹이가 되는 풀을 찾아 정기적으로 이동하고 있다면 유목민. 뭐, 적어도 전업 목축민인 건 확실할 거예요."

"이 근처에 농가는 없을까?"

"하늘에서 봤을 때, 작은 보리밭 같은 것도 발견했어요. 다시 말해 반농반목. 야외에서 목축을 하던 삶에서 집단 정주 생활로 이행하는 과도기 스타일이에요."

일본인 두 사람이 무슨 이야기를 하든 말든 아랑곳 않고, 스텔라가 양치기 일가에게 물었다.

"잠깐 물어볼 게 있어. 당신들, 이런 여행자를 본 적 있어?"

태양신 아폴론과 왕녀 카산드라의 인상착의를 대충 설명했다.

하지만 일가는 모두가 '모른다'고 대답했다. 목격자 단서 없음. 렌이 한숨을 후우, 내쉰 그때.

"어라?"

위화감을 느낀 렌은 눈을 가늘게 떴다.

난로 같은 화로에서 타오르는 불 외에는 조명이 없었기 때문에 천막 안은 어두컴컴했다. 서랍 같은 수납장은 전혀 없다.

하지만 바닥에 깔린 모피 위에 이런저런 잡화가 놓여 있었다.

그중에 반짝이는 물건이 있었다. 황금 세공으로 장식된 보관(寶冠). 진주 목걸이. 그리고 은으로 만들어진 것으로 보이는 팔찌도 있었다.

저 칙칙한 금색 고블릿은 아마 놋쇠로 만들어진 것….

귀금속에는 전부 섬세한 조각이 새겨져 있었다. '새'와 '귀부인', '전차를 타는 전사'와 같은 그림이 황금과 백은 위에 붓으로 그린 그림처럼 섬세한 터치로 새겨져 있었다.

토바 자매만 알아챌 수 있도록 렌은 바닥에 놓인 보석과 장식품을 가리켰다.

"저거, 묘하게 **튀지 않아?**"

"동감이에요. 무인도나 마찬가지인 섬에서 심플 라이프를 보내는 양치기 가족에게는 엄청나게 어울리지 않는 인공물이네요. 특히 은이나 놋쇠 같은 건 광석을 제련하거나 혼합하지 않는 이상 만들 수 없어요."

리오나도 작은 목소리로 나지막이 속삭였다.

"이곳의 문명 수준으로 직접 만들 수 있다고는 도저히 생각되지 않아요."

언니의 의견을 들은 후미카가 놀라 눈을 휘둥그렇게 뜨고 말했다.

"설마 어디서 훔쳐 왔다거나?"

"훔치거나 약탈을 통한다는 건 '저런 보물을 가진 습격 대상'이 없는 이상, 성립할 수 없는 스토리야. 과연 진실은 뭘까…?"

"이건 확인해 봐야겠어."

리오나의 말을 듣곤 렌이 일어섰다. 그러더니 일가에게 말을 걸었다.

"잠깐 질문 좀 할게! 저 예쁜 물건들은 어디서 손에 넣었어?"

아무 악의 없는 호탕한 말투와 목소리로 직접적인 질문을 던졌다.

그러자 일가의 부친은 전혀 기분 나쁜 기색 없이 웃는 얼굴로 즉답했다.

"아~ 저건 말이지, 떠내려왔어."

"떠내려왔다고?"

"응, 바다에서. 모래사장을 걷다 보면 종종 어디서 흘러들어와 있더라고."

바다에서… 렌은 토바 자매와 눈빛을 교환했다.

게다가 부친은 추가 정보를 제공해 주었다.

"다른 섬에는 굳이 바닷속에 잠수까지 해 가면서 주워 오는 녀석들도 있어."

"바닷속에 난파선이라도 있나요?! 아니면 해저 유적?"

이번에는 리오나가 흥분한 기색으로 물었다.

"혹시 드래곤이 보물을 바다의 소굴에 모으고 있다거나?"

그러나 부친은 "글쎄?" 하고 고개를 갸웃거렸다.

그도 출처가 어디인지는 모르는 것 같았다.

결국 그날은 양치기 일가의 천막에서 하룻밤을 보냈다.

그리고 아침이 왔고, 잠에서 깨자마자… 렌은 이상한 점을 깨달았다.

"어라?"

"…왜 그러세요, 로쿠하라 씨?"

옆에서 한데 뒤섞여 자던 리오나도 몸을 일으켰다.

리오나는 졸린 듯이 눈을 비비고 있었다. 남자와 여자가 따로 취침하는 습관 같은 건 없는 것이나 마찬가지인 신화 세계. 양치기 일가와 렌 일행은 나란히 누워 같은 천막에서 잠을 청했는데.

"그 가족, 어디 갔을까?"

"찾아보도록 하죠."

후미카와 스텔라는 담요를 뒤집어쓴 채 아직 꿈나라에 있었다. 하지만 엄마, 아빠, 아들 둘, 할머니, 다섯 명인 가족은 아무도 없었다.

리오나와 함께 밖으로 나갔다. 아침 해가 눈부시게 비치고 있었다.

천막 바로 옆에서는 말이 느긋하게 풀을 뜯고 있었다. 녀석이 끌고 다니는 짐수레도 그대로 있었다. 하지만 찾는 것은 말도, 짐수레도 아니다.

결국, 렌과 리오나는 일가를 곧 찾아냈다.

조금 떨어진 곳에 가족 모두가 있었다. 단애절벽 바로 옆으로, 그곳에서 바다를 둘러볼 수 있었다. 이 초원은 바다 바로 옆이었던 것이다.

그들은 모두가 무릎을 꿇고 대해원을 향해 고개를 숙인 자세로 있었다.

"딱 그거네, 새해 첫 일출."

렌은 일본의 정월, 1월 1일을 떠올렸다.

"해돋이를 맞이하는 일본인 같아."

"오히려 메카가 있는 방향으로 엎드려 절하는 무슬림 같지 않나요? 굉장히 경건하게 기도하고 있는 분위기가 전해져 와요. 게다가 태양과는 다른 방향을 향해 있고요."

리오나는 아침 해가 있는 쪽을 가리켰다.

확실히 일가가 머리를 숙이고 있는 해원에서 90도 정도 어긋나 있었다.

"그럼 바다에 감사한다고 인사를 드리고 있는 걸까?"

"그럴지도 몰… 으응? 응…?"

둘이서 단애절벽까지 걸어가선, 바다를 한차례 바라봤지만.

갑자기 리오나가 미간을 찌푸렸다. 그러더니 해면의 한 점을 응시하기 시작했다.

렌도 "어라?" 하고 고개를 갸웃거렸다. 바로 옆에서는 양치기 일가가 같은 바다를 향해 넙죽 엎드린 채 기도를 올리고 있다….

"로쿠하라 씨. 저기 있는 작은 섬, 부풀어 오르고 있는 것처럼 보이지 않나요?"

"응, 그렇게 보여. 발효시킨 빵 반죽처럼 혼자서 쑥쑥 커지고 있어."

처음에 발견했을 때는 편의점 주차장 정도의 넓이였다.

작은 암초에 지나지 않았던 것이다. 하지만 그 섬은 순식간에 팽창을 이어 갔고, 야구장만 한 크기가 되었다.

그리고 쭉쭉 넓어지더니, 도쿄돔이 몇 개는 들어갈 정도의 공터가 되었다.

이윽고 부푼 육지는 에노시마 섬과 엇비슷한 면적이 되고 말았다!

그 섬을 풀과 나무가 덮어 갔다.

엄청난 기세로 초목이 싹트고 자라더니, 마침내 섬을 꽉 채우는 숲이 탄생했다.

모든 과정을 한차례 목격한 리오나는 영부를 스윽 꺼냈다.

"식신 하나여, 내 곁으로."

음양도에서 유래된 종잇조각은 곧바로 백로가 되어 날아갔다.

리오나의 사역마였다. 주인의 눈과 귀가 되어 정보를 수집하는, 그런 역할이 주어지는 경우가 많다.

이번에도 또한 리오나는 백로의 눈으로 무언가를 확인했는지….

"역시!"

"무슨 일이야?"

"이 섬, 여섯 개 있는 군도의 제일 북쪽 끄트머리에 있었어요. 하지만 지금, 그야말로 일곱 번째 섬이 탄생했어요."

"섬이 늘어났다고…?"

"네. 틀림없어요."

렌은 황급히 바로 옆에 무릎을 꿇고 있는 일가를 향해 달려갔다.

"방해해서 미안! 저 섬, 어제는 없었던 것 맞지?!"

"그래. 신께서 내려 주신 은총이야."

무릎을 꿇고 있던 부친이 얼굴을 들고는, 기쁜 듯이 말했다.

"《빛을 가져오는 자》가 우리를 위해 대지를 넓혀 주셨어. 손님도 기뻐하도록 해. 절망으로 넘치는 이 세계에도 축복이 있기를!"

4

휘페르보레아에 온 지 나흘이 지났다.

리오나는 몇 번이나 '변신'하여 렌 일행을 야타가라스에 태워 여행했다. 광대한 바다 위를 날아 섬을 발견할 때마다 그곳에 들렀다.

온통 작은 섬뿐이었다.

하지만 렌 일행이 들른 모든 섬은 산천초목의 기운이 약동했고, 수많은 새와 짐승이 뛰어다녔다.

이따금 무인도도 있었지만, 인간과 만나는 건 어렵지 않았다.

"현재까지 만난 인간은 모두 목축민이었네요."

리오나는 중얼거렸다. 황금색 봉황으로 변신해 바다 위를 활공하면서.

몸 안에 흡수한 주인님과 동생에게 말을 건네었다.

"가족 단위로 반농반목의 생활을 하고 있고, 섬의 인구는 저마다 다른 데다, 처음에 방문한 섬처럼 일가족만으로 구성된 곳이 있는가 하면 열 몇 세대가 사는 섬도 있었어요. 단, 후자의 케이스도 섬 주민들이 한곳에 모여 마을을 형성하는 데까지는 이르지 못한 상태…."

'어라, 왜일까?'

몸 안에 있는 로쿠하라 렌의 사념이 전해져 왔다.

'다 같이 마을을 만들어 사는 편이 편할 텐데.'

"단순히 그런 생활 스타일이 아니기 때문이겠죠. 하지만 각 섬의 인구가 늘어나면 부락은 자연스럽게 늘어날 거예요. 그것이 역사의 필연이죠."

리오나도 사념을 보내 담담하게 이야기했다.

"수렵, 채취, 목축을 주된 생업으로 삼고 있는 사람들이 농업을 시작으로 마을과 촌락을 만들고, 집단생활과 교역의 거점이 돼요. 고대 도시의 탄생이에요. 그리고 도시 안과 밖에서 사는 양자는 때로는 교류하고, 대립도 하죠⋯."

'대립이라니?'

"네. 험난한 자연 속에서 사는 수렵민, 유목민은 크고 작은 트러블로 인해 식량을 확보하지 못하게 돼요. 그러자 그들이 눈을 돌린 것은 물과 식량을 잔뜩 비축한 정주민(定住民)의 부락⋯."

'그렇군. 힘으로 빼앗으러 가는구나.'

"그리스 신화도 그렇지만 신화에 등장하는 사람들은 타국의 것을 아무 주저 없이 약탈하잖아요. 구약성서에서도 굳이 콕 집어 '죽이지 말아라', '훔치지 말아라'라고 하느님이 금지시킬 정도였고요. 신화 시대에선 당연한 행위였어요."

'그것 참 흉흉하네.'

그런 이야기를 하는 동안 새로운 섬에 도착했다.

렌은 인간의 몸으로 돌아온 리오나와 말수가 확 줄어든 후미카를 데리고 섬 주민을 발견하자마자 친근하게 말을 걸었다.

"안녕? 우리는 여행자인데."

마침 모래사장에서 투망을 던져 물고기를 잡고 있는 노부부가 있었다.

이 세계는 바다밖에 없기 때문에 고기잡이가 성했다. 나무 뗏목과 가죽배를 직접 만들어 바다로 나가는 자도 드물지 않다⋯.

'가죽?'

'네, 가죽배. 나무를 엮어 골격을 만든 후, 짐승 가죽을 붙인

배예요.'

렌의 질문에 리오나는 그렇게 해설했었다.

'금속 공구가 없는 시대에 목조선을 만드는 건 힘드니까요. 그렇다면 통나무나 대나무를 실로 묶어 뗏목으로 만들거나 혹은 짐승 가죽으로 배를 만들거나. 그렇게 되는 거죠.'

새와 짐승이 많기 때문에 사냥도 성했다.

그야말로 채취, 수렵, 목축이 '생활의 기둥'이 되는 것이다. 그런 생활이기에 휘페르보레아인은 일상적으로 이동을 반복했다. 그래서인지 여행자에게 친절했다. 하룻밤만 재워 달라고 하는 부탁도 하기 쉬웠다. 이번에 고기잡이를 하고 있던 노부부도 마찬가지였다.

"먼 곳에서 잘 왔어요, 여행자 여러분."

"잠시 쉬었다 가도록 해요. 자아, 자."

그들은 자신들의 천막으로 안내해 주었다. 리오나가 자연스럽게 안을 둘러보았다.

"…있네요, 이곳에도."

안쪽에 '인형'이 덩그러니 놓여 있었다.

재료는 점토일 것이다. 그것을 구워 굳힌 것으로, 요컨대 토우였다.

꽤나 심플한 조형의 인형은 '머리와 몸통으로 보이는 막대기에 두 손 두 발로 보이는 막대기가 달려 있고, 찌그러진 십자가

처럼 보이는' 원시적인 디자인이었다.

일본의 불상, 고대 그리스의 비너스상 등의 세련됨과는 비교가 되지 않았다.

비슷한 모양의 인형상이 거주공간 여기저기에 놓여 있었다. 리오나는 주인인 노부부에게 단도직입적으로 물었다.

"저거, 당신들이 숭배하는 신인가요?"

"네, 맞아요. 《빛을 가져오는 자》에게 영광이 있기를."

노부부 중 남편은 싱글싱글 웃고 있었다. 리오나는 더 캐물었다.

"빛을 가져오는 자. 그의 이름은 정확히 무엇인가요?"

"이름? 글쎄?"

왜 그런 무의미한 질문을? 그렇게 물어보듯 노인은 신기하다는 표정을 지었다.

"빛을 가져온 영걸, 선택받은 자는 한두 명이 아니에요. 앞으로도 나타나겠죠. 그들은 어둠의 저편으로 갔다가 불과 빛을 가지고 이 대지로 다시 돌아온답니다."

"틀린 말씀은 아니지만, 그래도….."

"하지만 뭐, 굳이 이름을 듣자면."

리오나가 물고 늘어지자 노인은 말했다.

"듀는 어떤가요, 손님?"

결국 그날 밤은 노부부의 천막에서 머물게 되었다.

밥도 얻어먹었다. 메인 요리는 낮에 잡은 농어와 비슷한 생선 소금구이. 조개류와 야채를 넣고 끓인 수프, 구운 새우, 문어 등도 식탁을 장식했다.

노부부는 해변 바로 옆에 집을 지어 살고 있었다. 당연히 주식도 바다에서 잡은 것들이었다.

"다 먹고 나면 바다에 갈 거야, 후미카."

"으으, 나도 알아."

언니가 나지막하게 말하자, 후미카는 조금 싫은 듯이 대답했다.

별로 마음이 내키지 않는 것 같았다. 휘페르보레아에 도착한 지 나흘째. 어제부터 토바 가의 차녀는 줄곧 울적한 상태였다.

아무튼 밥을 먹고 뒷정리를 한 뒤, 렌과 자매는 천막을 나왔다.

"이 집에서도 《빛을 가져오는 자》를 '듀'라고 불렀네요."

렌은 모래사장을 향해 걸으면서 말했다.

손에 든 횃불에 불을 붙여 밤길을 밝혔다. 리오나는 생각에 잠긴 얼굴로 중얼거렸다.

"듀… 즉 천공. 의미심장한 단어예요. 동일한 의미의 단어가 산스크리트어로는 '디아우'. 발음이 비슷한 건 우연이 아니라 두 언어가 인도유럽어족… 친척 관계이기 때문일 거예요."

리오나는 흐릿한 빛 앞에 펼쳐지는 어둠을 바라보며 말을 이었다.

"디아우. 듀. 같은 단어가 옛 그리스어로는 '즈데우스'. 이건 시대가 지나면 '제우스'라고 발음되죠."

"혹시 트로이에서 만난 제우스 씨?"

반가운 신을 떠올린 렌. 리오나는 고개를 끄덕였다.

"네. 그의 이름은 '천공'이라는 단어가 그대로 신명이 됐어요. 그리고 고대 그리스어도 역시 인도유럽어족."

"이쪽에 오자마자 리오나가 얘기했던 거네."

"산스크리트어의 'deva(데바)', 라틴어의 'deus(데우스)'도 역시 천공에서 파생된 단어예요. 둘 다 의미는 '신'…."

"이 세계, 휘페르보레아는 어느 신화에서 나온 걸까?"

렌은 곰곰이 생각하더니 말했다.

"역시 인도와 유럽 사이의 어딘가일까?"

"아직 모르겠어요. 일단 《빛을 가져오는 자》에 대한 신앙이 이곳에서는 일반적인 것 같다는 건 알았지만. 정보 수집을 이어 가도록 하죠."

세 사람은 밤의 모래사장까지 왔다.

보름달의 밝은 빛과 별빛이 까만 바다에 반사되고 있었다.

"오늘 밤에는 섬이 나타날까?"

"글쎄요. 첫날 이후로는 전혀 보이지 않으니까 말이죠."

자고 있는 동안 어느샌가 '섬이' 탄생한다.

휘페르보레아에 온 지 이틀째 날 조우한 이벤트였다. 그것과 똑같은 불가사의한 현상은 그날 이후로 아직 한 번도 발생하지 않았다. 하지만.

"지금까지 방문한 각 가정에서 '바다에 새로운 섬이 난데없이 탄생한 현상을 당연하게 생각하는가'라는 설문조사를 한 결과, 전원이 '당연하게 생각한다'고 대답했어요. 그건 휘페르보레아에서는 일상적으로 일어나는 현상이에요."

그 현상을 가능하면 실시간으로 보고 싶다….

지구와 달리 오락이 적은 신화 세계. TV도 스마트폰도 없는 밤의 무료함을 달랠 겸 렌 일행은 밤마다 이렇게 나와 바다를 구경했다.

"우으으으."

갑자기 후미카가 울음을 터뜨렸다.

"후미카, 왜 그래?"

"배탈이라도 났어?"

"아니. 인터넷으로 심야 애니도, 만화도 못 보는 생활이 너무 고통스러워서… 감자칩이랑 쌀과자, 쌀밥…."

문명 생활을 그리워하며 훌쩍이는 후미카.

휘페르보레아의 신역에서도 스마트폰이 작동한다는 것을 알게 된 그녀는 다운로드해 놓았던 전자책 만화로 외로운 신역의 긴긴밤을 버텨 왔지만.

금방 배터리가 다 되는 바람에 생명줄이 끊겼다.

한편, 리오나는 매정하게 말했다.

"그러니까 저번에도 말했잖아. 내가 기획한 산속 한 달 합숙에 참가하라고. 전파, 전기, 가스, 수도, 스마트폰이 없는 극한의 환경에서 살아남은 경험이 있다면 이런 상황도 태연하게 버틸 수 있단 말이야."

"아무리 그래도 밤에 바다를 멍하니 보고 있기만 하는 건 너무 슬픈걸!"

"이런 와일드한 여행, 난 꽤 즐거운데 말이지."

"뭐, 로쿠하라 씨도 평범한 사람이 아니니까요."

"으으으으. 이 사람들, 21세기의 현대인이라고는 믿어지지 않을 만큼 너무 강인해애애애애…."

한탄을 해도 공감해 주기는커녕 자기 이야기만 하는 두 연상의 모습에 후미카는 훌쩍훌쩍 울었다. 그리고.

「맞아! 이런 따분한 세계, 나도 딱 질색이야!」

그것은 렌의 발밑, 렌이 두 다리로 딛고 서 있는 대지에서 들린 **목소리**였다.

스텔라는 모습을 보이지 않고 목소리만으로 불만을 호소했다.

「이런 데에 있을 바엔 너희들이 사는 그 좁디좁은 지상이 그나마 나아! 얼른 사명을 다하고 나를 그곳으로 데려가도록 해. 이 신역은 글렀어. 불러도 아무도 안 오고, 키프로스의 여왕에겐 전혀 어울리지 않는 곳이야!」

"아~《친구의 고리》도 결국 아무 수확이 없었죠."

리오나가 고개를 끄덕였다.

여신 아프로디테가 지난 권능으로 친구, 애인, 종 등을 불러내 도움을 청하는 것. 벗이 없는 신화 세계에서도 '궁합이 좋은 상대'를 소환할 수 있다.

하지만 이번에는 아무도 와 주지 않았다.

휘페르보레아에 도착한 다음 날에 시험해 봤다. 렌은 중얼거렸다.

"그 후로 결국 이동했잖아. 그러니까 슬슬 다시 한번 시험해 볼까?"

"실패하면 스텔라의 기분이 한층 더 안 좋아질 거예요. 조금 더 이따가 시험해 보죠. 참고로 저의 견해에 따르면."

리오나는 자신 있는 듯이 단언했다.

"이 세계의 문명 수준은 아마 기원전 3000년 정도와 비슷한 것 같아요."

"사, 사, 3000?! 그게 어느 정도의 수준이야? 만화도 있을까?!"

후미카가 달려드는 듯한 기세로 묻자, 언니는 쌀쌀맞게 말했다.

"대답할 가치도 없는 질문은 하지도 마. 토기 제작, 석기 가공의 기술은 꽤나 높은 수준이었고, 금속기는 아직 초기 단계였어요. 가공된 간단한 금이며 동을 사용한 물건은 각 가정에서 확인했고요. 단, 야금 기술이 필요한 철제품은 아직 보지 못했어요."

리오나는 기억을 확인하듯이 중얼거렸다.

"그리고 중요한 포인트였던 것 중 하나는 짐수레, 요컨대 '수레바퀴'의 존재예요."

"수레바퀴? 빙글빙글 도는 그거?"

렌이 확인하자, 리오나는 "네." 하고 긍정했다.

"실은 '수레바퀴'의 발명이 인류 역사의 터닝포인트이거든요. 수레바퀴가 만들어지고 난 후 인간의 문명은 급속도로 발전하죠. …뭐, 심심풀이로 수레바퀴와 인류 문명의 역사에 대해 얘기해 드리며 밤을 지새는 것도 좋겠지만, 후미카 같은 문명과 퇴폐의 부산물에겐 슬슬 한계인 것 같네요."

문명 수준에 충격을 받은 후미카는 정신을 놓은 채 멍하니 있었다. 영혼이 빠져나간 얼굴이었다.

리오나는 어깨를 움츠리곤 영부를 한 장 꺼냈다.

그러더니 휘익 날렸다. 평소에는 백로로 변신하지만, 오늘은 곧바로 부엉이가 되어 밤하늘을 날아갔다.

"야간 버전 식신에게 바다의 감시를 맡기고, 우리는 이만 자러 갈까요? 그리고 후미카, 너에게 좋은 소식이 있어."

"어? 뭔데? 실은 만화 잡지를 가져왔다거나?!"

"그런 걸 왜 가져왔겠어. 하지만 각지에 정찰을 보낸 식신들에 게서 보고가 들어왔어."

트로이, 미트가르트에서도 도움이 된 식신들의 지세(地勢)와 국세(國勢) 조사.

그것을 휘페르보레아에서도 실행에 옮겼던 것이다. 기대하며 눈을 반짝이는 동생에게 '가끔은 당근도 줘야지'라는 표정으로 리오나는 말했다.

"드디어 부락, 그것도 항구 도시를 발견했어. 해상 교역의 거 점으로 추정되는 곳이야. 뭐, 신화 세계 나름이지만, 오랜만에 문화의 향기를 즐기도록 해."

"정말?! 나, 뜨거운 물에 목욕하고 싶어!"

후미카는 오랜만에 눈을 잔뜩 반짝이며 소리쳤다.

샘에서 물로 몸을 씻어 최소한의 위생은 유지할 수 있었지만, 샴푸, 린스, 비누 등은 며칠 동안 구경도 못 했기 때문이다.

5

"우와아아아아아아!"

마침내, 그리고 오랜만에 후미카의 환희가 폭발했다.

항구의 부둣가. 통나무를 엮은 뗏목, 짐승 가죽을 사용한 가죽 배, 그리고 원시적이지만 돛단배도 계류되어 있었다.

그렇다. 돛단배. 카누를 두 개 나란히 둔 쌍동식 선체에 돛을 달았다.

요트의 원형인 미니 돛단배였다. 그런 배가 4, 50척은 족히 있어 보였다. 제법 장관이었다.

이번 섬은 오키나와 본섬이나 괌 같은 섬과 거의 비슷한 크기였다.

"겨, 겨우 도시를 봤어, 언니!"

"도시라고 해 봤자 세대 수는 500 전후, 인구 5천에서 6천 정도의 아담한 도시지만."

리오나의 반응은 쿨했다.

하지만 그런 리오나도 즐거운 듯이 눈을 가늘게 뜨곤, 항구 도시의 모습을 구경했다.

파도가 잔잔한 만에 접해 있었으며, 무질서하게 늘어선 판잣집이 떠들썩하고 활기찬 분위기를 자아냈다.

수많은 사람들이 거리를 활보하는 모습을 보며 렌은 웃었다.

"요새 계속 적적한 곳에 있어서 그런지, 이렇게 사람 많은 곳이 참 반가운걸?"

남녀 모두 옷을 단단히 입고 있었다.

양모 직물로 보이는 외투, 모피 외투. 남자는 그 밑에 관두의나 긴 바지, 샌들. 이렇게 거의 한 패턴이었다. 차림새가 대부분 비슷했다.

한편 여성복은 어딘가 달랐다.

탱크톱, 볼레로, 원피스(와 비슷한 의복) 등, 제법 다양했다.

목걸이, 반지, 모자 등 장식품을 주렁주렁 걸치고 다니는 것은 남녀가 똑같았다.

또한, 일단은 번화가스러운 거리도 있었다.

노점상으로 보이는 사람들이 많았다. 길바닥에 깔린 천과 모피, 나무 받침대 등, 그리고 판매하는 것인 듯한 식재료, 잡화를 이것저것 진열해 놓곤 지나가는 통행인과 이야기를 하고 있다.

리오나가 중얼거렸다.

"시장이라기보단 그 원형이 된 물물교환의 장인 것 같네요."

"가게가 아니야?!"

"돈으로 사고파는 게 아니구나!"

리오나는 놀라는 동생과 렌에게 자세히 설명했다.

"어젯밤에도 얘기했던 대로 휘페르보레아의 문명 수준은 금석병용기(金石竝用期). 신석기 시대와 청동기 시대의 중간인 것 같아요. 금, 은, 동을 통화로 사용하는 단계는 아닐 거예요."

금과 동 등의 광석을 가공한 도구와 석기를 병용했던 시대.

고고학 용어라고 말한 리오나는 어떤 노점을 가리켰다.

"파는 사람, 사는 사람이 교섭해 교환 조건을 정해요. 혹은 보편적인 가치가 있는 물건을 통화 대신 사용하죠. 저곳에서 지금 모피를 건네고 있어요."

"오, 정말이네."

"직물이나 천, 모피, 식량, 도구 가공에 사용할 수 있는 돌이나 귀금속, 그런 건 어느 시대에서나 중요시됐어요, 예쁜 조개를 원시적인 통화로 사용했던 케이스도 많았고요, 아, 저쪽에서는 양 한 마리… 가축을 건네고 있네요."

렌은 예전 수업 시간에 들었던 에피소드를 떠올렸다.

"닭을 가져가서 약과 교환하는 것과 비슷한 건가?"

"네, 유목이나 농업이 일상과 가까울수록 가축에 통화로 사용할 수 있는 이용 가치도 생겨나죠, 신부 이야기에 나오잖아요, 신부를 맞이하기 위해 양 100마리를 예물로 보내는 내용이."

"언니, 어떡하지?"

리오나가 자신의 깊은 지식을 선보이는 한편, 후미카는 충격을 받았다.

"우리, 물물교환에 쓸 수 있는 게 아무것도 없잖아!"

"스마트폰이라면 되지 않을까? 액정 화면이 빛을 반사시켜 반짝거리니까."

"노, 농담이지? 지금 갖고 있는 장비품 중에 목숨 다음으로 중요한 거란 말이야!!"

후미카는 몸을 움츠리며 등에 쏟아지는 언니의 시선을 피했다.

등에 멘 가방에 소지품을 전부 넣어 두었기 때문이다.

"게임 데이터 이전도 안 했는걸!"

"리얼 RPG 같은 상황인데, 얘가 무슨 그런 힘 빠지는 소리를 하고 있어."

"뭐, 제일 빠른 방법은 육체노동과 맞바꿔 뭔가를 나눠 달라고 하는 거려나?"

발놀림이 빠른 것이 자랑인 렌은 시장으로 들어갔다.

"어이!"

노점이 북적이는 길 한복판에서 렌이 큰 소리로 외쳤다.

시장에 모여 있던 사람들의 관심을 한번에 끌었다. 렌은 말을 이었다.

"내가 도와줄 수 있는 일 없어?! 뭐든지 말해! 뭐든지 할 테니까!"

"로, 로쿠하라 씨! 그렇게 선언해도 괜찮아요?!"

따라온 후미카가 걱정스러운 듯이 말을 걸었다.

렌은 씨익 웃더니 윙크했다.

"괜찮아. 어떻게든 될 거야. 이상한 부탁을 받아도 그때 가서 생각하면 돼."

"…무엇이든 좋나?"

말하자마자 장년의 남성이 말을 걸어왔다.

남자는 좋은 외투를 입고 있었고, 비취로 보이는 녹색 팔찌를 차고 있었다.

게다가 벽옥을 진주처럼 끈으로 이은 목걸이까지 차고 있다. 꽤나 유복해 보이는 옷차림에 태도도 차분했다.

어쩌면 도시의 유력자일지도… 그렇게 기대하는 렌에게 남자는 말했다.

"머지않아 《바다의 왕》이 오거든. 전사가 필요하다."

"사람들아, 들어라!"

하얀 두건을 쓴 남자가 작은 배 위에서 소리쳤다.

항구의 부둣가까지 7, 8미터 정도 떨어진 바다 위였다. 노를 젓는 보트에 두 청년이 타고 있다.

해적단의 간부로 보이는 청년이 큰 소리로 말했다.

"이 바다를 지배하는 성왕(聖王)과 그 군세가 머지않아 이곳에 도착한다. 그 전까지 준비해 두는 편이 좋을 것이다. 우리의 왕에게 굴복할 준비를…."

"그, 그게 말이 되는 소리라고 생각하는가?!"

그렇게 되받아친 것은 아까 렌에게 말을 걸어온 남성이었다.

마을의 지도자인 듯한 그는 부둣가에서 바다 쪽으로 목소리를 크게 높였다.

"너희 왕에게 복종을 맹세하는 자는 가축도, 부도, 집도, 밭도, 가지고 있는 모든 것을 바쳐야만 하지 않느냐?! 우리가 쌓아온 모든 것을!"

백 명 가까이 되는 주민들이 항구와 부둣가에 모여 숨을 죽인 채 그 모습을 보고 있었다.

다들 겁을 먹은 상태인 건 확실했다. 해적은 그 모습을 만족스러운 듯이 바라보면서 선언했다.

"그렇다면 우리에게 힘으로 도전해 죽음을 맞이할 준비를 해 두거라!"

그것이 최후통첩. 해적을 태운 작은 배는 그곳을 떠났다. 그리고….

"하아아….."

리오나가 탄식했다. 렌과 함께 부둣가에서 대기 중인 것이다.

"어제 제가 한 말이 예언이 되어 버렸네요….."

"아~ 정주민의 마을은 '밖'에서 습격을 당하게 된다고 했던 얘기 말이지."

항구 도시의 바닷가에 대선단이 집결해 있었다.

온통 가죽배뿐이지만, '해적선'은 전부 요트와 동일한 사이즈. 돛도 달려 있었다. 그것이 100척 넘게 모인 것이다.

그 100척 넘는 배에서 항구 도시를 노려보는 남자들의 눈에는 살기가 감돌았다.

아무리 봐도 우호적이지 않았다. 해적들은 대부분 남자지만 여자도 섞여 있었다. 단, 그녀들의 눈 또한 몹시 험악했다. 그녀들의 눈은 전의로 가득 차 있었다.

남자 여자 할 것 없이 모두 가벼운 차림이었다.

외투는 입지 않았으며, 반소매 혹은 긴소매 티셔츠와 비슷한 옷에 길고 짧은 바지.

구리로 만든 듯한 단검, 망치, 미늘창, 짧은 도끼를 소지하고 있었다. 자루가 가늘고 짧은 창을 든 사람도 많았다.

그리고 해적들은 모두가 하얀 두건을 쓰고 있었다. 예외는 한 사람도 없었다. 동료의 증표일 것이다.

리오나가 나지막이 말했다.

"바다의 세계에서 약탈행위를 한다면 배에서 해적으로 있는 게 제일. 같은 생각을 가진 사람들끼리 모여 집단을 만들면 효율도 좋아. 그렇게 온갖 섬을 습격하고 돌아다니는 거지…."

"저, 저런 사람들과 싸우다니… 괜찮을까요, 로쿠하라 씨?!"

후미카가 걱정해 주었다. 하지만 렌은 가볍게 웃었다.

"나 말고도 전사가 있으니 어떻게든 될 거야. 내 발이 얼마나 빠른지 알잖아?"

"뭐, 힘을 발동시킨 로쿠하라 씨를 터치할 수 있는 인간이 있을 리가 없으니까요."

리오나도 제법 느긋했다.

이 부둣가에는 항구 도시 쪽의 전사가 백 명 정도 모여 있었다.

렌과 마찬가지로 적의 상륙을 막아 달라고 부탁받은 유지들이다. 그러나 적의 침략을 막아야 하는 그들은 확연히 위축된 상태로 불안에 떨기 시작했다.

해적 측의 전력이 너무나도 압도적이기 때문일 것이다. 그러나 리오나는 태연했다.

"비상시엔 야타가라스의 불꽃으로 해적단의 배를 모조리 태워 버리죠."

"역시 언니야! 정말 든든해! 기대하고 있을게!"

언니가 호언장담하자, 그제야 후미카가 차분해졌다.

하지만 정작 중요한 최강의 전력, 렌은 나지막이 중얼거렸다.

"저 해적들, 왠지 별로야."

"왜 그러세요?"

"놀라울 만큼 통솔되어 있는 느낌이란 말이지. 저 사람들, 투지에 불타는 것처럼 보이지만…."

바다 위에 대선단을 전개한 해적들은 배에서 항구 도시를 주시하고 있었다.

부둣가에서 그들의 배까지는 200미터 이상 떨어져 있었다. 그러나 정찰 중인 백로 식신을 통해 해적단의 번뜩이는 표정과 눈빛을 또렷이 확인할 수 있었다.

투쟁심에 불이 붙은 해적들은 그야말로 '발정 난 야수'였지만….

"누군가의 지시라도 기다리고 있는 것처럼, 계속 예의 바르게 대기하고 있지 않아?"

"아… 그러게요."

그 말을 들은 리오나가 화들짝 놀라 말했다.

"저 상태라면 앞다투어 항구까지 들이닥쳐 각자 제멋대로 공격을 시작해도 이상하지 않아요. 아니, 원래 해적이나 어중이떠중이 군단은 그러는 게 보통이에요. 트로이를 습격한 그리스 연합도 별로 통솔이 안 됐잖아요."

"다 같이 맞춰 입은 것도 별로야."

해적들은 예외 없이 하얀 두건을 머리에 쓰고 있었다. 또한 모든 배의 돛에는 '파도치는 들쭉날쭉한 형태'의 문양이 까만 염료로 그려져 있었다.

그리고 하늘에서, 정찰을 나갔던 백로가 내려왔다.

백로는 여주인의 어깨에 앉았다. 리오나가 숨을 들이마셨다.

"식신으로부터 보고를 받았어요. 곧 엄청난 것이 올 거예요, 로쿠하라 씨!"

"어…? 어라? 저게 뭐지?! 언니, 저기 봐! 엄청 커!"

소스라치게 놀란 후미카가 바다를 가리켰다.

탱커처럼 거대한 배가 유유한 움직임으로 바닷가에 들어왔다.

목조선이었다. 갑판에는 깃발도 돛도 존재하지 않았다. 갤리선 같은 노조차도 선체에 없었다. 길이는 100미터를 넘을 것이다.

말하자면 '어마어마하게 거대한 관' 같은 모양이었다.

돛이나 노 등의 동력이 없는데도 바다 위를 힘차게 쭉쭉 나아갔다.

"길이 300큐빗, 폭 50큐빗, 높이 30큐빗⋯."

"그게 뭔데, 리오나? 저 커다란 배와 무슨 상관이라도 있어?"

"확실하진 않지만, 《노아의 방주》 사이즈예요. 환산하면 길이 133.5미터, 폭 22.2미터, 높이 13.3미터."

"혹시 저 배도 같은 사이즈?"

"네. 식신의 측정에 따르면 거의 동일한 수치예요."

초특급 거선의 등장으로 부둣가에 모인 전사들 사이에 동요가 퍼졌다.

이미 차분함을 잃은 상태였다. 해적들의 배가 육지로 들이닥치기만 해도 허겁지겁 달아날지 모른다.

그리고 《방주》의 갑판에서⋯.

둥! 둥! 둥! 둥, 둥, 둥, 둥!

리드미컬하게 북을 치는 소리가 들려왔다.

아마 신호였을 것이다. 100척이 넘는 해적단이 일제히 항구로 접근하기 시작했다.

게다가 해상에서 정체가 일어나지 않도록 대여섯 척으로 소선단을 만들어 질서 있는 움직임으로 육지를 향해 다가왔다.

"근현대의 군대인가 싶을 정도로 훈련이 되어 있네요! 프리드리히 대왕에게 호된 특훈이라도 받았나 싶은 수준이에요!"

"역시 그냥 해적이 아닌 것 같네!"

야타가라스와 주인님의 주위에서는 항구를 지켜야 할 전사들이 뛰기 시작했다.

맞대응이 아니라, 거미 새끼가 흩어지듯이 도망치기 위해서였다. 그렇다면 항구 도시의 운명은 자신들에게 걸려 있다.

"후미카는 물러서 있어."

"아, 네!"

토바 가의 차녀는 명령에 따랐고, 이제 둘만이 남았다.

렌과 리오나는 어깨를 나란히 하고 바다 쪽으로 몸을 돌렸다. 그 순간이었다.

휘웅. 콰앙!

무거운 무언가가 바람을 가르는 소리와, 호쾌하게 부서져 흩어지는 소리.

놀랍게도 《방주》에서 커다란 바윗덩어리가 쏘아져 하늘을 날아, 항구 도시의 바닷가에 쭉 늘어선 판잣집 같은 집들을 때려 부순 것이었다!

게다가 그것은 한 발로 끝나지 않았다.

휘웅. 콰앙! 휘웅. 콰앙! 휘웅. 콰앙!

항구 도시를 노린 바윗덩어리가 잇따라 날아왔다.

그때마다 대지가 푹 파였다. 판잣집이 무너졌다. 부둣가에 묶어 놓았던 배가 산산조각 났다.

"엄청난 무기를 갖고 있군!"

"캐터펄트… 그러니까 투석기가 《방주》 갑판에 있어요! 게다가 초대형. 고대 로마군이 사용했던 것보다 사이즈도, 위력도 세 배 이상은 돼요!"

하늘에 날린 리오나의 백로가 위에서 거선을 내려다보고 있었다.

전체 길이 133미터나 되는 갑판에 무엇이 있는지. 식신이 리오나에게 전한 풍경은 《날개의 계약》으로 이어진 렌의 뇌리에도 떠올랐다.

"저것이 캐터펄트!"

렌은 감탄했다.

갑판의 우현 쪽에 일렬로 세워진 열 대의 캐터펄트는 항구 도시를 겨누고 있었다.

두꺼운 각목, 길이 4미터는 족히 되어 보이는 '나무로 된 팔'을 동물의 힘줄 등으로 만든 듯한 용수철로 동여매 나무 토대에 고정한 기계였다.

'커다란 접시' 모양인 각목 팔의 선단부에 몇 명이나 되는 사람이 바윗덩어리를 들어 올려놓았다.

그리고 팔 부분을 뒤로 쭉 당긴 다음… 놓았다.

용수철에 툭 튕겨 나간 커다란 바윗덩어리는 공중으로 쏘아 올려졌다.

"이 신역은 금속기가 보급되려면 아직 멀었어요! 그런데도 저들은 레오나르도 다빈치 급의 발명품을 갖추고 있어요!"

리오나의 외침. 렌은 중얼거렸다.

"레오나르도 다빈치라면, 천재 발명가인 사람이었던가? 너무 치사한 거 아니야?"

"네. 그야말로 치트라는 거네요."

또다시 《방주》의 갑판에는 더 놀라운 광경이 펼쳐지고 있었다.

어마어마한 숫자의 하얀 두건을 쓴 해적병이 있었다. 다 합치면 천 명 정도는 될 것이다. 게다가 그들은 가지런히 줄지어 서 있었다.

그것도 현대의 군사 퍼레이드를 방불케 하는 정연한 대열로.

갑판 위의 해적병 천 명은 일제히 '차려' 자세를 하고 있었다. 그들은 공포와 숭배, 경외에 찬 눈빛으로 한 천막을 바라보고 있었다.

거선의 갑판에 일부러 하얀 천막을 쳐 놓은 것이다.

주변에는 장대를 몇 개나 세워서 붉은 천을 동여매 놓았다. 그 붉은 천이 바닷바람에 펄럭이고 있었다.

"기마민족의 칸이 사용하는 게르라고 해도 납득될 만큼 엄청나게 호화롭네⋯."

리오나가 크게 감동했다.

게다가 천막 근처에는 북과 피리를 든 악대가 대기했다.

거문고와 비슷한 현악기, 합창대로 보이는 빈손의 남녀까지 있었다.

이쪽은 총 합쳐 백 명 정도. 현대의 오케스트라와 비교해도 손색이 없는 집단이었다. 고대 해적단에 이런 인원이 있을 줄이야….

"트로이에서 상대했던 그리스군보다 우아한걸?"

"저《방주》도 그렇고, 캐터펄트도 그렇고, 병사들의 규율도 그렇고, 세계관을 크게 혼란시키는 선진성을 갖추고 있네요. 우리도 긴장하죠."

렌과 리오나는 서로를 마주 보며 고개를 끄덕였다.

놀라는 동안에도 적은 진격을 이어 갔다.

소형 돛단배에 탄 상륙부대, 그 선봉이 앞으로 십여 미터만 더 오면 항구에 도착할 만큼 접근해 있었다.

"좋아. 저쪽은 내가 맡을 테니까…."

"저는 대공방어. 알겠습니다, 주인님!"

공경심은 털끝만큼도 찾아볼 수 없는 태도로 렌을 '주인님'이라고 부른 리오나의 두 눈이 파랗게 빛나기 시작했다.

한편, 렌은 온 힘을 다해 달리기 시작했다.

바다로 돌출된 부둣가의 끝을 향해.

거기에 해적선 다섯 척이 쭉쭉 다가왔다. 가장 선두에 있는 배, 그 뱃머리를 향해 렌은 크게 점프했다.

전력질주의 그 기세 그대로, 온몸의 탄력을 총동원하여!

"하아아아아아아앗!"

타고난 운동신경과 탄력. 그것이 로쿠하라 렌의 은밀한 장점.

미나모토노 요시츠네*의 8척(尺) 뛰기에 버금가는 대도약으로 적의 배에 훌륭히 옮겨 타… 려던 바로 그 직전. 뛰어내리는 렌을 향해 선상에 있던 해적병이,

"이거나 먹어라, 멍청한 놈아!"

창을 던졌다.

렌의 몸은 구리로 된 창끝에 찔려야 했다. 원래라면. 하지만 신속 발동. 여신 네메시스의 빠른 발과 민첩함은 비상과도 같은 기동력을 로쿠하라 렌에게 선사했다.

공중에서 창을 잽싸게 피하자마자 렌은 적의 배에 뛰어내렸다.

0.1초의 1퍼센트에도 미치지 않는 찰나의 순간에.

번개와 같은 속도로 배를 가로질러 선상에 있던 해적단 네 명의 등을 밀어, 또는 발을 걸어 바다에 떨어뜨렸다.

텀벙! 텀벙! 텀벙! 텀벙!

연달아 나는 낙수음이 들렸을 때, 이미 렌은 '다음 배'에 도약을 마친 상태였다. 이쪽 배에 타고 있던 여섯 명도 모두 바다에 떨어뜨렸다.

※미나모토노 요시츠네 : 일본 헤이안 시대 후기의 무장.

그 후에는 그런 패턴의 반복.

신의 속도로 달리기 시작한 로쿠하라 렌을 막을 수 있는 인간은 상륙부대에 없었다.

백여 척의 해적선에 올라타고 있던 병사를 모조리 바다에 떨어뜨리기까지 고작 1분 정도의 시간이 경과했다. 방금 전 부둣가에서 뛰기 시작한 이후로.

그리고 렌은 경고했다.

"말해 두는데, 계속할 셈이라면 다음엔 너희의 목숨을 가져갈게."

바다에 빠진 해적들은 수백 명에 이르렀다.

한 명도 빠짐없이 공포에 찬 눈빛으로 렌을 올려다보고 있다. 바닷물에 잠긴 채 마신과 만난 듯한 얼굴로 덜덜 떨고 있었다.

그러는 사이에도 캐터펄트는 바윗덩어리를 쏘아 대고 있었다.

그러나 공중에 황금색 영조 야타가라스가 나타났다. 날개 길이가 십여 미터 되는 대봉황의 가늘게 찢어진 두 눈이 파랗게 빛났다.

그 파란 눈으로 《방주》를 냉연하게 응시했다.

거선의 캐터펄트에서 쏘아지는 바윗덩어리는 모두 '치이익!' 소리를 내며 소멸했다.

항구 도시로 육박하는 궤도상에서 증발한 것이다. 성스러운 불꽃을 다루는 불과 태양의 정령 야타가라스의 영력에 의해….

"이로써 우리도 평범한 인간이 아니라는 것이 저쪽에도 전해졌을까?"

"그렇게 기대하고 싶네요. 아무리 상대가 해적이라 하더라도, 목숨을 건 싸움은 되도록 하고 싶지 않으니까요."

바다에 떠 있는 작은 돛단배 위에 있는 렌과, 야타가라스로 변신해 하늘을 나는 리오나.

떨어져 있어도 사념을 주고받아 교신할 수 있다. 그리고 초대형《방주》에서 리드미컬한 북소리가 울려 퍼지기 시작했다.

둥둥둥둥. 둥둥둥둥둥. 둥둥둥둥둥.

그것은 용맹하고 장엄한 멜로디의 시작이었다.

피리 소리, 남녀 코러스에 의한 합창까지 더해져 소박하면서도 듣는 재미가 있는 대연주가 시작된 것이다!

또다시 소형선이 한 척 다가왔다.

뱃머리에 선 하얀 두건을 쓴 해적이 렌을 향해 단언했다.

"우리의 우두머리, 천하에 견줄 자가 없는《백련왕(白蓮王)》께서 네놈들을 부르신다! 특별히《해룡왕》으로의 승선을 허가한다! 따라오거라!"

제 3 장　*chapter 3*　**성왕 강림**

1

"우리 말이야, 우리의 전력을 꽤 화끈하게 보여 줬잖아."

렌은 여고생으로 돌아간 리오나에게 속삭였다.

"그런데 해적 두목은 거만하게 우리를 자기 앞으로 불렀단 말이지. 이건 상대도 '실력에 자신이 있다'는 의미일까?"

"아니면 피아의 전력 차이도 인식하지 못할 만큼 어리석은 자일지도."

리오나도 작은 목소리로 속닥속닥 대답했다.

"후자이길 기대하고 싶지만, 기상천외한 미래 가제트를 도입

한 수수께끼의 해적왕이니까요. 낙관할 순 없어요."

거선《해룡왕》의 선내였다.

온갖 동물을 한 쌍씩 태웠다고 하는 노아의 방주와도 비슷하게 생긴 거선은 놀랍게도 길고 커다란 선체의 사이드 부분에 소형선을 계류할 수 있는 구조였으며, 선저부(船低部)며 선복(船腹)에서 갑판으로 올라가기 위한 계단까지 설치되어 있었다.

그 계단을 올라가는 길에 바닷바람을 맞으며 두 사람은 밀담을 나누었다.

그들의 앞에 서서 길을 안내하는 자는 아까 렌을 부르러 온 하얀 두건 해적 A.

리오나가 변신을 풀면서까지 초대에 응한 이유는 두 가지. 하나는 단순히《백련왕》이라고 하는 해적 보스에게 관심이 있었기 때문. 또 하나는 '끝판왕이 있는 곳까지 데려다주면 편하기 때문'이었다.

회담 및 교섭이 결렬됐을 때는 그대로 싸우면 그만이다.

렌도 리오나도 몸의 자유를 빼앗기진 않았다. 상대가 무기를 들이밀고 있지도 않다. 이를 허락한《백련왕》은 역시 역량에 굉장한 자신을 갖고 있는 걸까?

'생각해 보면 신화 세계였지.'

'해적왕의 정체는 어딘가의 신… 있을 수 있는 전개예요.'

리오나는 파트너와 함께 마음을 다잡았다.

이제 곧 계단이 끝나 간다. 거대선의 갑판까지 얼마 남지 않았다.

둥둥둥둥. 둥둥둥둥둥. 둥둥둥둥둥.

용맹하고 장엄한 멜로디의 음량이 아까 전부터 한 계단, 한 계단을 올라갈 때마다 점점 커져 갔다. 렌과 리오나가 이곳에 오기 전까지도 끝없이 계속되던 멜로디였다.

"있잖아, 아저씨."

렌은 바로 앞에 가는 안내역에게 말을 걸었다.

"이 음악, 우리를 환영한다는 뜻이야?"

"바보 같은 놈. 전부 성스러운 백련왕께 바치는 음악이다. 건방진 소리 말아라."

안내역은 뒤돌아보지도 않은 채 쌀쌀맞게 대답했다.

보아하니 엄청난 속도로 움직이는 남자도, 불새 소녀도 해적들의 안중에는 없는 것 같았다. 렌은 쓴웃음을 지었고, 리오나는 눈을 크게 떴다.

자신들 **정도**로는 백련왕의 발톱의 때만도 못하다는 건가!

…마침내 선복의 계단을 전부 올라갔다.

엄청나게 넓은 갑판 위가 훤히 보였다.

식신의 눈으로 본, 갑판 위에 가지런히 줄지어 있던 해적병 천명, 호화롭고 사치스럽기 그지없는 천막. 그 풍경을 이번에는 자신들의 육안으로 확인했다.

"아. 어머, 로쿠하라 씨가 바다에 빠뜨린 사람들이에요."

"정말이네."

온몸이 흠뻑 젖은 해적병이 300명 정도 있었다.

동료들의 대열에는 섞이지 않고 렌에게 '당한 이들'만 한곳에 모여 있다. 역시나 깔끔하게 줄지어 있었지만, 그들 패배조의 얼굴은 어두웠다.

앞장서서 안내하는 안내역을 따라 렌과 리오나는 그 안을 성큼성큼 나아갔다.

천막, 악대, 해병대들의 한가운데에 있는 빈 공간까지 왔다. 그러자 갑자기 안내역 해적이 힘차게 척! 무릎을 꿇었다.

그가 머리를 숙인 곳에 있는 것은 그 호화로운 천막….

"견줄 자가 없는 예지와 하늘의 별도 부숴 버리는 무용을 가지신 분이여! 성스러운 백련왕! 자비와 광휘에 찬 당신께 다시 한 번 충성을 맹세합니다!"

안내역은 넙죽 엎드리면서 머리를 바로 밑에 박았다.

쾅! 갑판 목재에 이마가 부딪혔다.

"피 난다…."

"엄청난 소리가 났으니까요…."

지구인 두 사람은 저도 모르게 **질색**을 하고 말았다.

바닥에 박치기를 한 안내역이 쓴 하얀 두건에 피가 배어 있었다. 그러는 동안에도 다른 해적들은 물론 침묵하고 있었다.

정적이 지배하는 공간. 하지만 잠시 후, 드디어 목소리가 울려 퍼졌다.

"손님을 안내하느라 수고했다!"

그것은 천막 바로 옆에 있는 소녀의 목소리였다.

가련하지만 풍부한 성량을 자랑하는 목소리. 무엇보다 미성. 방울을 굴리듯 또랑또랑한 목소리였다. 설마 그녀가 백련왕? 렌이 미심쩍게 생각한 순간, 미성의 소녀는 재빨리 천막 안으로 들어갔다.

그대로 2, 3분이 경과했다.

미성의 소녀가 또다시 밖으로 나와선, 잘 울리는 목소리로 말했다.

"백련왕의 말씀을 전하노라! 손님과 대화하기 전에 우선 패잔자(敗殘者)의 처우를 정하겠다고 하신다! 무참히 패배한 자들이여, 네놈들이 백련왕의 위광에 얼마나 큰 흠집을 냈는지 알고 있느냐?!"

"물론이다!"

흠뻑 젖은 해적병의 리더로 보이는 청년이 앞으로 나왔다.

그러더니 천막 앞에서 미성의 소녀와 마주 보고 섰다. 그러고 보니 이 소녀 혼자만 가운처럼 하얀 장의를 입고 있었다. 옷자락이 스커트처럼 하늘하늘했다.

리오나가 속삭였다.

"저 소녀는 백련왕의 메시지를 전하는 역할인 것 같네요. 무녀 아니면 무슨 대표 같은 존재일 거예요."

"저 텐트 안에 본인이 있다는 거군….''

두 사람이 속닥속닥 이야기하는 중에도 해적들의 대화는 계속됐다.

미성의 소녀는 앞으로 나온 상륙부대의 리더에게 물었다.

"그렇다면 어떻게 할 것이냐?!"

"통솔자인 나의 피로 속죄하겠다! 부디 다른 자들과 그 가족에겐 죄를 묻지 말아 주길 바란다!"

소리 높여 대답한… 직후였다.

흠뻑 젖은 대장 격의 해적병은 허리에서 단도를 뽑더니, 구리로 만들어진 칼날을 자신의 목에 대곤 옆으로 쓱 그었다.

푸슉! 핏방울이 춤추었다. 스스로 목을 벤 것이다.

자신의 몸에 칼을 쓴 해적의 몸이 툭 쓰러졌다. 렌은 진심으로 경악했다.

"자, 자살해 버렸어….''

"저희에게 패배했다는 걸 속죄하기 위해 자해를 했군요…. 세상에, 이럴 수가."

리오나도 망연스러운 표정을 지었다.

이 일막을 다른 해적들은 당연한 듯이 지켜보고 있었다.

미성의 소녀는 또다시 천막 안으로 들어가더니, 잠시 후 다시 나왔다.

"백련왕의 재정(裁定)을 전한다! 속죄의 피를 받았으니 전부 용서하겠다고 하셨다! 모두들 기뻐하거라!"

우오오오오오오오오오오오오오오오오오오오오오오오오!

미성의 소녀가 그렇게 전한 순간, 천 명 이상 되는 해적과 악대 모두가 목소리를 드높이고, 팔을 쳐들어 올리며 환희하였다.

"우오오오오! 자비 깊은 백련왕, 만세!"

"죄 많은 우리에게 희망을 주시는 분! 그분이 바로 백련왕!"

"왕이시여! 왕 중의 왕이시여! 패배를 모르는 승리자이시여!"

열광하는 군중을 앞에 두고 렌과 리오나는 눈빛을 교환했다.

설마 이런 광경을 보게 될 줄이야… 두 사람은 작은 목소리로 속닥속닥 말을 주고받았다.

"참 광신적이네요. 마치 가정폭력, 직장내 폭력 피해자처럼 상대의 잔혹함과 비열함을 억지로 납득하고자 광신적인 행동에 빠져 있는 것 같아요…."

"우리는 따라갈 수 없는 분위기네…."

"백련왕은 아마 엄청난 폭군일 거예요…."

이 거선의 갑판에서 냉정한 사람은 이 두 사람뿐이다.

하지만 열기는 금세 잠잠해졌다. 미성의 소녀가 오른손을 쓱 들어 올린 순간, 열광하던 군중이 입을 싹 다물었기 때문이다.

정적 속에서 또다시 소녀는 목소리를 높였다.

"다음은 손님들에게 말하노라! 백련왕께서는 이렇게 말씀하셨다. 너희의 역량은 참으로 훌륭하구나. 그러니 나를 섬기거라, 라고."

"섬겨? 부하가 되라는 소리야?"

렌은 씨익 웃더니 한 발짝 앞으로 나갔다.

"그건 싫은데. 된다면 부하가 아니라 백련왕 씨와 함께 해적단을 굴리는… 공동 파트너가 아닌 이상은 힘들겠어. 아니면 내가 새로운 리더, 백련왕 씨가 부단장!"

"그리고 저는 필두 대신 아니면 대주교 정도는 되어야죠."

마찬가지로 리오나도 씨익 미소를 지었다.

"그게 바로 적재적소라는 겁니다. '나를 섬기거라'? 썩 꺼지세요!"

"애초에 내가 뭐가 아쉽다고 얼굴 한번 못 본 사람의 부하가 되겠어?"

두 사람이 나란히 날카로운 기세로 시원시원하게 말했다.

예상 이상으로 일찌감치 말이 별로 통하지 않는 상대라는 것은 판단이 됐다. 그렇다면 의중을 떠보려고 해 봤자 전부 부질없는 짓일 뿐이다.

그러자, 미성의 소녀는 또다시 천막 안으로 들어갔다.

부지런하게 백련왕의 대답을 들으러 간 듯했다. 그리고 소녀는 금방 다시 나왔다.

"그렇다면 손님들이여. 너희의 기량을 보여 주거라!"

"응?!"

기묘한 메시지에 고개를 갸웃거리는 렌. 소녀의 미성은 또다시 말을 이어 갔다.

"나, 백련왕과 동등한 처사를 바란다… 그렇게 말한다면 설득이 아니라 역량을 보여 주도록 하거라. 대화는 그 뒤에 해도 늦지 않다. 왕께서는 그렇게 말씀하셨다!"

쿵! 그 직후, 하늘에서 '나무 인형'이 떨어졌다.

난데없이 허공에서 툭 하고 떨어진 것이다. 리오나가 음양도로 무언가를 소환했을 때처럼. 그리고 인형은 거대했다.

키가 2미터 30센티미터 정도.

두 다리로 갑판을 힘차게 밟고 장승처럼 우뚝 서 있었다.

그렇다. 일단은 사람 모양이었다. 단, 형태는 소박했다. '두툼하고 둥근 몸통에 나무 바가지 같은 얼굴, 약간 짧은 팔다리가 붙어 있는' 정도. 손목부터 아래로는 단순한 구체였다. 주먹조차 아니다.

리오나가 나지막이 중얼거렸다.

"아이언맨 슈트 초호기를 더 보잘것없게 만든 듯한 디자인이네요."

"저런 거, 옛날에 쿵푸 영화에서 봤어. 〈소림 목인항〉 같은 제목의 영화에서."

보는 눈이 높아진 현대인이기 때문에 느끼는 감상을 렌도 입에 담았다.

　그러나 두 사람은 금세 놀라움을 감추지 못했다. 허접한 디자인의 목우인형(木偶人形)이 느닷없이 날카로운 움직임으로 펀치를 휘두르기 시작한 것이다.

　슉, 슉! 공기를 가르는 소리에 기세가 있었다.

　게다가 훌륭한 상단 돌려차기로 깔끔하게 허공을 걷어찼다.

　이렇게나 유려하고 힘찬 섀도복싱 혹은 권법은 웬만큼 격투기 경험이 있는 렌도 거의 본 적이 없었다.

　미성의 소녀가 늠름하게 말했다.

　"이 목인(木人)은 백련왕의 비술로 만들어졌다! 우선 이자를 물리쳐 보거라!"

　"비술? 무슨 소리야?!"

　"보아하니 백련왕 씨는 저와 같은 마술사인 것 같아요! 창조계 마법을 걸어서 목제 골렘을 만든 거예요!"

　리오나가 소리친 것과 거의 동시에 목우인형이 바닥을 걷어찼다.

　그리고 질풍 같은 속도로 렌과의 거리를 0으로 좁히더니, 오른쪽 주먹으로 스트레이트를 훅 퍼부었다!

2

136

로쿠하라 렌은 여신 네메시스의 권능을 갖고 있다.

못생긴 목우인형이 아무리 격투의 명수라 하더라도 물론 가볍게 상대할 수 있다. 평소라면 그랬다. 그러나 적의 스트레이트를 피하면서,

"어?!"

렌은 경악을 금치 못했다. 시계 방향의 풋워크로 목우인형의 오른쪽 측면으로 돌아서선, 손의 형태조차 없는 '오른쪽 주먹 대신인 구체'를 스윽 회피했다.

하지만 다음 순간, 쭉 뻗은 목우인형의 팔과 주먹이 사라진 것이다.

"지금 그건 뭐지?!"

렌은 눈을 휘둥그렇게 뜨면서 확실하게 봤다.

사라진 나무 팔은 아주 찰나의 순간 후 또다시 나타났다. 스트레이트를 퍼부은 직후라 앞으로 쭉 뻗어 있던 팔이 그대로 바로 옆에 있는 렌을 향해 육박했다!

변형된 백핸드 블로쯤 될까?

렌은 깨달았다. 이것은 연속기이다.

스트레이트를 날린다. 상대가 공격을 피해도 오른팔을 뻗은 채 몸을 1회전. 바로 옆으로 스윙시킨 앞쪽 팔과 손등으로 날렵한 적수를 구타하기 위해….

"으앗?!"

렌은 재빨리 몸을 웅크려 머리를 치려는 인형의 오른팔을 피했다.

신, 영웅, 신살자. 그 누구도 아닌 적의 공격에 초조해져 안간힘을 다해 피했다. 네메시스의 권능을 얻고 난 이후로 처음 겪는 일이었다.

아직도 초가속 중인 렌은 몸을 웅크리면서 목우인형을 날카롭게 쳐다보았다.

앞으로 무슨 일이 일어날지 살피기 위해서였다!

인형은 당연하다는 듯이 추격의 발차기를 선보였다.

몸을 낮춘 렌의 정수리를 향해 도끼처럼 왼쪽 발등을 내리찍었다.

그러나 바로 이 점이 이상했다. 가속 중인 로쿠하라 렌은 소리보다 빠르다. 마하를 넘는 신의 속도와 같은 움직임, 따라잡지 못하는 것이 당연한데….

렌은 무릎의 장력만을 이용해 뒤쪽으로 뛰었다. 몸을 웅크린 채로.

부자연스럽기 그지없는 움직임. 그러나 타고난 순발력과 여신 네메시스의 민첩함이 마른 몸을 1미터 뒤로 거뜬히 옮겨 주었다.

땅에 내려섰을 때는 두 다리를 뻗어 척 서 보이기도 했다.

규정된 안무를 소화하는 댄스 같은 화려함. 하지만 물론 애드리브였다.

"사실은 배 구석으로 도망칠 수도 있지만…."

목우인형의 '목인권(木人拳)'을 똑바로 '보기' 위해 일부러 근거리에 머물렀다. 역시 생각한 대로 상대의 움직임은 기발하면서 기괴했다.

내려차기로 땅을 향해 찍은 왼쪽 발은….

어느샌가 렌의 옆얼굴을 향해 급접근해 있었다. 나무로 만들어진 발등이 안면에 점점 육박했다. 상단 돌려차기였다.

"이거야!"

렌은 눈을 크게 떴다.

원래라면 '내려차기에 쓴 발을 지면에 내리자마자 그대로 같은 발로 하이킥'이 보였을 것이다. 만약 상대가 발차기의 천재라면 '상대가 내려차기를 피한 순간, 아직 공중에 있는 발을 치켜올려 하이킥을 날리는 신기'도 가능할 테지만.

그러나 그런 중간 과정의 동작이 전혀 보이지 않았다.

마치 작화가 엉망인 애니메이션 같았다. 액션의 흐름을 제대로 그리지 않아 처음과 마지막 그림밖에 없기 때문에 굉장히 날림이 심한 움직임으로 보였다.

"정말이지, 이런 건 처음이야!"

이번에는 5미터 후방으로 뛰어 목우인형의 하이킥을 피했다.

확실히 기발하기 짝이 없었다. 하지만 렌의 압도적 스피드와 발이 있으면 대처하지 못할 정도는 아니었다.

"이 **인형**이 상대라면 말이지…."

렌은 그렇게 중얼거리곤 발을 멈추었다.

쿵. 쿵. 목우인형이 무거운 발소리를 내며 다가왔다. 오른발을 들어 올려 날카로운 앞차기로 발끝을 렌의 몸통에 박기 위해.

"정의의 심판이 있기를."

전속력으로 뛰기 시작하면서 그대로 《인과응보》를 발동시켰다.

그리고 목우인형의 옆구리를 잽싸게 빠져나가면서 오른손 인지와 중지로 통나무 같은 몸을 터치했다. 그렇게 카운터를 발동.

지금까지 날렸던 주먹과 발차기의 대미지가 전부 인형 자신을 덮쳤다.

퍼억! 퍼억! 퍼억!

목우인형의 단단한 안면, 가슴, 몸통, 세 군데가 푹 파이더니 그곳에서 전신으로 균열이 가기 시작하며 산산이 부서졌다.

그러든 말든 개의치 않고 질주하는 렌. 등 뒤에서 소녀가 소리쳤다.

"오오! 백련왕으로부터 권술을 전수받은 목인이…?!"

그 미성의 소녀가 경탄을 금치 못했다.

그 소녀의 목소리를 들었을 때, 렌은 이미… 천막에 있었다.

신속의 대시로 누군가가 제지할 틈도 없이 《백련왕》이라고 하는 적의 우두머리가 있는 곳으로 잠입한 것이다.

"로쿠하라 씨!"

"역시 리오나. 눈치가 빨라."

작고 파란 제비도 천막으로 날아왔다.

변신한 리오나였다. 렌과는 일심동체인 그녀가 그의 의도와 경계심을 알아차리곤 쫓아와 준 것이다.

"수수께끼의 대(大) 보스 백련왕과의 직접 대결인걸요. 어떻게 오지 않을 수가 있겠어요."

"문지기 클래스의 몬스터도 보통내기가 아니었으니까 말이지. 본인은 얼마나 엄청난 사람인지 상상조차 안 돼."

왼쪽 어깨에 앉은 파란 제비와의 대화였다.

그리고 렌은 이미 전율하고 있었다. 소리보다 빠른 속도로 침입했음에도 불구하고, 천막에는 아무도 없었기 때문이다.

"도망쳐 숨을 만한 시간은 없었을 텐데."

"로쿠하라 씨가 목우인형을 쓰러뜨린 것과 거의 동시에 천막으로 들어오셨으니까요. 사전에 예측한 건지…."

"나와 같은 속도로 움직일 수 있는 사람인 건가…."

천막 안은 외관과 마찬가지로 호화로웠다.

아름답고 윤기가 흐르는 모피가 몇 군데에나 깔려 있었다. 전부 최상급일 것이다. 호랑이 모피로 보이는 검은색과 노란색의 줄무늬 모양도 있었다.

엄청난 양의 보석과 금괴가 넘쳐흐를 정도로 담긴 나무 상자
도 놓여 있었다.

또한 도검, 창, 활과 화살 등의 무구. 졸병들이 휘두르는 허섭
스레기와는 달리, 칼집 등은 보석으로 꾸며져 있었다.

그러나 인간도, 신 같은 존재도 보이지 않았다.

"설마 처음부터 아무도 없었다거나 한 건⋯."

이야아아오오옹.

렌이 고개를 갸웃거린 그때, 울음소리가 들렸다.

바로 눈앞에 검은 고양이가 있었다. 하지만 대체 언제 온 것일
까? 여태껏 계속 천막 안을 두리번두리번 둘러보며 자신과 리오
나 외에 움직이는 것은 없다는 걸 확인했는데.

파란 제비의 모습으로 리오나가 속삭였다.

"이 고양이가 혹시 백련왕? 에이, 설마 그럴 리가 없겠죠⋯?"

"물론이다, 계집이여. 단 백련왕의 말씀을 전하는 중대한 임무
를 부여받았다."

당연한 듯이 검은 고양이가 말을 했다. 렌과 리오나는 소스라
치게 놀랐다.

""엥?""

"왜 놀라지? 너희도 요상한 재주를 몇 개나 사용하지 않았느
냐."

"그, 그렇게 말하면 뭐라 대답할 말도 없네요⋯."

파란 제비로 변신해 렌의 어깨에 앉아 있던 리오나는 멋쩍은 듯이 중얼거렸다.

그러더니 어깨에서 내려와 파앗! 하고 여고생의 모습으로 돌아왔다. 파트너와 나란히 선 후, 렌은 단도직입적으로 물었다.

"그 백련왕 씨는 왜 우리와 만나 주지 않는 거야?"

"당연한 걸 묻는구나. 불경하도다. 잘 들거라. 우리 《백련당》의 문하라 하더라도 왕의 용안을 이 눈으로 직접 뵙는 일은 없다. 그런 높은 신분의 분과 일반 백성이 직접 어울리는 일 따윈 있어서는 안 된다. 설령 천지가 뒤집힌다 하더라도."

"에이~"

"현대 지구의 인간은 받아들이기 어려운 가치관이네요."

일본인 두 사람은 유감의 뜻을 드러냈다.

그러나 검은 고양이는 신경 쓰지 않고 담담하게 지론을 펼쳐 나갔다.

"만약 왕을 직시하는 자가 있다면 그 녀석은 스스로 자기 눈을 도려내야 할 것이다. 속죄의 증표로서. 목소리를 들은 자는 자신의 귀를 잘라 내야 할 것이다. 예외는 우리 백련당의 중신과 무녀들뿐…."

"만나 보고 싶어졌어."

렌은 검은 고양이의 폭언을 빠짐없이 듣곤 씨익 웃었다.

"우리를 그 왕과 만나게 해 줘."

"네. 우리 주인님은 테스트용 목우인형도 가볍게 격파하셨어요. 대면할 자격은 충분히 있다고 생각합니다."

리오나도 말을 거들어 주었다. 검은 고양이는 "흐음…." 하고 생각에 잠겼다.

그리고, 새로운 목소리가 하늘에서 내려왔다.

'확실히… 귀공들은 내가 내린 시련을 극복했습니다.'

여성, 그것도 음악적인 미성이었다.

그저 말을 한마디 했을 뿐인데 천상의 아름다운 노래를 들었다는 착각을 하게 만들 정도로.

혹시 지금 자신은 선녀의 목소리를 듣고 있는 건가? 그런 생각을 한 렌에게 리오나도 놀란 얼굴로 눈짓을 했다.

야타가라스의 환생도 같은 감상을 품은 듯했다.

정신을 차려 보니 검은 고양이는 축 늘어진 채 누워 있었다. 눈이 뒤집히고, 입에 거품을 문 채 완전히 생기를 잃은 상태였다.

왕의 육성을 들은 죄로 스스로의 목숨을 바쳤다… 그렇게 보이기도 했다.

아름다운 '목소리'는 또다시 하늘에서 내려왔다.

'상으로 내 목소리를 듣는 것을 허락하도록 하죠. 하지만 나와의 알현이 이루어질 만큼의 공적은 아니에요. 그 목인은 심심해서 신수(神樹)를 깎아 사람 모양으로 만들어 놨더니 멋대로 움직

144

이기 시작했을 뿐….'

"그렇구나. 그럼 여기부턴 자력으로 어떻게든 할게."

하늘이 아닌 천막의 천장을 올려다보며 렌은 날카롭게 선언했다.

내려온 건 미성만이 아니었다. 엄청난 존재감도 함께했다. 이것을 쫓아가면 반드시 목소리의 주인과 만날 수 있다. 그렇게 확신했다.

"당신을 끌어내거나 잡으면 내 실력도 충분하다고 증명되는 거잖아."

'이 몸에게 도전할 생각이라니, 참으로 어리석군요. 하지만 좋아요. 목숨을 버릴 각오가 있다면… 덤비도록 하십시오.'

천막 밖에 있던 소녀도 예쁜 목소리를 가지고 있었다.

하지만 지금 하늘에서 내려오는 목소리와는 비교가 되지 않았다. 이것이 선녀의 노랫소리가 아니라면 대체 무엇일까 싶을 만큼 시원시원하고 편안하게 울려 퍼졌다.

그러나 넋을 잃고 그 목소리를 들을 만한 여유 따윈 렌에게 허락되지 않았다.

티…잉….

단단한 무언가가 튕기는 소리가 들렸다.

렌의 등줄기에 찌릿찌릿한 공포가 스쳤다. 직감했다. 이대로 있다간 죽을 것이라고. 공격을 받았을 때만 발동하는 '가속장치'

도 자연스럽게 작동되고 있었다.

"이게 뭐지?!"

렌은 오늘 벌써 몇 번째인지 모를 경악을 맛보았다.

3

주신 제우스에게 쫓길 때도 약삭빠르게 도망친 여신 네메시스.

그 '발'을 빼앗은 로쿠하라 렌. 하지만 발만 빠른 것이 아니었다. 권능 발동 중엔 온갖 동작을 슬로 모션처럼 인식할 수 있다.

그렇기 때문에 자신의 몸에 육박하는 '탄막'의 기묘함을 눈으로 보고 인식할 수 있었다.

200~300개는 될 법한 백진주가 기관총 연사처럼 렌을 벌집으로 만들고자 천막 밖에서 쏟아진 것이다.

그것은 천막과 렌을 난도질, 혹은 구멍 천지로 만들 셈이었다.

"이번에는 멀리서 공격하는 무기야?! 아주 재주꾼이로군!"

렌은 소리보다 빨리 천막을 빠져나왔다.

보아하니 《백련당》이 그룹명인 듯한 해적단, 그 천 명이 지켜보는 거선 《해룡왕》의 갑판으로 뛰어나와 멈춰 섰다.

방금 전까지 있었던 천막은 홍련의 불꽃에 휩싸여 있었다. 리오나의 짓이었다.

하얀 진주의 탄우(彈雨)에서 몸을 지키기 위해 교복을 입은 전신에 불꽃을 두르곤, 날아온 탄알을 닥치는 대로 태워 버린 것이다. 순식간에, 천막까지 통째로.

가속 상태의 렌은 리오나의 옆까지 슈욱! 돌아왔다.

천막과 안에 있었던 물건은 불타 재가 되기는커녕 깨끗하게 소멸해 있었다.

"지금 그 서브 머신 건 같은 공격은 대체 뭘까요?"

"둥글고 작은 진주를 총알 삼아 우리를 벌집으로 만들려고 했어. 어떻게 쏜 건지는 모르지만."

리오나와 렌 두 사람은 고개를 갸웃했다.

정말로 총화기라면 '다다다다다다!' 하고 연사음이 메아리쳤을 것이다.

하지만 그런 굉음은 전혀 나지 않았다. 그저 공격 직전에 '티…잉…' 하고 아름답게 울리는 소리가 들렸던 것 같은데….

'후후후후.'

그 아름다운 목소리가 웃음을 흘리고 있었다. 렌은 화들짝 놀랐다.

이번에는 등 뒤에서 들렸기 때문이다. 그녀는 어디에 몸을 숨기고 있는 것일까?

'가까이 있던 진주를 탄지(彈指)의 신공으로 튕겼을 뿐. 그런 것도 간파하지 못하다니, 아직 수련이 부족하군요….'

"탄지…? 그게 무슨 소리야?"

"아마 손가락으로 튕겼다는 의미일 거예요."

리오나가 상대가 쓰는 어휘에 당황한 렌에게 가르쳐 주었다.

"저런 연사가 가능하다면 손가락이 500개는 필요할 것 같지만…. 그래도 그런 무기술이 옛 일본과 중국에는 있었다고 해요. 동전이나 조약돌을 엄지 혹은 집게손가락으로 튕겨선 그 자리에서 적을 공격하는 무기로 쓰는 거죠."

"잠깐만. 백련왕 씨, 대마법사 아니었어?"

"재료를 정해 놓지 않고 그날의 기분에 따라 셰프가 만드는 샐러드처럼 목우인형에게 숨을 불어 넣었다고 했으니까요…. 하지만 실은 마법만이 아니라 직접 나서서 싸우는 것도 가능하다거나… RPG 용어로 말하면 마법전사나 팔라딘인 셈이죠."

아까 쓰러뜨린 목우인형은 확실히 탁월한 격투기 선수였다.

리오나의 중얼거림을 듣곤, 렌은 떠올렸다.

"그 인형에게 목인권을 가르쳐 준 사람이 그녀라면, 있을지도 몰라…."

'있을지도? 어리석군요, 젊은 신살자여.'

"?!" 렌은 전율했다.

아직 소개하지도 않은 로쿠하라 렌의 정체를 간단히 맞혔기 때문이다.

'당신이 어떠한 수법으로 신을 죽였는지는 모르지만… 난 신과 정정당당하게 대결해, 익히고 있던 무예와 기술을 전부 써서

승리했어요. 무예로 나에게 이길 수 있는 자는… 그 어느 세상에
도 없습니다.'

"그렇다는 말은, 당신도 신살자?!"

"적은 신이 아니라 후작과 동일한 패턴이군요!"

렌과 리오나가 나란히 놀라며 눈빛을 교환했다.

확실히 놀랐다. 그러나 납득이 가는 이야기이기도 했다. 신속
의 신살자와 야타가라스의 환생을 이렇게까지 농락할 수 있는
상대이기 때문이다.

"리오나. 아무래도 본 실력을 발휘해야 하는 상대인 것 같아!"

"알겠습니다. 제 몸은 제가 알아서 지킬 테니, 로쿠하라 씨는
로쿠하라 씨가 편한 스피드로 마음껏 날뛰어 주세요."

또다시 파란 제비로 변신한 리오나가 하늘로 도망쳤다.

한편, 백련왕은 모습을 보이지 않은 채 미소를 지었다.

'후후후후. 아득히 높은 경지에 달한 무예의 선도자로서 당신
같은 젊은이와 놀아 주는 것도 가끔은 좋겠군요…. 덤비도록 하
세요. 단, 이 유희는 죽음이 뒤따른다는 것도 상관없다면 말이
죠.'

"모처럼 놀아 준다고 하니 나도 흔쾌히 응해야지."

렌은 주저 없이 받아들였다.

카산드라를 구출하기 위한 여행 도중이다. 그러나 수색의 단
서가 될 만한 것은 아무것도 없었다.

이 신역 휘페르보레아의 신들과 세계의 비밀에 대해 조금이라도 알고 있을 것 같은 인물과 아는 사이가 되고 싶었다.

'당신이 내 얼굴을 보면 내가 지는 거예요. 괜찮죠?'

"오케이! 이기면 상으로 나랑 수다 좀 떨어 줘."

'좋아요. 그리고 먼저 말해 두죠.'

백련왕의 아름다운 목소리에 강렬한 날카로움이 깃들었다.

'지금부터 당신을 몰아붙일 절기(絶技)의 이름은 《무영각(無影脚)》. 신에게서 찬탈한 권능은 아니지만, 내가 오랜 세월 갈고닦은 기술로 무림의 지보(至寶) 중 하나예요. 정신 차리고 받아 내도록 하세요.'

이때 물론 렌은 방심 따윈 하고 있지 않았다.

그러나 머리 위를 파란 제비 한 마리가 가로질러 가는 것을 보곤, '아, 변신한 리오나구나'라는 생각을 해 버렸다. 그 찰나였다.

"제가 아니에요, 로쿠하라 씨!"

"뭐…?"

"병가(兵家)의 길에는 궤도(詭道)도 따르는 법. 아직 미숙하군요!"

하늘 어딘가에서 리오나가 하는 경고를 들었지만, 렌은 허를 찔렸다. 그리고 파란 제비는 인간으로 변해 렌의 오른쪽 대각선 뒤에 내려섰다. 사각이었다.

절대 나타나려 하지 않았던 백련왕이 쉽사리 나타났다!

렌은 경악하면서도 그녀 쪽으로 몸을 돌렸다.

그러나 붉은 천으로 시야가 홱 가로막히고 말았다.

백련왕으로 여겨지는 인물은 손에 든 깃발인지 리본 같은 것… 아무튼 어떤 천 조각으로 렌을 때린 것이다!

"으앗?!"

천에 맞아도 죽을 리가 없다. 이성은 그렇게 호소하고 있었다.

하지만 본능이 위험하다고 소리치고 있었다. 렌은 네메시스의 초가속으로 날쌔게 물러서선, 천 조각으로 구타당할 뻔한 위기를 모면했다. '빠각!' 하는 소리가 울려 퍼졌다.

천에 맞은 《해룡왕》 호의 선판(船板)이 부서지고, 커다란 구멍이 뚫렸다.

"천 조각으로 어떻게 저런 위력이?!"

"물론 견줄 자가 없는 나의 무공 덕분이죠. 어리석은 질문이네요."

그렇게 대답하는 미성은 이번에도 등 뒤에서 들렸다.

오른쪽 대각선 뒤, 로쿠하라 렌의 사각에 해당하는 위치에서. 화들짝 놀라 이번에야말로 그쪽으로 재빨리 몸을 돌렸다.

아까 그 붉은 천이 당연한 듯이 덮쳐 왔다. 넓어지는 천이 시야를 가로막았다.

"후후후후. 몸을 꾸미기 위한 피백*도 내 손에 닿으면 필승필살의 무구가 되죠. 백련왕의 무예가 얼마나 대단한지 직접 맛보도록 하세요!"

"웃기지 마. 그딴 건 한입도 맛보고 싶지 않아!"

여신 네메시스의 빠른 발을 발동.

번개와 동등한 속도로 옆으로 폴짝 뛰어 붉은 천으로부터 도 망쳤다. 그리고 급정지. 렌은 마침내 백련왕의 전신을 보았다.

역시 여성이었다. 가운과 비슷한 벚꽃색 옷을 입고 있다.

그 소맷부리와 소맷자락, 발목까지 닿는 옷자락은 과할 정도 로 살랑거렸다.

게다가 비색(緋色) 베일을 머리에 쓰고, 길게 찢어진 눈가 외에는 전부 비색 천으로 덮고 있어서 얼굴을 볼 수 없었다. 그럼에도.

얼굴을 굳이 보지 않아도 아무 주저 없이 미녀라고 단정할 수있었다.

많은 남자들이 그렇게 소리쳐도 이상하지 않을 만큼, 그녀의 모습은 단정하고 아름다웠다. 하지만 렌은 다른 곳을 주목했다.

백련왕의 몸에 감긴 붉은색 스톨.

길이 2미터 정도 되는 얇고 긴 천 조각. '피백'이라고 불린 장신구였다.

그리고 백련왕은 또다시 붉은 스톨을 채찍처럼 휘둘렀다!

※피백(披帛) : 여성들이 숄처럼 몸에 걸치고 다니는 가볍고 얇은 천 장식.

"또야?!"

렌도 또다시 가속하기 시작했다. 슬로 모션이 된 '피백'에 의한 구타를 종이 한 장 차이로 피해 공격자 쪽을 보려고 했다. 그러나 이미 백련왕은 거기 없었다.

신속을 유지한 채로 휙 몸을 돌렸다.

확신과 함께 등 뒤를 봤더니 역시나 백련왕은 그곳에 있었다.

일단 초 스피드로 날렵하게 뛰어 뒤로 물러난 렌은 10미터 가까이 그녀에게서 거리를 두었다.

"등을 보인 건 처음이야."

등을 타고 흐르는 땀이 차가웠다. 렌은 중얼거렸다.

"네메시스 씨의 가속장치를 사용하기 시작한 이후로, 라는 의미이지만."

"내 그림자조차도 적수에겐 보이지 않아요. 밟히지 않아요. 《무영각》은 그 요결을 구현하게 해 주는 절기. 젊은 신살자여, 눈을 크게 뜨고 똑똑히 지켜보면서 싸우도록 하세요."

백련왕은 천천히 똑바로 걸어왔다.

그 걸음은 더할 나위 없이 당당했다. 가운과 비슷한 상의의 소맷자락과 스커트 같은 하의의 자락이 하늘하늘 흔들렸다. 서 있기만 해도, 걷기만 해도 더할 나위 없이 아름다운 자태였다. 자세와 동작이 출중할 정도로 잘 갖추어져 있었다.

이대로 간격이 좁혀지면 또다시 같은 공격을 당할 것이다.

"어떻게 나보다 빠르게 움직일 수 있는 거지…?"

"후후후후. 속도만으로는 당신을 당해 낼 수 없을 거예요."

초조함을 느끼는 렌. 가만히 미소를 짓는 백련왕.

"당신들 신속 사용자는 대부분 그 속도에만 의존하고, 움직임을 갈고닦지 않죠…. 최속이라 해도 최단은 아니에요. 쓸데없는 움직임도 많아요. 눈짓도 다리 동작도 실로 졸렬하기 짝이 없어요. 바로 그렇기 때문에 난 올바른 때에 올바른 방법을 이용해 스스로를 올바른 위치에 둘 뿐. 그것만 가능하면 신속 사용자도 농락할 수 있죠…."

"……."

마치 수수께끼 같은 백련왕의 말.

그러나 렌은 뭔가 중대한 힌트를 들은 듯한 기분이 들었다. 뭐, 지금 그것을 깊이 생각할 여유는 없지만.

백련왕은 한 걸음 한 걸음, 착실하게 이쪽으로 다가왔다.

'아무튼 엄청난 풋워크와 밀당으로 내 사각을 점령한 거겠지. 다만, 지금 당장 상대하는 건 어렵겠군….'

'그런 상황에서는 소년만화처럼 즉석에서 대책을 세우세요.'

파트너의 사념이 전해져 왔다.

제비로 변해 있는 그녀에게, 렌도 사념으로 대답했다.

'나로서는 오히려 리오나가 하늘에서 날 지원해 주길 부탁하고 싶은데 말이지.'

'그게… 뭘 어떻게 하려고 해도 백련왕의 동작이 너무 빨라서 말이죠. 특히 로쿠하라 씨를 공격할 땐 거의 사라진 것처럼 보여요.'

'나보다 '늦다'고 했는데, 겸손 떠는 건가…?'

'하려면 야타가라스로 변신해야 해요. 지금의 몸으로는 뭘 해도 통할 것 같지 않아요.'

'리오나가 그런 말을 하게 만들다니, 참 엄청난 사람이군.'

참고로….

거대선 《해룡왕》의 갑판에서는 백련당의 부하들이 쩔쩔매고 있었다.

"오오! 우리의 왕께서 강림하셨다!"

"백련왕님! 백련왕님!"

"이런! 백련왕님의 모습을 직시해선 안 돼! 목소리를 들어서도 안 돼!"

"눈을 감아! 귀도 막아! 말도 하지 마!"

"넙죽 엎드리자! 아무튼 바닥에 넙죽 엎드리자!"

그리하여 천 명 이상 되는 백련당은 한 명도 빠짐없이 무릎을 꿇고는….

배 갑판에 이마를 비벼 대는 듯한 모양새로 넙죽 엎드리곤, 자신의 두 손으로 두 귀를 막는 자세가 되고 말았다.

아무도 목소리를 내지 않았다. 재채기 한번 하지 않았다.

정적이 지배하는 《해룡왕》의 갑판에서 신살자 백련왕은 천천히 로쿠하라 렌과의 거리를 좁혀 온다… 렌은 각오를 다졌다.

"좌우간 부딪쳐 보는 건 위험하지만, 온 힘을 다해 부딪쳐 보지 않으면 아무런 진전이 없겠어."

그리고 오른손 인지와 중지를 모았다.

네메시스의 권능에 의한 《인과응보》를 슬슬 선보일 때였다.

하지만 그 전에 **계획**이 있었다. 이쪽도 특기인 풋워크를 보여 주고자 렌은 스텝을 밟기 시작했다.

4

탁, 탁. 탁, 탁.

렌은 앞뒤로 움직이며 나무 판 위에서 리드미컬하게 스텝을 밟았다.

아웃복싱이 특기인 복서 특유의 움직임. 가벼운 발놀림으로 링 위를 날아다니기 위한 예비동작이었다.

발을 헛디디지 않기 위해 가볍게 움직이며 앞으로 뛰었다가 다시 뛰어서 제자리로 돌아온다.

렌은 가볍게 스텝을 밟으면서 경계 태세를 취했다.

그에 반해 백련왕은 아주 천천히 걸어왔다. 몸의 축이 전혀 흔들리지 않는 똑바른, 그리고 당당한 걸음이었다.

그야말로 왕자의 전진, 위풍당당한 발걸음이었다.

"혈기에 날뛰는 것이 바로 젊은이라는 것. 하지만 아무리 그렇다 하더라도 조금 정신이 없네요. 젊은 신살자여, 무술 재능은 있는 것 같지만 보아하니 좋은 스승을 만나지 못한 것 같군요."

"아니. 좋은 기술을 가르쳐 주는 사람은 많이 만났어. 하지만."

렌은 백련왕에게 씨익 미소를 지었다.

스마일. 릴랙스. 재빨리, 그리고 가볍게 움직이고 싶다면 힘을 주는 건 금지. 몸도 마음도 유연함을 유지해라. 그렇게 함으로써 비로소 최고속을 낼 수 있다.

속도와 페인트로 적을 농락하고, 리듬과 게임을 지배해라.

"결국엔 내 방식대로 하고 싶어지지 뭐야. 내가 더럽게 못 하는 것처럼 보인다면 전부 내 책임이야. 뭐, 그래도."

백련왕은 붉은색 스톨 '피백'을 손에 든 채 성큼성큼 다가왔다.

저 천 조각과의 간격은 3미터. 2미터. 1미터….

"중요한 건 이기느냐 지느냐지, 못 하냐 잘 하냐는 아무래도 상관없는 것 같더라고."

"말 한번 잘 했어요. 그렇다면 당신이 가는 길이 올바른 길인지를 승리로 증명해 봐요!"

슈욱!

백련왕이 마침내 달려들었다.

붉은 스톨… 요컨대 가볍고 부드러운 직사각형의 천이다. 그것을 날카롭고 빠르게, 마치 가죽 채찍처럼 휘둘렀다. 상궤를 벗어나는 무술이었다.

렌도 가속하기 시작했다. 모든 것이 슬로 모션이 되었다.

그러나 렌의 시야는 거의 붉은색 천 조각으로 가려져 있었다. 건너편에 있는 백련왕의 모습도 보이지 않았다.

자, 어느 쪽으로 뛰어서 공격을 피할까?

오른쪽, 왼쪽? 아니, 대각선 뒤쪽으로… 라는 3중 페인트를 보이고는.

렌은 전혀 다른 방향을 골랐다.

"앞과 아래다!"

헤드 슬라이딩처럼 앞으로 뛴 다음, 몸을 내던졌다.

두 손을 쭉 내밀고 머리는 최대한 낮게, 두 무릎은 바닥에 닿게 하고… 땅에 엎드려 조아리는 듯한 자세가 되어 바닥을 미끄러졌다.

로쿠하라 렌은 물 흐르는 듯한 화려한 동작으로 신속 슬라이딩을 선보였다.

지상 최속의 무릎 슬라이딩으로 멋지게 붉은 스톨을 좌악 빠져나왔다!

"?!"

"어때, 내 주특기!"

드디어 허를 찌른 것일까? 렌은 '피백'을 휘두르던 백련왕의 왼쪽 옆구리를 이번에야말로 멋지게 빠져나갈 수 있었다. 뭐, 아무리 그래도 무릎 슬라이딩 자세에서 카운터를 먹일 수는 없지만.

그래도 마침내 달인 백련왕을 살짝 따돌릴 수 있었다.

그대로 렌은 바닥을 통나무처럼 데굴데굴 굴러 강적에게서 멀어졌다.

이 동작도 신속. 백련왕은 쫓아오지 않았다. 소름 끼치게도 '번개 같은 속도로 데굴데굴 구르는 로쿠하라 렌'도 보이고 있는지, 베일 안쪽에서 날카로운 시선이 렌을 똑바로 향하고 있었지만… 그러나 추격은 없었다.

엎드려 누워 있는 상황에서 상대가 노리기라도 하면 아무리 렌이라 할지라도 피할 수 없는데. 역시 따라붙지 못하는 것인가.

가속 상태가 끝났다. 렌은 천천히 자리에서 일어섰다.

"누나가 내 등 뒤에 있는 건 항상 접근전 직후였어."

"눈치챘군요. 꽤나 총명한 건지 아니면 감이 좋은 건지… 어느 쪽이든 젊은이여, 당신에게서는 천부의 재능이 느껴지는군요."

백련왕은 노래 같은 목소리로 중얼거렸다.

베일에 감춰져 있어 표정은 보이지 않았다. 하지만 미소를 짓고 있는 건가? 온몸에서 내뿜는 분위기를 보곤 렌은 왠지 모르게 그런 생각이 들었다.

"하지만 지금 같은 기책은 더 이상 통하지 않습니다. 바닥에 엎드린 채 적을 치는 기술을 당신은 모르는 것 같군요."

"정답. …그러니까 이번에야말로 진짜 스피드 승부야."

또다시 렌은 스텝을 밟기 시작했다.

전후좌우로 조금씩 움직였다. 탁탁. 탁탁. 360도 어느 방향으로도 뛸 수 있도록 발과 몸을 움직여 태세를 갖추었다.

"다음에야말로 내 최고 속도로 그 천을 빠져나가 누나의 틈을 쓱 파고들어 볼게. 이번에는 반드시 나를 놓치게 만들어 주겠어…."

아무리 렌이 가속해도 백련왕에게 움직임을 간파당하고 만다.

여태껏 계속 그랬다. 하지만 다음에야말로…. 렌의 선언을 들은 백련왕이 왕된 자다운 발걸음으로 다가왔다.

"좋아요! 당신의 최고 속도를 직접 보고 확인해 드리죠!"

슈욱! 백련왕은 붉은 천 조각을 휘둘렀다.

그리고 렌은 가속… 하지 않았다. 발을 멈추고 버렸다.

나란히 쑥 내민 인지와 중지가 렌을 덮치는 스톨과 부딪쳤다.

"정의의 심판이 있기를!"

"이럴 수가?!"

백련왕의 몸은 뒤로 튕겨 나갔다.

네메시스의 권능 《인과응보》로 지금까지 자신에게 향했던 타격의 위력을 한데 모아 백련왕의 스톨에 내려친 것이다.

스피드 승부로 나가는 척하면서 무승부를 각오한 크로스 카운터.

싸움의 주도권을 쥐기 위한 페인트였다. 역시나 백련왕은 걸려들어 주었다. 그동안 스스로 보여 준 연타의 충격을 한데 모아 되돌려 주자 호쾌하게 날아갔다.

뭐, 그 대가로 렌도 확 날아갔지만.

"크헉?!"

그 '피백'이라고 하는 스톨을 맞받아친 오른팔은….

접점이 된 손끝에서부터 어깨 언저리까지 뼈가 산산조각으로 으스러졌다. 그렇게 직감했다. 오른쪽 어깨에서부터 그 앞으로 아무런 감각이 없었다.

그러나 렌은 아픔을 무시하고 씨익 웃었다.

팔 한두 개쯤이야 생명력이 왕성한 신살자의 육체라면 금방 나을 것이다.

중요한 것은 이 공격으로 백련왕의 방어를 무너뜨리고 빈틈을 만들어 냈다는 점이다.

이제 나머지는 리오나에게 맡기면 된다.

"감히 입에 담기에도 황송한 황신께 아뢰오니… 타오르는 불과 저의 저주로 퇴치하고 정화해 주소서!"

파란 제비가 된 채로 공중에서 타이밍을 노리고 있던 리오나.

이 기회를 틈타 야타가라스로 변신한 후, 곧바로 《불과 태양의 비사》를 영창했다. 파르스름한 불꽃이 백련왕의 온몸을 감싸더니, 단숨에 '화르륵!' 하고 타올랐다.

"오오, 백련왕 님께서?!"

"타고 계신다! 불에 휩쓸리셨다!"

"네 이놈, 가만두지 않겠다!"

주군을 직시하지 않으려고 계속 바닥에 엎드려 있던 백련당의 해적들.

보고 있지 않았어도 심상치 않은 기운을 느꼈는지, 많은 이들이 마침내 얼굴을 들곤 타오르는 백련왕의 모습을 목격했다. 흥분해서 저마다 소리를 질러 대고 있었다.

렌도 파란 불기둥을 지켜보고 있었다.

어설픈 《인과응보》로는 통하지 않는다는 생각에 겹겹으로 페인트를 걸어 놓은 뒤 리오나의 화염 공격으로 이어지게 한 것이다.

백련왕은 파르스름한 불꽃에 타면서 "오오." 하고 감탄을 자아냈다.

"서쪽으로 치는 척하고는 동쪽으로 치다니. 싸움의 허실에 대해 제법 잘 알고 있군요. 뭐, 경박한 기질은 뭐라고 좋게 평가할 수는 없지만….."

불꽃 속에서, 백련왕의 옷이 활활 타 버렸다.

소매와 하늘거리는 옷자락이 달린 가운도, 붉은 스톨 '피백'도, 그리고 계속 쓰고 있던 베일과 얼굴을 가리고 있던 천도….

지금 파란 불꽃 속에서 새하얀 알몸이 훤히 드러났다.

젊은 여체였다. 탐스럽고 커다란 유방에, 잘록한 허리. 그리고 한란처럼 날씬한 몸. 관능과 번뇌보다는 한 점의 예술품이라고 불러야 할 만한 신성함으로 가득 차 있었다.

그리고 백련왕의 얼굴은… 당연하다는 듯이 수려했다.

꽃처럼 아름다운 얼굴이었다. 명모호치(明眸皓齒), 수화폐월(羞花閉月). 하지만 가련함보다는 위엄 있고 당당한 예기, 패기, 무엇보다 왕된 자의 긍지로 빛나고 있었다.

놀랍게도 파란 불꽃은 그녀의 피부를 하나도 태우지 않고 있었다!

'뭐… 쓰러뜨리는 게 목적이 아니니까요. 많이 봐줬지만 말이죠.'

야타가라스가 되어 하늘을 날고 있는 리오나가 사념을 보냈다.

'하지만 저만큼 여유롭게 불 속에 있을 수 있으리라고는 생각도 못 했어요…. 저 사람, 정말로 터무니없는 사람이네요!'

"그러게. 예상 이상이야."

렌도 멍하니 맞장구를 쳤다.

한편, 백련왕은 손을 위로 들어 아래로 휙 내렸다. 그러자 야타가라스의 불꽃은 '훅!' 하고 꺼졌다. 게다가 새로운 옷이 홀연히 나타나선, 아름다운 몸을 덮었다.

그것은 몸에 착 붙는 파란 차이나 드레스, 치파오였다.

"나의 얼굴을 봤군요, 젊은이."

알몸을 본 것은 신경도 쓰이지 않는지, 백련왕은 태연하게 말했다.

"약속을 지키도록 하죠. 지금 이 순간부터 당신은 나와 우리 백련당의 빈객. 그리고 원한다면 그에 상응하는 지위 또한 내리도록 하죠."

"고마워! 난 로쿠하라 렌. 누나는?"

렌은 붙임성 있는 말솜씨로 자신을 소개하며 상대에게도 똑같이 유도했다.

하지만 상대는 험악한 눈빛으로 흘깃 노려볼 뿐이었다.

"로쿠하라인지 뭔지 하는 당신. 우선 그 버릇없는 말투를 가르쳐야 할 것 같네요. 그리고 내 이름은 이미 알고 있을 텐데요."

"하지만 《백련왕》은 딱 들어도 가명이랄까, 통칭이잖아?"

이 박력 넘치는 가인은 꽤나 까칠한 성격인 것 같았다.

하지만 그렇다고 물러설 수는 없었다. 무조건 예스라고만 하는 예스맨이 되는 건 더 좋지 않다. 그 결과가 백련당 해적들이니까.

한 방 맞고 날아갈 각오를 하면서 렌은 파고들어 보았다.

"누나의 본명, 가능하다면 알려 줄 수 없을까?"

"…좋아요. 생각해 보니 당신도 신살자 중 한 명. 순연(順緣)이든 역연(逆緣)이든 언젠가 무슨 인연이 나와 당신 사이에 생겨나도 이상하지 않을 테니까요."

백련왕은 어렴풋이 한숨을 쉬고는 말했다.

"내 성은 라(羅). 이름은 취련(翠蓮). 자는 호(濠). 라호든 백련왕이든 마음대로 부르세요."

"그 말은, 누나 중국인이구나!"

렌은 소스라치게 놀라며 소리쳤다.

유럽 출신이라고 하는 후작에 이어 드디어 만난 '두 번째 동족'. 그녀도 아득히 먼 지구에서 여행을 온 것 같았다.

신역의 캄피오네스

제4장 chapter 4 **Hero's Journey**

1

"이곳이 휘페르보레아… 인가요?"

"그래. 그리운 내 고향이다."

새로운 신화 세계에 온 직후의 대화였다.

카산드라가 빛나는 태양신 아폴론에게 끌려온 곳은 '바다와 섬의 세계'였다.

고향 트로이를 에워싼 바다는 푸르른 남양(南洋)의 바다였다. 비쳐 보일 만큼 맑은 물은 푸르고, 여름이 되면 강렬한 햇살이 퍼부어 내린다.

그에 반해 휘페르보레아의 대해는 파란색이 짙었다.

계절은 지금 초여름인 듯하지만, 카산드라의 고국보다 햇살도 온화했다.

"북풍의 저편에 있다고 하는 나라… 소문은 몇 번 들은 적이 있어요."

이 이야기를 했을 때, 태양신과 카산드라는 바다 위에 있었다.

백조가 끄는 마차를 타고 휘페르보레아의 바다를 내려다보면서 하늘을 여행하고 있는 것이다. 중간에 작은 섬과 군도가 보일 때도 있었다.

"휘페르보레아는 1년 내내 봄인 이상향이라고 하는 자도 있는가 하면, 북쪽 끝에 있는 가난한 땅이라고 하는 자도 있었어요. 어떤 얘기가 맞나요?"

"둘 다 진실의 일단이야. 하나 정확하지도 않지."

질문에 대답하는 아폴론은 괴짜다운 미소를 짓고 있었다.

그리고 마차 짐받이에 기대 세워 놨던 백은의 활을 집어 들었다. 그런 다음, 빛의 화살을 불러내더니 머나먼 해원의 저편을 바라보았다.

"지금 마침 **저것**이 보이는군. 공주, 내가 재주를 하나 보여 주도록 하지."

그렇게 말하자마자 아폴론은 활을 쏘았다.

빛의 화살은 큰 포물선을 그리며 바다에 떨어졌다.

그 직후였다. 화살이 떨어진 지점의 해면이 쑥쑥 부풀어 오르기 시작했다.

해수가 융기… 한 것은 아니었다. 놀랍게도 아무것도 없던 바다 위에 **난데없이 육지가 생겨난 것이다!**

"어머나!!"

카산드라의 입에서 감탄의 환호성이 절로 나왔다.

처음에는 작은 집 한 채를 겨우 지을 수 있을 정도의 크기였다.

그러나 점점 팽창했다. 해상에 느닷없이 출현한 육지는 눈 깜짝할 사이에 면적을 넓혀 가더니, 어느샌가 하나의 '섬'이 되었다.

게다가….

막 생겨났을 땐 흙과 바위뿐이던 섬의 표면에 새싹이 퍼져 나갔다.

믿기 어렵게도 잇따라 초목이 자라났고, 꽃들도 흐드러지게 피기 시작했다. 아폴론이 화살을 쏜 것부터 섬의 완성까지 그야말로 순식간이었다.

아마 작은 초가 다 타는 데에 필요한 시간도 걸리지 않았을 것이다….

"저, 이런 신비를 바로 눈앞에서 본 건 처음이에요!"

"그렇겠지. 휘페르보레아 외의 곳에서는 좀처럼 일어나지 않는 일이다."

"그럴 것 같아요!"

흥분하는 카산드라. 아폴론은 장난스럽게 웃었다.

"후후후후. 어디 한번 섬에 내려가 볼까?"

마차를 끌던 백조 두 마리는 우아하게 날갯짓하더니 매끄럽게 하강했다.

지금 갓 탄생한 섬에서의 산책이 시작되었다.

풀꽃이 흐드러지게 핀 아름다운 들판. 나무가 우거진 숲. 기분 좋은 바람이 부는 초원. 새들이 날고, 사슴과 들소, 원숭이 같은 짐승들도 보였다.

그런 풍경 속을 아폴론과 카산드라는 이리저리 돌아다녔다.

앞서가는 태양신은 무언가를 찾고 있는 건지 먼 곳을 보고 있는 때가 많았다.

"오오, 여기 있었군."

바다와 마주한 언덕까지 왔을 때, 아폴론은 말했다.

그가 바라보는 곳에는 들소가 두 마리나 있었다. 둘 다 체모는 황금색이었고, 몹시 온화한 얼굴을 하고 있었다. 체격도 파격적일 정도로 컸다.

웬만한 작은 집에는 한 마리도 들어가지 못할 것이다.

황금색으로 빛나는 들소… 카산드라는 넋을 놓고 바라보며 탄식을 흘렸다.

"저 소들, 유서 깊은 성수(聖獸)가 틀림없어요. 어쩌면 신들의 피를 이어받았을지도 몰라요. 참으로 아름다운 아이들이네요!"

"그래. '희생의 짐승'이 되기에 적합하겠구나."

"네?"

아폴론은 난데없이 빛의 화살을 두 발 쏘았다.

아폴론이 쏜 화살을 맞은 황금소 두 마리가 그 자리에 풀썩 쓰러졌다. 두 마리 다 목에 화살이 꽂혀 있었다.

카산드라는 황급히 달려갔다. 그리고 소들을 들여다보았다.

한 마리는 죽어 있었다. 다른 한 마리는 아직 숨을 쉬고는 있지만 눈에는 생기가 없었고, 당장이라도 눈꺼풀이 감길 것 같았다.

멀리서 백발백중으로 활을 쏘아 맞추는 태양신의 화살이 목표물을 벗어날 리가 없다. 아마 일부러 즉사시키지 않았을 것이다.

카산드라는 고개를 들어 일찍이 무녀로서 섬겼던 미청년을 노려보았다.

"아폴론 님, 무슨 짓을 하신 겁니까!"

"괜찮다. 이것들은 생명을 키우는 '제물'로서 죽은 것이니까."

아폴론은 왕녀의 규탄을 자연스럽게 흘려 넘겼다.

황금소가 쓰러진 곳은 언덕 위, 그리고 바다를 향해 있는 단애 절벽이었다.

아폴론도 그곳까지 와선, 우선 도살한 황금소를 두 손으로 안아 올렸다. 신의 강인한 힘이 있기에 가능한 일이었다.

텀벙! 성우(聖牛)의 사체가 바다에 떨어지는 소리.

그리고 얼마 후….

"세상에?!"

또다시 카산드라는 경악했다.

바다를 떠돌던 황금소의 사체가 갑자기 부풀어 오르더니 육지가 된 것이다. 처음에는 성 하나 정도의 크기. 그러나 점점 팽창을 거듭하더니….

곧 훌륭한 '섬'이 되어 버렸다.

흙과 바위밖에 없었던 섬의 표면에는 금세 풀꽃이며 나무들이 탄생했다.

그리하여….

아폴론의 화살에서 탄생한 섬 바로 옆에 역시 같은 화살과 황금소의 사체에서 섬이 생겨나 이른바 '쌍둥이섬'이 되었다.

"덧붙여 말하자면 말이지. 처음에 쏜 화살도… 바다를 떠도는 '희생의 짐승'을 쏴 죽인 것이다."

"희생의, 짐승…?"

"그래. 이 녀석도 그렇게 될 것이다."

다른 황금소 한 마리, 굳이 바로 죽이지 않은 쪽.

의아해 하는 카산드라의 앞에서 아폴론은 그 거구를 안아 올렸다. 그러더니 마찬가지로 단애절벽에서 바다로 떨어뜨려 버렸

다.

트로이 왕녀가 지켜보는 가운데, 빈사 상태의 소는 허망하게
도 바다를 표류했다.

"저 소가 바다를 떠돌다가 언젠가 숨이 끊어졌을 때, 그 사체
에서 대지가 생겨나겠지. 공주여, 절망으로 가득 찬 이 세계는
그런 식으로 **대지를 넓혀 갈 것이다.**"

아폴론은 엄숙한 말투로 딱 잘라 말했다.

그러더니 약간 기묘한 전별의 말을 읊었다.

"먼저 여행을 떠나도록 하거라, 짐승들이여. 그리 오래 기다리
게 하진 않을 것이다. 100일도 채 지나지 않아 나도 그쪽으로 가
겠노라. 우리는 어두운 땅속에서 의식을 시작할 것이다…."

여행을 떠나? 의식?

카산드라는 수수께끼 같은 태양신의 말에 고개를 갸웃거렸다.

그리하여 휘페르보레아에서의 여행이 시작됐다.

아폴론은 쌍둥이섬을 떠나기 전에 휘파람을 휘익 불었다.

그러자 바다 저편에서 커다란 배가 나타났다.

아름다운 범선이었다. 게다가 뱃머리에는 '백조', 선복에는 '백
조의 날개'를 본뜬 조각까지 달려 있었고, 배 전체가 하얗게 칠
해져 있었다.

배를 움직이는 노예가 없는데도 알아서 앞으로 나아갔다.

"자, 가자. 나는 지금부터 '영웅이 되는 길'로 나아갈 것이다. 한동안 희생의 짐승을 찾아 사냥하며 돌아다닐 생각이다."

아폴론은 그렇게 말하며 출항을 선언했다.

배 여행 중 카산드라는 틈만 나면 뱃전에 나가 바다를 응시했다.

이따금, 바다를 표류하는 것들이 있었다.

예를 들면 거대하고 아름다운 들소, 사슴, 말 등. 모두 성수로 여겨지는 위엄이 넘쳐흘렀고, 역시나 모두가 죽어 가고 있었다. 그런 짐승들을 만날 때마다 아폴론은 화살로 숨통을 끊었다.

그들의 사체는 전부 엄청난 속도로 '섬'이 되었다. 한 마리도 예외는 없었다.

"희생의 짐승이 대지를 탄생시킨다…."

카산드라는 태양신의 말을 곱씹어 보았다.

그러나 태양신에게 자세한 이야기를 물어봐도 그는 얼버무리기만 할 뿐이었다. 트로이 왕녀는 타고난 호기심에 떠밀려 수수께끼의 대답을 이끌어내고자 했다.

"바다에서 죽는 짐승들은 아름답기만 한 건 아니네요…."

카산드라의 시야에 나타난 짐승들 중에는 아름다움과 정반대인 것도 있었다.

예를 들면 애벌레 같은 몸통에 짧디짧은 천 개의 다리가 붙어 있는 괴물. 그리고 통통한 고깃덩어리 같은 것….

하지만 비율로 말하자면 제일 많은 짐승은 '소'였다.

카산드라는 납득했다. 트로이와 그리스의 신역에서도 그러했다. 소는 공물로 신들에게 빈번히 바쳐졌으며, 종종 신의 화신으로서 지상에 나타난다.

말하자면 성수 중의 성수인 것이다.

또한 아폴론의 사냥은 바다 위에서만 행해지는 것은 아니었다.

저절로 앞으로 나아가는 백조선이 어떤 섬 해안에 배를 가까이 대자, 태양신 아폴론은 카산드라를 데리고 그 섬에 상륙했다.

그리고 백조 마차를 타고 하늘을 날아 희생의 짐승을 발견하곤 사살했다.

사체는 바다에 던져 새로운 섬을 창조했다….

그러한 광경을 인간들이 목격하는 경우 또한 잦았다. 이곳 휘페르보레아는 무인지대가 아니라 섬에서 조용히 살고 있는 자들이 적지 않았던 것이다.

그리고 하늘을 나는 마차로 이곳저곳 날아다니는 아폴론은 아무튼 눈에 띄었다.

당연히 구경꾼들이 몰려들었다.

아폴론의 위업을 보자마자 대부분의 휘페르보레아인은 그 자리에 넙죽 엎드렸다.

"대지를 넓히는 자여!"

"언젠가 불과 빛을 가져다줄 자여!"

사람들은 이러한 존칭으로 아폴론을 부르며 그를 향해 엎드려 절했다. 그러자….

빛나는 신은 방긋 웃으며 시원시원하게 말했다.

"하하하하. 그야말로 나는 대지를 넓히는 자, 불과 빛의 아이, 선택받은 왕이다. 휘페르보레아의 백성들이여, 나를 따르라!"

이 말을 가는 곳마다 되풀이했다.

아폴론의 백조선은 휘페르보레아인으로 가득했다.

미처 타지 못한 자들은 자신의 조각배를 끌고 바다로 나와 아폴론의 배를 따랐다. 어느샌가 100척이 넘는 선단이 된 무렵.

대장인 아폴론은 천천히 말했다.

"그럼 슬슬… 마지막 목적지로 향하도록 하지. 그리고 너희에게 말하노라. 나는 지금부터 최후의 탐색을 떠나 성스러운 불과 성스러운 빛을, 가지고 돌아오겠다!"

"오오오오오오오오오오오오오오오오오오오오오오오!"

"빛을 가져오는 자여!"

"빛을 가져오는 자에게 영광이 있기를!"

선단의 선두에 선 백조선은 서쪽 방향으로 침로를 바꾸었다.

태양신의 선언을 들은 아폴론 선단의 인간들은 한 사람도 빠짐없이 환호성을 질러 댔다.

그리하여… 대집단이 된 아폴론 선단에서도 카산드라는 '대지를 넓히는 자의 시녀'로서 특별대우를 받았다.

모든 사람들이 정중하게 대하고, 경의를 표했다.

또한 카산드라에게도 호기심이 있었다. 그들 휘페르보레아인과 한데 섞여 자연스럽게 많은 이야기를 하며 슬쩍 속을 떠보았다. 그들은 아폴론을 '지나가는 태양신'으로서 존중하면서도 그 속성은 별로 중요시하지 않았다. 오히려.

"대지를 넓히는 자… 라는 칭호를 가진 영웅으로서 숭배하고 있군요."

휘페르보레아에는 어떤 신앙과 신들이 존재하는 것일까?

밤마다 카산드라는 원통해 했다.

"아아. 내가 리오나 님처럼 총명했다면 더 이것저것 척척 알아볼 수 있었을 텐데!"

그것을 더 알아내고 싶었지만.

그날 밤, 백조선은 어떤 섬에 접안하더니 닻을 내렸다. 이곳에서 밤을 보내고 아침 해와 함께 출항할 계획이었다.

백조선에 동승한 사람들은 모두 잠들어 조용해졌다.

아폴론은 밤 사냥을 나갔다. 희생의 짐승이 이곳에도 있는 듯했다.

그리고 홀로 밤을 보내던 카산드라는… 살금살금 백조선을 빠져나갔다.

근처 바닷가에는 아폴론 선단의 작은 배들이 수없이 많이 계류되어 있었다. 배에서 내린 사람들은 가족끼리 천막을 치고 그 안에서 잠을 청하곤 했다.

카산드라는 적당한 배를 물색하기 시작했다.

"아폴론 님과 이분들의 앞날은 궁금하지만."

결의와 용기에 들끓어 홀로 중얼거렸다.

"오늘 밤은 절호의 기회예요!"

물론 탈출할 기회를 말하는 것이다. 작은 배를 훔쳐 태양신 아폴론의 포로에서 벗어나, 어떻게 해서든 로쿠하라 렌의 곁으로 돌아갈 것이다. 그것이 힘들다면 트로이 왕궁으로….

회색 후드가 달린 외투에, 짐을 넣은 목에 거는 주머니.

나무 지팡이는 다리와 허리를 지탱하기 위해서가 아니라 호신용 무기. 여행 채비는 완전히 갖춰져 있었지만.

"왕녀 카산드라여."

"?!"

사냥을 하러 간 청년신이 부르는 목소리를 듣곤, 카산드라는 깜짝 놀랐다.

돌아보니 발밑에 회색 쥐가 있었다. 그랬다. 이 작은 동물 또한 백조, 늑대와 마찬가지로 아폴론의 사자였다.

아마 감시역으로서 카산드라의 옆에 남겨 두었을 것이다.

자그마한 쥐는 장엄한 태양신의 미성으로 말했다.

"우리의 여행은 지금부터가 절정이다. 그건 봐야 하지 않겠느냐."

"이대로 도망쳐도… 소용없는 짓인가요?"

"물론이지. 뭐, 술래잡기를 하고 싶다면 말리지는 않겠다만. 하나 도망쳐 봤자 금방 내 손에 잡히겠지."

"알겠습니다….."

카산드라는 마지못해 도주를 포기했다.

쥐에 깃든 태양신의 의지는 어깨에서 힘을 뺀 소녀에게 말했다.

"나를 위해 한번 더 일해 주어야겠다. 부디 여행이 끝날 때까지 이 아폴론과 함께하거라!"

2

백조선은 마침내 커다란 섬에 도착했다.

지금까지 찾은 섬 중에서 가장 컸다. 게다가 해변에는 도시가 있었다.

대국 트로이 출신 카산드라가 볼 때도 충분히 '번성한' 도시였다. 사는 사람과 가옥의 수도 제법 많았다.

100명이 넘는 아폴론 선단이 상륙했을 때, 도시 사람들은 당혹스러워했다.

해적 혹은 이주 희망자들이 쳐들어온 줄 알고.

수상쩍은 선단 사람들을 유심히 쳐다보곤 경계심을 드러냈지만, 빛나는 아폴론이 백조선 위에서 아름다운 소의 거구를 바다에 내던졌다.

미리 잡아 놓은 '희생의 짐승'이었다.

궁의 명수인 신은 곧바로 백은의 화살을 쏴서 소의 목을 꿰뚫었다.

그리하여 해변 도시의 바로 눈앞에 새로운 '섬'이 탄생했다….

이곳에서도 아폴론은 '대지를 넓힌' 것이다. 곧장 태양신은 영웅으로서 환영받았고, 선단 사람들도 환대를 받았다.

"나는 지금부터 '어둠의 저편'으로 향해 '불과 빛'을 가지고 돌아올 것이다. 원하는 자는 누구든 데려가 주마. 나 아폴론과 위대한 여행을 함께할 자는 누구냐?!"

아폴론의 선언에 도시 사람들은 환호로 대답했다.

여기서부터는 바다도 하늘도 아닌 육로를 간다. 아름다운 태양신은 그렇게 말하고는, 카산드라와 함께 백조 마차에 올라탔다.

그러자 도시 사람들은 곧장 200필 가까운 말을 모아 왔다.

더구나 마차까지 70에서 80대. 그들은 마차를 나눠 타곤, 아폴론이 탄 마차를 쫓아갔다.

트로이의 전차에 비하면 휘페르보레아의 마차는 소박했다.

원반 모양의 바퀴는 나무판자를 짜 맞춰 만든 것이었다. 그중에는 둥글게 자른 통나무를 바퀴로 끼워 넣은 마차까지 있었다.

카산드라의 고국에서 마차 바퀴 안쪽은 숭숭 비어 있었다.

바퀏살, 즉 지구 세계에서 말하는 '스포크'를 사용한 것이다. 탈것에 관심이 많았던 카산드라는 일본에서도 자전거에 걸터앉아 운전법과 구조를 배웠다.

'마차의 속도도 트로이가 훨씬 위네요….'

지구 세계의 '경트럭'을 그리워하면서 여행은 계속됐다.

결국 태양신을 뒤따른 사람들은 300명이 넘는 대집단으로 불어나 있었다.

땅을 스칠 듯이 나는 백조 두 마리에게 견인되어 아폴론의 마차도 질주했다. 아폴론이 끄는 마차에 흔들리면서 카산드라는 물었다.

"아폴론 님, 우리는 어디로 향하고 있는 건가요?!"

"이제 곧 알 것이다. 지금은 신경 쓰지 않아도 된다."

고삐를 잡고 있는 아폴론은 역시나 말을 얼버무릴 뿐이었다.

그리하여 태양신 일행은 육지를 달렸다. 일족이 총출동해 신천지를 개척하는 기마민족처럼 많은 말과 마차를 끌고.

안장을 얹지 않은 말에 걸터앉아 말을 모는 자도 적지 않았다. 카산드라는 깨달았다.

"휘페르보레아의 백성들은 저희 트로이인과 마찬가지로 말을 아주 잘 다루네요…!"

마침 넓은 초원이 이어졌다. 말로 여행하기에는 최적의 환경이었다.

결국 서쪽으로 반나절 정도 나아갔고, 마침내 아폴론이 그 미성으로 선언했다.

"저것이 '어둠'으로 들어가는 입구이다. 나의 위업이 성취되는 순간도 얼마 남지 않았다!"

그곳은 산골짜기의 바위 표면에 뻥 뚫린 동굴이었다.

마차가 네다섯 대 나란히 들어갈 수 있을 만큼 커다란 동굴이다.

아폴론의 백조 마차가 가장 먼저 동굴로 들어갔다. 그 뒤를 휘페르보레아인들의 마차와 기수가 하나둘씩 따랐다.

동굴 안에서는 마차가 덜커덕덜커덕 요란하게 흔들렸다.

그러나 그럭저럭 마차를 몰고도 나아갈 수 있는 노면이었다. 마치 사람과 가축, 짐승들이 빈번하게 왔다 갔다 하는 길 같았다….

그렇게 생각한 카산드라는 문득 두근거림을 느꼈다.

'왔다 갔다? 정말로 갔다가 돌아올 수… 있을까?'

이 길을 가는 자는 그것을 마지막으로 돌아오지 못하는 건 아닐까?

카산드라의 가슴에 불안이 치밀어 올랐다. 단순한 불안이라면 좋겠지만, 만약 예언자 및 무녀로서 가진 영감이 알리는 계시라면….

게다가 오한까지 엄습했다.

동굴 내부이기 때문에 당연하지만, 몹시 으스스했다.

물론 어둠 속에 갇혀 있었다. 의지할 수 있는 것은 사람들이 저마다 치켜든 횃불뿐이었다.

단, 선두에 선 아폴론은 그 어떤 빛도 몸에 지니고 있지 않았다.

굳이 그럴 필요가 없었다. 왜냐하면 그는 태양신, 빛의 신이면서 '밤의 어둠 같다'고 묘사되는 존재이기 때문이다.

아폴론 찬가 중 하나에 따르면….

주신 제우스와 관계를 맺고 여신 레토는 아이를 가졌다. 제우스의 본처인 여신 헤라는 '태양 아래에서 아이를 낳는 것은 용서할 수 없다'고 격노했다. 레토는 델로스 섬 지하에 숨어 빛나는 아폴론과 달의 여신 아르테미스를 출산한다….

다른 이야기도 있다. 여신 레토는 암컷 늑대가 되어 버렸다.

늑대의 모습으로 떠돌다가 휘페르보레아에서 델로스 섬에 다다른 후, 지하에서 태양과 달의 쌍둥이를 낳았다….

어찌 되었든 아폴론은 땅속의 어둠에서 탄생한 신이다.

그리고 마차를 끌고 있는 아폴론은 콧노래를 불렀다.

"예 파이안. 예예 파이안. 내가 백은의 활을 잡았을 때, 너희는 요란하게 떠들어 댈 것이다. '궁술과 리라를 관장하는 자여, 빛나는 화살을 빨리 쏘아라'라고. 내가 푸톤의 땅으로 내려갔을 때, 너희는 다 같이 소리칠 것이다. '예예 파이안, 용과 뱀을 쏴 죽이는 자여'라고….”

카산드라는 깨달았다. 이것은 《가호의 언령》이다.

자신을 따르는 백성들에게 내리는 가호. 그들에게 일어나는 위협을 물리치고 몸을 지키는 가호. 공포조차도 지워 없애는 가호.

그 은혜를 입었기 때문인지, 휘페르보레아인들도 어둠에 전혀 겁먹지 않았다.

용기와 투지를 불태우며 아폴론의 등 뒤를 따르고 있다.

'하지만 우리는 위험한 상황에 처해 있는 것도 아닌데, 왜 아폴론 님은 가호의 언령을…?'

아니다. 카산드라는 깨달았다.

그녀가 가진 영감이 서서히 날카로워졌다.

덕분에 이 동굴 전체에… 묘한 향기가 넘쳐흐르고 있는 것을 인식할 수 있었다. 어마어마하게 달콤한 향기와 소름 끼치는 썩은 내가 뒤섞여 있었다. 빛나는 아폴론의 가호를 받은 덕분에 한참을 지나서야 알아챈 것이다.

무엇보다 몸에 느껴지는 이 오싹오싹함은 냉기 때문이 아니다. 장기(瘴氣)였다.

'이건 분명… 요모츠히라사카!'

로쿠하라 렌과 토바 리오나의 고국에서도 카산드라는 이 오싹함을 경험했다.

그때는 저승 요미노쿠니로 가는 입구 《요모츠히라사카》가 열리면서 이 독기가 일본 간사이 일대에 퍼졌다.

그러고 보니 백조 마차가 나아가는 길은 완만한 내리막길이었다.

"아, 아폴론 님! 저희는 지금 지하에 있다고 하는 명계, 지옥으로 가고 있는 건가요?!"

"오오. 역시 카산드라 공주구나."

빛나는 아폴론은 그 괴짜다운 미소를 지었다.

"눈치챘다시피 우리는 마침내 명계에 다다랐다. 나 아폴론의 명계 하강, 앞으로 일어나는 모든 일을 전부 기억하고, 시로든 노래로든 만들어서 길이길이 전하거라. 그래서 너를 데려온 것이니까!"

마침내 동굴이 끝났다.

어둠에 묻힌 외길을 빠져나와 겨우 탁 트인 황야로 나온 것이다.

그곳은 몹시도 황량했다. 잿빛 대지만이 끝없이 펼쳐졌고, 이따금 울퉁불퉁한 바위산이 눈에 띄었다. 그리고 고목 정도. 참으로 살풍경했다.

하늘은 어두컴컴한 데다 색까지 칙칙한 보라색이었다.

백조 마차는 아폴론과 카산드라를 태운 채 그 황야를 나아갔다.

울퉁불퉁할 뿐인 대지이기 때문에 여전히 바퀴가 덜컹거렸다.

그 뒤쪽에는 300명 가까이 되는 휘페르보레아인이 있었다. 기마나 마차로 뒤를 따르는 그들의 모습은 마치 행군 같았다.

그리고….

이 대집단 앞에서 땅이 갈라지기 시작했다.

땅속에서 거대한 괴수가 기어 나온 것이다. 성의 크기 못지 않은 거대한 체구는 단단한 비늘로 덮여 있었고, 박쥐와 비슷한 날개가 등에 달려 있었다!

겁에 질린 카산드라는 절규했다.

"저건 용! 용 아닌가요?!"

"그래. 나의 숙적 피톤의 재래로군."

태양신 아폴론은 또다시 대범한 미소를 지었다.

지옥의 마룡과 태양신 아폴론.

이들은 지극히 자연스럽게 싸움을 시작했다. 예언으로 정해진 것처럼.

"빛이 있으리라!"

우선 아폴론은 언령을 읊었다.

그러자 그의 발밑에서 길고 커다란 빛기둥이 나타났다. 기둥은 똑바로 쭉쭉 늘어나더니, 청년신의 늠름한 몸을 태운 채 그

자리에 우뚝 섰다.

아폴론은 빛나는 기둥의 정점에 척 버티고 서선, 백은의 활을 겨누었다.

체구만 봐서는 인간족과 그리 다르지 않은 태양신. 하지만 지금, 빛기둥을 힘차게 밟고 서 있는 그의 시선은 거대한 마룡의 두 눈과 똑같은 높이였다.

지옥의 마룡은 뒷발만으로 일어서서 앞발과 날개를 크게 벌리고 있었다.

둘 사이는 멀리 떨어져 있었다.

준마를 전속력으로 몰아도 거리를 좁히는 데에는 시간이 한참은 걸릴 것이다.

당연히 멀리 공격할 수 있는 도구를 갖고 싸워야 하는 상황….

"아폴론의 화살을 받아라!"

백은의 활에 빛의 화살을 메겨 늠름하게 쏘았다.

화살은 정확하게 마룡의 가슴에 꽂혔다. 물론 용의 거구를 봤을 땐 보잘것없이 느껴질 정도로 작은 화살이었다. 그러나.

콰아아아아아아아아아아아아아앙!

가슴을 꿰뚫은 빛의 화살이 대폭발을 일으켰다.

열과 충격과 고통을 맛본 마룡이 견디지 못하고 뒤로 몸을 젖혔다.

하지만 곧바로 다시 몸을 일으킨 후, 날카로운 이빨이 빽빽하

게 차 있는 사나운 입을 쩍 벌리고는,

　오오오오오오오오오오오오오오오오오오!

　천둥처럼 포효했다. 그 입에서 포효와 동시에 파란 화염이 쏟아져 나왔다. 물론 아폴론을 태워 버리기 위해서였다.

　그 마룡을 향해 빛기둥 위에 서 있는 태양신은 영창했다.

　"밤의 장막이여, 나의 갑옷이 되어라."

　빛나는 기둥 주위가, 곧 새까만 안개로 둘러싸였다.

　이 안개가 불꽃을 차단했다. 마룡도 지지 않고자 파란 화염을 다시 한번 뿜었다. 그러나 빛의 신을 수호하는 힘은 깰 수 없었다.

　안개의 모양을 한 암흑. 빛나는 신을 뒤덮는 밤의 장막.

　수비를 굳힌 아폴론이 이번에는 용의 **머리 위**로 화살을 쏘았다.

　"빛나는 활의 울림을 들어라. 세차게 울리는 이 백은의 활의 울림을!"

　빛의 화살이 이번에는 용의 머리 위에서 파열했다.

　반짝반짝 빛나는 빛이 허공을 춤추듯이 날았다. 화살은 무수히 분열해 '빛의 모래'가 되어 마룡의 거구 여기저기에 떨어졌다.

　그 직후, 폭발음이 연달아 울려 퍼졌다.

　콰앙! 콰앙! 콰앙! 콰앙! 콰앙!

　빛의 모래 한 알, 한 알이 폭발의 근원이 되어 마룡에게 고통을 주고 있었다. 지옥의 거대한 괴수는 참지 못하고 또다시 고통의 비명을 질렀다.

오오오오오오오오오오오오오오오오오오오오오오오오!

재빨리 아폴론은 마치 화살의 비를 내리듯이 빛의 화살을 빽빽이 연사해 마룡의 비늘을 꿰뚫었다. 꿰뚫었다. 꿰뚫었다. 꿰뚫었다. 꿰뚫었다.

형세는 태양신 아폴론이 우세했다.

그것을 보고 그를 따르는 휘페르보레아인들은 환호했다.

"빛나는 신은 위대하다!"

"대지를 넓히는 남자! 아무도 당해 낼 수 없는 남자!"

"이 세상을 구하는 불과 빛의 아이에게 영광이 있기를!"

"예 파이안! 예예 파이안!"

우뚝 선 빛기둥 바로 뒤쪽에 휘페르보레아의 백성들이 모여 있었다.

바로 가까이서 아폴론의 싸움을 지켜보기 위해서였다. 그리고 지금, 그들의 왕이자 영웅은 승리를 거두었다.

그들은 마침내 어떤 찬가를 소리 높여 노래하기 시작했다.

"예 파이안! 예예 파이안! 활을 쏘는 신, 병을 치유하는 자, 목자의 수호자, 늑대의 화신! 우리 백은의 활을 가진 왕에게 귀의해 그분을 받들자!"

지옥까지의 기나긴 여로 중에 아폴론은 종종 그들에게 가르쳐 주었다.

이것이 자신을 찬양하는 축하의 노래라고. 그리하여 휘페르보레아인들은 지금처럼 노래하고, 환희하고, 영웅의 위업을 찬미하고 있는 것이다.

원래라면 지옥의 독기 때문에 전원 이미 죽었어야 한다.

그것을 제지하고 있는 것은 아폴론의 가호. 그것도 모르고 그들은 천진난만하게 신과 용의 대결에 열광하고 있었다….

한편, 카산드라는 홀로 공포에 떨었다.

미래가 보였기 때문이다. 무시무시한 결말이 보이고 만 것이다.

"안 돼요, 여러분!"

트로이의 예언자로서 안간힘을 다해 호소했다.

"지금 당장 지상으로 돌아가죠! 방금 전의 그 동굴을 지나 다시! 아직… 지금이라면 아직 늦지 않았어요! 얼른!"

목소리를 최대한 쥐어 짜내어 눈물로 호소했다.

하지만 근처에 있던 휘페르보레아인은 일제히 카산드라를 험악하게 노려보았다. 남녀노소 누구 할 것 없이.

"웃기는 소리 하지 마라, 이 계집애가!"

"저분의 승리를 축하드리지 않고 뭐 하는 것이야?! 무례하기 짝이 없구나!"

마침내 카산드라는 누군가에게 냅다 밀쳐져 나가떨어지고 말았다.

그렇다. 그녀는 저주받은 예언자. 그녀의 예지를 믿는 사람은 아무도 없다는 그 저주는 다름 아닌 아폴론이 건 것이다.

신살자 로쿠하라 렌이나 신이 아닌 이상, 저항할 수 없는 저주인 것이다.

"아아, 여러분!"

그래도 충고를 포기하지 않고 계속하려던 카산드라는 느꼈다.

아폴론의 신력이 살짝 약해졌다. 우뚝 서 있는 빛기둥의 정상을 올려다보았다. 궁술의 신은 여태껏 비처럼 화살을 퍼붓고 있었다.

그러나 연사의 기세가 확연히 약해지기 시작한 상태였고….

"그만두세요, 아폴론 님!"

저 높이 있는 태양신에게 카산드라는 힘껏 소리 높여 외쳤다.

수많은 전사, 영웅을 알고 있는 무가의 왕녀. 신의 피를 이어받은 왕족이기에 느낄 수 있는 직감이 말하고 있었다. 그는 일부러… 지려 하고 있다.

일부러 화살의 개수를 줄이고, 일부러 굳힌 수비를 무너뜨리며.

아아. 지금까지는 마룡이 뿜는 화염을 새까만 안개가 가로막고 있었다. 빛기둥을 에워싼 암흑의 신력. 하지만 그 안개도 걷히기 시작하고 있다….

오오오오오오오오오오오오오오오오오오오오오오오오!

갑자기 마룡이 힘껏 포효했다.

아폴론의 힘이 쇠약해진 것을 알아챘는지, 파란 화염을 한껏 토해 낸다.

그것은 마침내 까만 안개를 날려 버렸다. 그뿐 아니라 빛기둥까지 홱 쓰러뜨리곤, 아폴론의 빛나는 자태까지 삼켜 나갔다.

"꺄아아아아아아아아아아아아아?!"

비명은 휘페르보레아인 중 누군가가 지른 것이었다.

그 순간, 그들의 열광은 확 식었다. 아폴론의 가호도 이미 사라져 있었다. 공포와 절망의 늪에 난데없이 떠밀려 빠져 버린 300명 가까이 되는 휘페르보레아인들은 서둘러 도망치고자 안간힘을 다해 뛰기 시작했다.

넘어진 누군가의 등과 머리를 짓밟고 열심히, 온 힘을 다해 뛰었다.

밀쳐지거나 운 나쁘게 고꾸라진 사람은 거의 무사하지 못했다. 동포에게 밟히고 차여 죽거나 크게 다쳤다.

가호가 사라지자마자 지옥의 독기를 맞고 쓰러진 사람도 한둘이 아니었다.

도망치는 데에 성공한 자도 있긴 있었지만….

또다시 마룡이 포효했을 때, 그들은 크게 절망했다.

오오!

그 커다란 포효에는 신력이 깃들어 있었다.

공기가 우르르 흔들리고, 대지는 여기저기 갈라지기 시작했다.

잇따라 땅이 크게 갈라지더니, 그 틈으로 도망치려고 우왕좌왕하던 휘페르보레아인이 하나둘씩 떨어졌다. 대지의 밑바닥으로 내동댕이쳐져 추락사했다.

사납게 날뛰는 흥분한 마룡이 대지를 부순 것이다.

이 아비규환 속에서 카산드라는 쓰러져 있던 아폴론을 발견했다.

"대… 대체 무슨 생각이신 거예요?!"

"무얼. 전부 정해져 있는 대로 흘러가고 있을 뿐이다. 나 아폴론은 장엄한 결투 끝에 힘이 달려 땅속의 마룡에게 패한다…."

연달아 땅이 갈라지는 탓에 세차게 흔들리는 대지에 누운 미청년.

그는 나른한 듯 상체만을 일으키더니, 히죽히죽 괴짜의 웃음을 지으며 카산드라를 쳐다보았다. 마룡의 화염에 태워져 이곳저곳이 그을려 있는데도.

"애초에 싸움터에서 왜 힘을 빼고 임하시는 거예요!"

"그런 게 아니야. **우리 같은 자들**은 휘페르보레아의 명계에서는 충분한 힘을 발휘하지 못하거든. 그것이 바로 이 신역의 이치."

"?"

의아한 듯이 고개를 갸웃거리는 카산드라. 아폴론은 개의치 않고 말했다.

"다시 말해, 이것은 신사(神事)다. 이와 같이 아폴론은 죽음을 맞이한다. 하지만 그는 예전보다 더 위대한 자로서 부활한다."

"부, 부활?"

생각지도 못한 말에 카산드라는 동요했다. 아폴론은 미소를 지었다.

"공주여, 나의 죽음과 새롭게 태어남을 똑똑히 지켜보고, 무녀로서 널리널리 전하도록 하거라. 부탁하마."

"하지만! 당신을 따르는 사람들도 저렇게 많이 죽었어요! 저분들을 이곳까지 데리고 온 건 포이보스 아폴론, 당신이잖아요!"

"그래. 죽일 생각으로 데려왔다."

"네?!"

카산드라는 너무 놀라 말을 잃고 말았다.

아폴론은 멍하니 있는 카산드라에게 태연하게 말했다.

"위대한 자의 죽음에는 공물과 부장품이 바쳐져야 하는 법. 이와 같이 순절(殉節)한 인간들의 영혼과 고통은, 위대한 자의 양식이 된다. 이 녀석들의 목숨과 영혼을 거두어들임으로써 나 아폴론의 부활은… 보다 신속하고 장엄한 것이 되는 거지."

아폴론은 히죽히죽 괴짜스러운 미소를 짓고는 딱 잘라 말했다.

그랬구나. 원래 무녀였던 카산드라는 잘 아는 이치였다. 하지만 그렇다고 쉽게 인정할 수 있을 리 없다….

지금도 땅이 갈라져 어린 소녀가 삼켜져 갔다.

하지만 운 좋게 근처에 바위가 있었다. 소녀는 그 바위에 매달려 땅속으로 미끄러져 떨어지지 않고자 힘껏 버텼다.

그러나 마룡은 계속해서 포효했고, 대지는 우릉우릉 흔들리고 있었다.

땅의 균열도 점점 퍼져 나갔다. 소녀와 소녀가 매달린 바위가 함께 땅속으로 떨어지는 것도 시간문제였다.

"위험해요! 저를 잡으세요!"

카산드라는 재빨리 달려가서 소녀를 구하려 했다.

바위에 매달린 소녀의 손을 잡고 위로 끌어올리고자 힘을 쥐어짰다. 그때였다. 균열이 더 커졌다.

소녀와 카산드라는 어찌할 방도도 없이 대지의 갈라진 틈으로 떨어졌다.

"오오. 이건 내가 실수했군."

마룡의 화염에 태워져 중태에 빠진 아폴론.

그래도 움직일 수 없는 건 아니다. 카산드라 공주가 떨어진 틈으로 다가가 바로 밑을 들여다보았다.

"죽었군. 로쿠하라 렌과도 약속했으니, 카산드라 왕녀에게는 각별한 가호를 내려 지켜 줄 생각이었는데."

궁의 명수 아폴론의 눈은 날카로웠다. 머나먼 저편까지 훤히 보였다.

땅속에 떨어진 카산드라는 새빨간 피의 바다에 누워 절명한 상태였다.

눈에 띄는 외상이 없는 건 그나마 행운일까? 그녀의 선량함 덕분일까? 트로이 왕족의 강건한 육체 때문일까?

뭐, 지금은 아무래도 좋은 일이었다.

"왔구나, 피톤."

어느샌가 지옥의 마룡이 눈앞에 와 있었다.

마룡은 앞발을 휘둘렀다. 용족의 발은 날카로운 네 개의 발톱을 갖고 있다. 그 어떤 도검보다 잘 드는 날카로운 그 발톱은 아폴론의 늠름한 몸을 갈기갈기 찢었다.

팔다리는 토막이 나서 허공을 춤추었고, 몸통은 찌부러졌고, 목은 날아갔다.

머리만 남은 태양신 아폴론은 그럼에도 불구하고 '히죽히죽' 웃고 있었다.

이것은 단순한 죽음이 아니다. 광휘에 찬 부활의 시작인 것이다. 죽음과 재생의 순환이 슬며시 움직이기 시작했다.

3

백련왕 라호, 또는 라취련.

지구 세계, 그것도 중화권 출신인 듯했다. 렌과 마찬가지로 '신살자이자 신화 세계의 여행자'라는 프로필을 가진 자였다.

그녀에게 가까스로 인정받은 후, 렌은 물었다.

"그런 사람이 왜 해적단 보스를 하고 있는 거야?!"

"정신을 차려 보니 나를 숭배하는 자들이 넘쳐 나지 뭔가요. 뭐, 그동안의 생애에서도 자주 있었던 일이에요. 이 라호에게 목숨을 바치고 싶다면 뜻대로 하게 해 주는 것 또한 왕된 자로서의 의무이죠."

"아, 그래?"

이걸 '자주 있는 일'로 치부해 버리는 라취련은 엄청난 걸물이었다.

그런 그녀와 렌 일행은 지금 백련당의 본거지에 있었다.

바다만 있는 세계에 떠 있는 군도(群島). 크고 작은 섬들이 30개 이상이나 모여 있는 이곳은 전부 백련당의 지배하에 있었다.

가장 북쪽에 위치한 아름다운 섬에 '왕의 저택'이 있었다.

그리고 지금 그 한구석에서 스텔라가 간드러진 목소리로 말했다.

"있잖아, 백련왕인지 뭔지 하는 당신. 이 키프로스의 여왕 아프로디테가 이야기 상대가 되어 줄게. 잠깐 나랑 얘기 좀 해."

"아니, 됐어요. 내 좌선을 방해하지 말아 주겠어요?"

천하무쌍한 요인(妖人)은 퉁명스럽게 대답했다.

은근히 무례한 태도에 미와 사랑의 작은 여신은 뾰로통해졌다. 하지만 금방 새침한 얼굴로 돌아와선 어색한 미소를 지었다.

"그, 그래? 사랑의 여신이 특별히 잡담을 나눠 줘도 되겠다는 기분이 들었는데, 당신은 그런 궁상맞은 명상을 택하는구나…."

"병은 음식 부주의에서 생기고, 화는 말의 부주의에서 생긴다."

라취련은 퉁명스럽게 말했다.

통풍이 잘되는 방은 전망도 좋았다. 바깥의 풍경… 신록이 우거진 숲의 나무들과 정원풍으로 다듬어진 연못, 잔디밭을 한눈에 바라볼 수 있다.

그 풍경을 마주하면서 라취련은 바닥에 털썩 앉아 있었다.

결가부좌. 이른바 좌선의 앉음새였다. 옆에서 스텔라가 아우성쳤다.

"그게 무슨 뜻이야?!"

"아무 이유 없이 말을 지껄이는 건 내 사전에 없어요. 라취련이 다원세계에서 최고의 신살자이자 가장 고귀한 제왕이라면. 난 그 신분에 걸맞은 행동을 해야 해요."

"그러니까! 여신인 내가 상대해 준다고 하잖아?!"

"훗."

"이이이이이이익!"

성난 기색을 감추지 못하는 스텔라. 라취련은 옅은 냉소를 입가에 지을 뿐.

올려다보니 하얀 반달이 떠 있었다. 밝게, 하지만 조용히 밤하
늘을 비추는 달빛에 어울리는 것은 여신이 아니라 신살자인 가
인이었다.

"으음. 스텔라도 안 되는군."

"뭐, 예상했던 대로지만 말이죠. 딱 봐도 안 맞을 것 같잖아요."

옆에서 지켜보던 렌과 리오나는 가만히 중얼거렸다.

한편, 후미카는 굉장히 만족스러운 얼굴로 기쁜 듯이 말했다.

"교주님, 완전 까칠하잖아."

백련당에서는 정점에 선 왕을 '교주'라는 칭호로 부르기도 한
다.

무쌍한 힘과 카리스마에 더해 비할 데 없는 엄격함을 갖춘 대
교주. 그런 인물의 본거지에 있는데도 불구하고 후미카는 평소
와 달리 전혀 겁먹은 모습을 보이지 않았다.

토바 가의 차녀는 지금도 생글생글 웃고 있었다.

"하지만 괜찮아. 우리를 이곳에 있게 해 주시는걸. 오랜만에
목욕도 실컷 하고, 맛있는 밥도 먹여 주시고. 달콤한 과일도 잔
뜩 먹을 수 있고. 더할 나위 없이 행복해!"

반짝반짝 빛나는 눈으로 역설하는 후미카였다.

요 이틀 정도 '왕의 저택'에 손님으로 체류 중이었다.

백련왕 라취련이 주인인 이 저택에서는 수십 명이나 되는 하

인이 검은 옷에 검은 두건 차림으로 열심히 일하고 있었다.

물론 주인의 이목을 끌지 않기 위한 의상이었다.

그와 그녀들은 '바람처럼 빠르고, 숲처럼 조용하게' 집 안을 신속, 정숙하게 정리정돈해 주었다.

덕분에 로쿠하라 렌 일행도 굉장히 쾌적한 환경에서 신세를 지고 있었다.

하지만 렌은 투덜거렸다.

"그래도 슬슬 라호 씨와의 거리를 좁혀 놔야 하는데."

"잡담에도 응해 주질 않으시니 말이죠. 저 사람과 이런저런 얘기를 하다 보면 휘페르보레아 세계의 정보를 효율적으로 입수할수 있을 텐데…."

리오나도 울적한 듯이 말했다.

덧붙여 말하자면, 렌 일행도 라취련도 모두 나무 바닥에 아무것도 깔지 않고 앉아 있었다.

이 저택은 의자가 없는 방도 많았다. 거의 나무로만 지어진 집이라 통풍이 잘되고 개방적인 구조였다.

어딘가 아시안 리조트를 방불케 하는 곳이다.

물건과 장식은 거의 없었고, 모든 것이 청결했다. 화려함이나 호화로움과는 그야말로 정반대인 심플함. 또한 저택 이곳저곳에 꽃이 슬쩍 놓여 있어서 보기만 해도 힐링이 되었다.

그러나 리오나가 나지막이 중얼거렸다.

"휘페르보레아에서는 금속기가 아직 발전 도상. 철 혹은 청동제 도끼나 목공구 없이 이 정도 되는 목조 가옥을 짓는 건 완전 하드 코스예요. 백련왕의 위광이 있기에 심플 하우스라고 말할 수 있는 것이겠죠….."

"하하하하."

렌은 약혼자의 표현을 듣곤 웃음을 터뜨렸다.

역시 상대는 신살자 마왕. 만만치 않았다. 커뮤니케이션 능력만으로는 친해지기 힘들 것이다. 그렇다면….

"재현한다… 고 했나요, 지금?"

"응. 근데 어디까지나 내 방식이지만. 라호 누나가 저번에 보여 준 기술, 조금 재현해 볼까?"

렌은 미심쩍어하는 듯한 라취련에게 씨익 웃어 보였다.

절기 무영각. 입에 담기엔 조금 부끄러운 기술명이기 때문에 렌은 이런 식으로 제안해 보았다.

'라호 누나, 네이밍 센스가 살짝 사춘기 중2병 같단 말이지.'

라고 속내는 절대 입 밖에 내지 않고 렌은 정원으로 나갔다.

지금까지 누가 말을 걸어도 거의 반응하지 않고 결가부좌를 풀지 않았던 라취련… 그녀는 스윽 일어서더니 달빛 아래로 걸어 나갔다.

토바 자매와 스텔라가 지켜보는 가운데, '단둘'이서.

밝은 달빛이 비쳐드는 '왕의 저택'의 정원에서 렌은 라취련과 마주 보았다.

"꽤나 흰소리를 하는군요."

라취련은 옅게, 아주 어렴풋이 미소를 지었다.

"내 기술을 훔쳤다니. 입찬소리인지 아닌지 직접 보고 판단해 드리죠."

"훔친 건 아니야. 같은 동작은 불가능하니까. 그래도 오늘 아침에 깨달았어. 내 방식대로 각색하면 결과적으로는 똑같은 것이 되겠구나, 하고."

"호오."

"애초에 그거, 이론은 엄청 간단하잖아."

"훗."

그런 것까지 아냐는 말이라도 하고 싶다는 듯이 가인은 입가에 미소를 머금었다.

렌은 기묘한 감동을 느꼈다. 경박한 말투로 여자를 즐겁게 해 왔던 로쿠하라 렌이 절세가인과 이런 화제로 대화가 무르익다니.

그렇다. 백련왕, 라호 교주는 확연히 적극적으로 렌의 말을 듣고 있었다.

과묵한 그녀에게서 말을 이끌어내고자 고생한 이틀이 마치 거짓말처럼.

'…이 사람의 급소는 이거구나. 나중에 메모해 놔야지.'

오늘 밤, 라취련은 파란 호복을 입고 있었다. 이것도 중국의 옛날 옷차림이라고 리오나가 가르쳐 주었다.

긴 소매 상의는 기장이 길었고, 옷자락이 무릎까지 왔다. 이 상태에서 허리띠로 옷을 고정하고, 그 밑에 얇은 흰색 바지와 가죽 부츠를 신고 있었다. 남자 옷인 듯했다. 하지만 신분이 높은 여성도 이따금 호복으로 '남장'을 하곤 씩씩하게 말을 탔다고 한다.

그런 그녀와 마주 본 상태로,

렌은 땅에 털썩 주저앉았다.

"호오…. 다리를 쓰지 않는 건가요?"

"응. 괜찮아. 이 자세로도 충분히 재현할 수 있어."

풋워크가 생명인 아웃복서에게 있어서는 아니 될 자세.

하지만 렌은 책상다리를 한 다음, 경쾌하게 권했다.

"자, 마음대로 기술을 걸어 봐."

"후, 후후후후. 참으로 불손하군요. 적에게 선제공격을 양보하는 건 무림에서는 견식과 공력이 뛰어난 연장자에게만 허락되는 일. 더구나 **이 라호**에게 '먼저 치라'고 말한 겁니까?!"

불손하다고 꾸짖으면서도….

가인 라취련은 어깨를 떨며 처절하게 웃었다. 예의 없는 도발에 화를 내기보단 자신에게 도전하는 자의 등장을 기뻐하는 마음이 더 큰 것이다.

이 여성은 결국 무술이니 싸움이니 하는 것 안에서만 자신을 해방시킬 수 있을 것이다.

'참 어려운 사람이군…. 재미있지만.'

렌의 마음을 아는지 모르는지, 라취련은 예고도 없이 뛰어들었다.

물이 높은 곳에서 낮은 곳으로 흐르듯이 매끈한 스텝. 미끄러지듯이 렌의 앞까지 스르륵 다가와선, 오른손을 크게 치켜들었다.

"나를 무의 지존으로 만들어 주는 십이장법(十二掌法) 중 하나! 벽장(劈掌) 비봉추락(飛鳳墜落)에 평범한 수로 응답하는 건 용서하지 않겠습니다, 로쿠하라 렌!"

정수리를 박살 내는 도끼처럼 손날을 내리쳤다.

맨손의 일격. 하지만 트로이에서 경험한 영웅 소 아이아스의 검을 능가하는 위력임을 렌은 이미 직감하고 있었다.

신속 발동. 손날이 떨어지는 움직임이 슬로 모션이 된… 그 찰나.

"이건 어떠냐!"

렌은 일어서면서 몸을 반으로 접었다.

라취련을 향해 몸을 비스듬히 기울인 것이다. 그 약간의 움직임으로 손날을 피했다. 그야말로 종이 한 장 차이였다.

원래라면 이런 회피 운동으로 공격을 피할 수 있을 리가 없었다.

그러나 소리보다 빨리 움직일 수 있는 남자에게 그런 상식은 통하지 않았다. 그래서 바닥에 앉았다. 이 정도의 도발을 하지 않는 이상, 라호 교주를 절대 '끌어들이지 못하기' 때문이다.

선제공격을 양보한 이유는 라취련이 먼저 공격하지 않는 이상, 가속장치가 발동되지 않기 때문.

슈욱!

가속한 기세로 왼팔 잽을 찔러 넣었다.

목표는 수화폐월의 미모. 단, 주먹은 쥐지 않고 손을 펴서 라취련의 눈앞에 들이밀고 눈속임으로 이용했다. 치지 않는다. 한순간 그녀의 시야를 가리기만 하면 충분했다.

"네메시스 씨, 나에게 날개를!"

언령과 함께 렌은 마침내 풋워크를 해방했다.

0.1초도 지나지 않은 그 짧은 순간에 라취련의 등 뒤로 돌아섰다. 방어를 하는 쪽은 렌이 '사라졌다'고 착각했을 것이다. 모든 것이 신속으로 이루어졌기 때문이다.

등을 쭉 뻗은 라호 교주의 뒷모습은 더할 나위 없이 아름다웠다. 다만.

등에서 배어 나오는 어마어마한 위압감… 뒤를 차지했는데도 기습이 가능할 거란 생각은 전혀 들지 않았다.

렌은 아무 장난도 하지 않고 어깨를 움츠렸다. 가속 상태도 거기서 끝났다.

"어때? 눈속임으로 잽을 치면서 상대의 시야에서 사라지는 동작. 복싱에선 기본 같은 거지만…."

"후후. 모든 것을 신속으로 끝내면 확실히 절기가 되죠. 잘 했어요."

라취련이 휙 돌아보았다.

그녀는 마치 우수한 학생을 칭찬하듯이 미소를 지었다.

"겉으로 보이는 기발함에 현혹되지 않고 무영각의 요결(要訣)을 용케 간파했군요. 네, 이 절기의 이론은 아주 단순해요. 중요한 점은 허실분명(虛實分明)을 어떻게 다루느냐. 그리고 속도. 혹은 최단 코스를 걷는 보법."

"그거야."

"무슨 말이죠?"

"내가 몰랐던 건 라호 누나가 말하는 최단의 움직임이라는 거였어. 나처럼 엄청난 스피드를 내는 게 아니라면 뭘까 고민했지."

"묘한 말을 하는군요."

라취련은 의미심장한 미소를 지으며 "질(疾)." 하고 영창했다.

그러자 그녀는, 홀연히 사라졌다. 다음 순간 좌측으로 4, 5미터 떨어진 곳에서 '파앗!' 하고 나타났다.

렌은 눈을 휘둥그렇게 뜬 채로 너무 놀라 입을 떡 벌렸다.

"…순간이동, 할 수 있구나."

"단순한 방술이에요. 나는 《신족통(神足通)》에도 능하거든요. 짧은 거리라면 어렵지 않게 **날 수** 있어요."

"선인(仙人)처럼 엄청난 사람이네요…."

어느샌가 리오나가 곁에 있었다. 리오나는 투덜거리듯이 말했다.

"로쿠하라 씨와 저의 특기 분야 플러스 알파를 혼자 구사할 수 있다니, 치트에도 정도가 있지. 완전 최강캐잖아요? 그 캐터필트 만드는 법도 문무양도인 교주님이 가르쳐 줬다고 그러던데."

"아니, 정말 그러게 말이야."

웬만해선 없는 일이지만, 렌은 감탄한 듯이 중얼거렸다.

"내 지인 중에는 제법 상식과는 먼 사람들이 많지만, 라호 누나는 그중에서도 넘버원이야."

"말해 두지만."

째릿. 라취련이 험악하고 묵직한 눈빛으로 노려보았다.

"난 당신의 누나가 아니에요. 그런 식으로 부르지 말아요."

"에이~"

입을 삐죽 내밀면서도 렌은 내심 덩실거리고 싶어졌다.

마침내 격투기 외의 화제에도 반응해 주었다. 이런 친근한 호칭을 그녀는 틀림없이 좋아하지 않을 것이라고 생각했다.

그래도 굳이 그 호칭을 되풀이하면서 '태클을 걸어 주기'를 계속 기다리고 있었던 것이다.

"그럼 뭐라고 부르면 돼? 스승님?"

상대의 마음에 들고자 렌은 기다렸다는 듯이 농담을 했다.

라취련은 여전히 무서운 얼굴로 또다시 째릿 노려보았다.

"당신에게 뭔가를 가르친 적은 없습니다만."

"무슨 소리야. 저번에 누나와 대결한 덕분에 난 새 기술을 **두 개**나 개발했는걸. 스승님이라고 불러도 벼락 맞을 일은 없을 것 같은데."

하나는 조금 전 선보인 가짜 무영각. 또 하나는….

"…호오."

라취련의 표정이 변했다. 평가하는 듯한 눈으로 렌을 쳐다보고 있었다.

"두 번째는 보여 주지 않을 건가요?"

"비장의 기술이라 보여 주긴 좀 그러네. 스승님도 나한테 신에게서 **빼앗은** 힘을 아직 보여 주지 않았잖아."

"훗."

서로 **실전**에서 결정적인 수가 될 만한 카드는 꼭꼭 숨긴 상태.

그렇다. 그녀가 그 목인에게 가르친 '목인권'도 아직 수수께끼였다. 도망치는 데에 선수인 로쿠하라 렌조차도 초조하게 만든 기술의 비밀. 오히려 무영각인지 뭔지보다 그쪽이 라호 교주의 깊숙한 무술의 심연을 체현하고 있는 건 아닌지…?

자신을 백련왕이라고 한 신살자는 늠름하게 미소를 지었다.

"스승이라고 부르는 자에게 그 말투. 역시 당신도 우리의 동족…. 참으로 아깝군요. 당신이 신살자가 아니었다면 내 직제자로 맞이해 단련시켜도 좋았을 텐데."

"교주님이 로쿠하라 씨를 말인가요?!"

놀라는 리오나. 라취련은 고개를 끄덕였다.

"네. 저번에도 말했듯이 이 젊은이에게서는 천부적인 재능이 느껴져요."

"그거 아쉽네. 하지만 왜 동족은 안 돼? 난 신경 안 쓰는데."

"무엇을 가르쳐도 어차피 충실하게 지키지 못하기 때문이에요."

이상하다는 듯이 묻는 렌에게, 무술과 마술 두 분야의 달인인 여성은 말했다.

"스승의 가르침을 충분히 지키고, 상달(上達)한 후 가르침에서 멀어지는 건 성숙이라는 것. 그러나 신살자 녀석들은 항상 반골 성향을 감추고 있죠. 가르침을 줘 봤자 애초부터 자기 좋을 대로 해석하는 것이 고작이에요. 당신도 옛날에 그랬죠?"

"하하하하."

그러고 보니 얼마 전에 스스로도 그렇게 말했다.

렌은 쓴웃음을 지었고, 라취련은 후배를 가르치듯이 담담하게 말했다.

"여태껏 그랬듯이 자신의 길을 가도록 하세요. …뭐, 본심을 말하자면 슬슬 가망이 있는 젊은이를 제자로 삼아 단련시켜 보고 싶기도 했지만 말이죠. 당신은 라호의 제자에는 맞지 않는 인간이에요. 포기하도록 해요."

"의외네요. 교주님은 제자 같은 건 필요 없다고 생각하시는 분인 줄 알았어요."

리오나가 말했다. 실은 렌도 동감이었다.

소통이 불완전한 이런 류의 천재적 걸물은 본인이 원하든 원하지 않든 상관없이 으레 항상 고고하게 존재하는 것이라고 생각했다.

그러나 라취련은 초연한 표정으로 말했다.

"물론 웬만한 능력자가 아닌 이상, 맞이할 생각은 없어요. 하지만 이 라호가 익힌 수많은 기예를 후세에 전하는 것도 왕된 자의 책임이라고 생각해요. 하늘과 땅도 분명히 그걸 바라고 있을 거예요."

'여기서 왜 '하늘과 땅'이 나오는 걸까요?'

'의식 수준이 상당히 높은 사람이라고 생각하자고.'

리오나와 시선을 교환하며 입 밖으로 내지 않은 태클을 공유한 렌은,

갑자기 뭔가가 딱 떠올랐다. 그렇다는 건, 혹시….

"라호 선생님에게 한 가지 제안이 있어."

렌은 손을 든 다음, 아이디어를 말했다.

"제자를 원한다면 한동안 리오나를 가르쳐 보는 건 어때? 리오나가 엄청난 능력자거든. 하지만 내 약혼자이자 파트너이기도 하니까… 가르치는 동안, 그러니까 리오나 없이도 여행을 할 수 있도록 이것저것 알려 줬으면 하는데. 이 세계, 휘페르보레아에 대해."

"로, 로쿠하라 씨, 갑자기 무슨 말씀을 하시는 거예요?"

리오나가 어리둥절해 하며 물었다. 한편, 라취련은 생각에 잠기기 시작했다.

"흐음. 듣고 보니 확실히 그렇군요. 그 아가씨가 신과 관련 있는 혈족인 건 이미 꿰뚫어 보고 있었어요. 참 보기 드문 자질을 가진 자예요…."

미모의 신살자가 가만히 쳐다보자.

리오나는 "엥?" 하고 더더욱 당황한 반응을 보였다.

4

그리하여 이야기는 일단락되었다. 제자로 들어가게 된 리오나가 "엥? 엥?" 하고 당황하며 멍해 있는 동안, 여행을 떠날 채비는 점점 진행되어 갔다.

그리고 렌은 '신살자 선배'에게 서슴없이 부탁했다.

"지도와 해도가 있으면 좋겠는데. 우리, 사람을 찾고 있거든."

"준비하도록 하죠."

"그리고 배. 되도록 조작이 간단하고, 빠른 배가 있으면 정말 좋겠어."

"준비하도록 하죠."

"만약 가능하다면 다른 것도 이것저것…."

"준비하도록 하죠."

백련왕 라취련은 렌이 하는 부탁을 모조리 흔쾌히 수락해 주었다.

꽤나 까탈스러운 사람이긴 하지만, 더할 나위 없이 통이 큰 사람이었다. 그야말로 '대인의 관록'이라 할까.

무엇보다 그녀는 가장 원했던 것을 렌에게 챙겨 주었다.

"당신이 찾는 사람은."

라취련이 말했다.

"태양신 아폴론과 예언자 카산드라, 인가요?"

"응. 세계는 넓으니까 어디에 있는지는 아마 모르겠지만. 무슨 실마리가 될 만한 정보가 있으면 해서 백련당 사람들에게 물어보고 싶어."

리오나가 라취련의 제자가 되기로 한 다음 날 아침, '왕의 저택' 정원이었다.

아침 햇살을 쬐면서 단정히 서 있던 라취련과 인사한 후, 렌은 마침내 최대의 난문을 꺼낸 것이다.

지용을 겸비한 신살자는 쉽사리 답을 주었다.

"당신이 말하는 사람들로 보이는 두 사람의 행방이라면 알고 있어요."

"우와, 대단하다!"

그렇게 감탄하고 나서 렌은 고개를 갸웃거렸다. 대체 어떻게?

"난 예전부터 이곳 휘페르보레아의 특이점이 신경 쓰였어요. 이 세계에는 당신이나 나 같은 신살자, 그리고 신들까지도 불러들이는 무언가가 있어요. 그래서 **어떤 장소**에 감시자를 세워 두었죠."

라취련은 말을 이었다.

"휘페르보레아의 문을 넘는 신들이 있으면 나에게 알리라는 명령과 함께. 보름인가 한 달 전쯤에 그자로부터 보고가 있었어요. 예언자 카산드라를 데리고 활을 가진 신이 왔다고."

"아폴론 씨야! 틀림없어!"

"나는 다른 부하에게 명령해 활을 가진 신의 뒤를 쫓게 했어요. 그자가 무엇을 할 생각인지 확인하고자. 그는 얼마 동안 휘페르보레아의 바다를 전전한 후, 불과 며칠 전 마침내 《명계 하강》을 시작했어요."

"명계… 하강?"

"이곳 휘페르보레아에는 종종 《대지를 넓히는 자》… 그런 칭호로 불리며 칭송받는 신과 영웅이 나타나곤 하죠. 그리고 그들은 결국 지하로 여행을 떠나요. 그곳은 지상과 달리 죽은 자가 사는 저승… 다시 말해, 명계예요."

요모츠히라사카와 똑같아!

렌은 화들짝 놀랐다. 렌 본인은 결국 그 생크추어리에 가지 않았다. 하지만 그곳도 지하에 펼쳐진 죽은 자의 세계였을 터.

"명계로 간 영웅들은 대체로 처참한 죽음을 맞이하죠."

"죽어?!"

"그러나 그것은 한때의 좌절에 지나지 않아요. 죽은 영웅은 이윽고 다시 태어나 새로운 신성(神性)에 눈뜨죠. 그리고 지상으로 귀환해요. …그들이 얻은 '새로운 힘'은 이 휘페르보레아를 밝게 비추고, 어떠한 칭호가 태어나죠."

새로운 힘. 그리고 칭호… 혹시.

렌이 예상했던 말을 라취련은 입에 담았다.

"죽고서도 저승에서 돌아온 신. 명계에서 돌아온 신. 그들은 백성들에게 이렇게 불려요. 《빛을 가져오는 자》라고. 그들이 새로이 얻는 힘은 바로 '불과 빛'의 신성인 것이죠."

"다시 말해, 《대지를 넓히는 자》가 클래스 체인지해서 《빛을 가져오는 자》가 된다는 거야…?"

렌은 고개를 갸웃거렸다.

"그건 어떤 이론이야?"

216

"궁금하면 직접 아폴론을 쫓도록 해요. 로쿠하라 렌, 그 수수께끼는 휘페르보레아 신역의 핵심이라고 해도 과언이 아닙니다. 정답은 당신의 발과 머리로, 누구에게도 기대지 않고 당신이 직접 이끌어내야 해요."

"Hero's Journey(히어로즈 저니), 로군요⋯."

배웅하러 온 리오나가 중얼거렸다.

백련왕 라취련의 섬, 그 선착장이었다. 조금 전에 렌이 입수한 중대 정보를 듣곤, 잘 안다는 얼굴로 고개를 끄덕인 것이다.

곧 여행을 떠날 후미카가 물었다.

"그게 뭐야, 언니? 아빠가 할 만한 이야기인데?"

토바 자매의 부친은 대학에서 교편을 잡고 있으면서 동시에 진위를 알 수 없는 역사 지식을 글로 쓰는 라이터이기도 했다.

민속학, 고고학, 비교문화학 등에도 정통하다고 한다.

부친의 부업을 종종 돕는 리오나는 청산유수 같은 말솜씨로 강의를 시작했다.

"Hero's Journey. 신화학 용어야. 오리구치 시노부*의 용어로 하자면 귀종유리담(貴種流離譚). 천명을 받아 여행을 떠난 주인공이 스승과 라이벌을 만나고, 미지의 세계에 이르러 시련을 극

※오리구치 시노부 : 일본의 민속학자.

복한 끝에 영웅이 된다… 는 이야기의 구조야."

지성 넘치는 말투로 리오나는 말을 이었다.

"헤라클래스, 야마토 타케루의 모험담도 같은 구조지. 이건 세계 각지의 신화에선 '흔한 이야기'야."

"그렇구나."

렌은 납득했다. 확실히 흔히 보는 스타일의 스토리였다.

"스타워즈의 처음도 그런 식이었지, 아마."

"모모타로나 서유기도 그렇다고 할 수 있겠죠. …나 참. 이 휘페르보레아는 정말이지, 수수께끼투성이인 세계예요. 사방이 온통 바다이질 않나, 섬이 보글보글 탄생하질 않나, 게다가 지하에서는 인류 최고(最古)의 영웅 이야기가 자꾸 되풀이되고 있다고 하질 않나…."

리오나는 중얼중얼 푸념했다.

"수수께끼의 고찰은 아직 시작도 못 했는데, 이 약혼자님은 말이야! 나를 인질로 바치곤, 자기들만 쏙 여행을 떠나다니!"

"미안, 미안. 하지만 리오나 덕분에 겨우 목적지가 정해졌어."

렌은 스스로도 감탄할 정도로 상큼하게 말했다.

자신의 제멋대로인 성격을 잠시 무시했기 때문에 이른 경지. 렌은 진심을 담아 감사 인사를 건네었다.

"고마워. 반드시 카산드라를 구해 올게."

"무슨 당연한 소리를 하고 계신 거예요! 저를 이런 곳에 남겨 두고 가는 거니까, 최소한 그 정도는 해야죠!"

"나, 난 여기 남고 싶은데."

후미카는 머뭇거리며 말했다. 그러나 언니는 그런 후미카를 날카롭게 흘겨보았다.

"안 돼. 내가 빠지는 이상, 로쿠하라 씨를 서포트하는 역할은 후미카 너의 어깨에 달려 있어. 정신 똑바로 차리고 임해."

"으으으으, 벌써부터 위가 아파⋯."

"위가 아픈 건 나야! 그 교주님, 어제부터 '그래. 어디 한번 해 보자, 새로 들여 본 진귀한 식재료☆'처럼 나를 지그시 보고 있다고! 그 사람, 분명히 '구워 먹든 삶아 먹든 내 마음'이라고 생각하고 있을걸?!"

"아~ 듣고 보니."

렌은 저도 모르게 동의했다.

또한 이 선착장에는 백련왕 라취련에게서 받은 것이 계류되어 있었다.

그녀도 종종 사용한다고 하는 소형 범선. 휘페르보레아에서 자주 보는 쌍동식 카누에 돛을 단 것이 아니라, 현대 지구의 요트와 비슷했다.

선내에는 물과 식량도 한가득 쌓여 있었다. 여행 준비는 완벽했다.

아폴론이 내려갔다고 하는 지하 입구까지 가는 길도 대략적인

지도와 함께 라취련이 가르쳐 주었다.

단, 안타깝게도 몰래 태양신을 추적하던 부하는.

저승의 독기에 노출되어 절명했다는 듯하다. 그래서 아폴론과 카산드라의 현재 상황에 대해서는 아무것도 모른다….

"그건 그렇고, 이해가 안 되네."

소녀신 스텔라가 렌의 왼쪽 어깨에 짠 하고 나타났다.

"저승에서 되살아난 영웅은 《빛을 가져오는 자》가 되잖아? 근데 아폴론은 왜 이제 와서 굳이 그런 여행을 하는 걸까?"

스텔라는 의아하다는 듯이 딱 잘라 말했다.

"그는 태양신. 이미 '불과 빛'의 신성을 가지고 있는데!"

"…이건 저의 개인적인 추측이지만. 어쩌면 태양신으로서 가진 속성을 더더욱 높이고 싶은 건지도 몰라요."

리오나가 나지막이 중얼거렸다.

"애초에 아폴론은 원래 빛의 신이 아니었다고 하잖아요."

"정말?! 그럼 대체 어떤 신이었어?"

신화에 밝은 파트너는 놀라는 렌을 응시하며 엄숙하게 말했다.

"몇 가지 설이 있어요. 하지만 휘페르보레아에 온 이후로 그중 하나가 정답이 아닐까 하는 생각이 들더라고요. 많은 수수께끼를 갖고 있는 신 아폴론은 애초에 목자의 수호신이었다고 해요. 목자, 요컨대 목축을 생업으로 삼는 사람들 또는 유목민의…."

"그러고 보니 이 세계는 방목을 하는 사람들뿐이었지."

"그래서 아폴론이 태어난 고향이라고 하는 휘페르보레아. 어쩌면 우리가 다른 이름으로 알고 있는 세계일지도 모른다는··· 그런 의심이 생겨나기 시작했어요. 확증도 전혀 없고, 정말로 그냥 저의 억측에 지나지 않지만."

그러더니 리오나는 대뜸 이렇게 말했다.

"아틀란티스··· 신화 세계 휘페르보레아는 어쩌면《아틀란티스 대륙》일지도 몰라요······. 저희 아버지가 쓰는 엉터리 기사 같아서 말하기 부끄럽지만."

신역의 캄피오네스

제 5 장 　chapter 5 　**죽음과 재생의 고리**

1

"오오오오! 기분 좋다!"

"네! 이 세계에 오고 난 뒤로 지금이 제일 즐거운 것 같아요!"

경쾌하게 파도를 가르는 '요트'의 선상이었다.

렌과 후미카는 나란히 웃는 얼굴을 하고 있었다. 바닷바람을 맞으면서 제법 고속으로 휘페르보레아의 바다를 힘차게 나아갔다. 중독성 있는 상쾌함이었다.

모터 보트의 속도를 아는 현대인의 감각으로도 '요트'는 충분히 빨랐다.

백련왕 라취련에게서 받은 선물….

그냥 배도 아닌, 완전한 목조선이었다.

나무 뼈대에 동물 가죽을 붙인 고대선이 아니다. 지식 면에서도 뛰어난 라취련의 지시로 처음부터 하나하나 만든 것일까?

아니면 마법으로 어디에서 짠! 하고 소환하기라도 했을까?

그렇다, 마법. 놀랍게도 이 요트는 《마법의 배》이기도 했다.

"후후후후! 알아서 목적지까지 가 주다니, 정말 최고야! 로쿠하라 씨, 좋은 선물을 받아서 다행이에요!"

후미카도 만면에 미소를 짓고 있었다.

이 배와 세트로 휘페르보레아의 지도와 방위자석도 선물로 받았다.

방위자석에는 N, S만이 아니라 '동' '서' '남' '북'이 사방에 적혀 있었다. 꽤나 오래되어 가치가 있어 보이는 골동품이었다.

이것을 지도상에 있는 목적지에 놓자마자 마법의 배는 알아서 발진했다.

게다가 돛을 펴자, 어디선가 순풍이 불어왔다. 덕분에 언제든지 상쾌한 항해 속도가 보장되었다. 역시 백련왕의 소유물이었다.

"하지만 우리의 목적지는 내륙이란 말이지."

렌은 주변 지도를 유심히 보며 중얼거렸다.

광활한 바다 안에 크고 작은 섬들이 여기저기 흩어져 있었다.

그중 다른 섬들에 비해 유달리 큰 섬의 한 지점이 목적지였다.

명계의 입구가 열려 있는 듯했다. 태양신 아폴론은 카산드라를 데리고 그곳으로 들어갔다고 한다….

"뭐, 육지에 도착하면 어떻게 움직일지는 나중에 생각하자."

배에는 물과 식량 외에 사금(砂金) 등도 쌓여 있었다.

이 또한 백련왕이 특별히 챙겨 준 선물. 이래저래 손쓸 방법은 있을 것이다.

"이것저것 많이 바빠질 것 같군. 잘 부탁해, **후미**."

"흐, 흐엑?!"

씨익 미소를 건네자, 어째선지 후미카가 허둥지둥했다. 렌은 물었다.

"왜 그래? 내가 무슨 이상한 말이라도 했어?"

"아, 아뇨. 남자에게 그런 식으로 불린 게 처음이라 깜짝 놀라서 그만."

후미카가 쑥스러워하고 있었다. 렌은 태연하게 말했다.

"난 너희 언니의 약혼자이니까 괜찮지 않아? 혹시 싫으면 더는 그렇게 부르지 않을게."

"따, 딱히 싫은 건 아니에요."

"다행이다. 아, 나도 오빠라고 불러."

"아, 네. 오오오오오… 역시 안 되겠어. 창피해…."

"하하하하. 뭐, 마음이 변하면 편하게 마음대로 불러."

고개를 숙이고 부끄러워하는 후미카는 제법 귀여웠다.

그 모습을 흐뭇하게 지켜보던 렌의 마음에 원망이 담긴 사념이 저 멀리서 전해져 왔다.

'그쪽은 즐거운 것 같네요. 부러워요….'

'리오나구나. 넌 어때?'

'최악이에요! 이 나이에 이제 막 무천도사류에 입문한 크리링처럼 될 줄은 생각도 못 했어요! 그 스승은 악마예요! 인간다운 감정이 없는 갑질 머신이에요!'

'살벌하네.'

'저도 로쿠하라 씨도 그 사람을 만만하게 봤어요….'

리오나의 어두운 사념이 전해져 왔다.

여신 니케의 권능 《날개의 계약》에 의한 교신이었다. 그나저나 야타가라스의 환생인 여왕님을 이렇게까지 궁지에 몰아넣는 몬스터가 존재했을 줄이야….

일단 렌은 화제를 바꾸었다.

'맞다. 오늘 아침에 헤어질 때 했던 얘기 말인데.'

'아틀란티스 말인가요?'

'응. 그건 무슨 뜻이야?'

'아니, 휘페르보레아의 일반 가정에 쳐들어가서 하룻밤 재워달라고 했을 때. 몇 번 봤잖아요. 이 세계의 문명 수준에는 맞지 않는 보물을. 온갖 곳에 반짝반짝한 보석이 박힌 은제품이라든가, 놋쇠 잔이라든가.'

'그러고 보니 그런 게 있었지.'

'주인은 '바다에서 떠내려왔다'느니 '바닷속에서 주워 왔다'라고 했어요. 다시 말해 옛날, 휘페르보레아에는….'

'바다 밑에 가라앉은 문명이 있다, 그 얘기야?'

'네. 그렇다면 바다 밑에 가라앉은 대륙 아틀란티스가 등장하는 거죠. 그 전설을 세상에 남긴 건 고대 그리스의 철학자 플라톤. 그는 저서 『티마이오스』에 이런 글을 남겼어요. '신들이 홍수로 이 세상의 부정을 없애려고 했을 때 산에 있던 목자들은 전부 구했지만, 도시에 있던 사람들은 전부 쓸려 가게 두었다'라고….'

리오나는 고찰을 이어 갔다.

'그리고 아틀란티스에 존재했다고 하는 환상의 금속 오리하르콘. 이건 실은 우리가 놋쇠라고 알고 있는 합금이었다… 그런 설도 있어요.'

'그럼 이 세계는 역시 아틀란티스….'

'단, 아틀란티스 전설 자체가 플라톤의 창작일 가능성도 있죠.'

'뭐야.'

김이 확 빠진 렌. 하지만 리오나가 머나먼 저편에서 씨익 웃는 것이 느껴졌다.

'잊으셨어요, 로쿠하라 씨? 트로이 전쟁에서도 마지막에 홍수가 일어났어요. 북유럽 신화 라그나로크에서도 일어날 뻔했죠.

아라라트 산에서 얘기하던 중에 화제로 나왔던 '노아의 방주'도 홍수 신화 중 하나. 아마 그쪽 신화 중 하나가 《아틀란티스》의 바탕이 되었을 거예요.'

이 지적을 듣고 렌은 깨달았다.

'맞아. 확실히 내가 갔던 세계는 홍수가 잦았어!'

'대홍수로 세계가 멸망한다… 그만큼 전 세계에 널리 전파된 모티브. 그것을 퍼뜨린 건 아마 인도유럽어족의 민족 이동. 그리고 이곳 휘페르보레아는 그런 홍수 전설의 '그 후'….'

'그 후?'

'다시 말해, '홍수로 아틀란티스(가칭)가 잠긴 이후의 세계'가 아닐까요?'

'그렇구나!'

'아직 가설에 지나지 않지만 말이죠. 그래서 단서가 필요해요. 뭔가 새로운 발견을 하면 알려 주세요. 그리고 긴급 사태가 발생했을 땐 곧바로 저를 부르도록 하세요. 스승님이 무슨 말을 하든 섬을 빠져나가 그쪽에 참전할 테니까요!'

리오나가 이러니저러니 해도 제자 입문을 단호히 거부하지 않았던 이유. 요컨대 '언제든지 이렇게 교신할 수 있고, 하늘을 날아 재합류하는 것도 어렵지 않기 때문'이다. 그러나.

'…아.'

'무슨 일 있어, 리오나?'

'아, 아뇨. 갑자기 이상한 느낌이… 설마! 스승님?!'

'리오나?!'

갑자기 벌어진 일이었다. 사념을 보내도 대답이 없었다.

교신 중에 계속 침묵하는 렌을 이상하게 여겼는지, 후미카가 말을 걸어왔다.

"왜 그러세요, 로쿠하라 씨?"

"리오나와의 연결이… 뚝 끊겨 버렸어. 전화선이 단선된 것처럼."

"흐에엑?!"

"혹시 라호 씨의 짓인가?"

놀라는 후미카의 앞에서 렌은 고개를 갸웃거렸다.

그러자 왼쪽 어깨에 어렴풋이 무게가 느껴졌다. 소녀신 스텔라가 출현한 것이다.

"아마 그렇겠지. 그 여자라면 틀림없이 그런 짓도 가능할 거야. 하지만 지금은 그것보다… 저쪽을 봐. 배도 세워!"

황급히 후미카와 힘을 합쳐 '요트'의 돛을 내렸다.

어디서 불어오는지 알 수 없는 순풍이 멈추고, 배의 속도도 서서히 느려졌다.

그리고 스텔라가 가리킨 곳, 바다 위를 짐승의 사체가 둥실둥실 표류하고 있었다. 몹시 커다란 황금색 소였다.

스텔라가 소리쳤다.

"신기의 고조가 심상치 않아. 시작될 거야!"

"오오?!"

"흐에에에에에엑?!"

렌 일행이 지켜보는 앞에서 팽창이 시작됐다.

바다를 표류하던 소의 사체가 부풀어 오르더니, 하나의 '섬'이 된 것이다. 휘페르보레아에 온 지 이틀째 되는 날 아침 이후로 마침내 다시 만난 기적이었다.

신록에 뒤덮이고, 새와 짐승까지 사는 섬이 한 시간 정도만에 탄생했다.

그 신비를 눈앞에서 지켜본 스텔라는 혼잣말을 했다.

"희생의 짐승… 대지를 낳는 성수가 죽음으로써 이 세계는 육지를 늘려 가고 있어. 휘페르보레아는 **그런 신역**이었구나!"

"흐아아, 깜짝 놀랐어요."

"그러고 보니 여태껏 이동할 땐 리오나가 하늘을 날아 옮겨 줬으니까."

눈을 동그랗게 뜬 후미카의 옆에서 렌은 중얼거렸다.

"그래서 바다에 떠내려가는 '동물의 사체'를 알아채지 못했구나! 어서 리오나에게 전해야겠다!"

그러나 아무리 사념을 보내도….

약혼자는 아무런 반응이 없었다. 로쿠하라 렌과 토바 리오나의 연결은 확실하게 뚝 끊겨 있었다. 아마 라취련의 간섭으로 인해….

결국 리오나와의 링크가 끊어진 채 배 여행은 계속되었다.

중간에 또다시 스텔라가 해면을 가리켰다. 그곳에서 표류하던 짐승의 사체는 눈 깜짝할 새에 부풀어 오르더니 '섬'이 되었지만.

"그런데 지금 그건 짐승이라기보단 '애벌레'처럼 보였어."

"마, 맞아요! 지네처럼 다리가 수북하고, 엄청 징그러웠어요!"

제각기 그렇게 말하는 렌과 후미카에게, 스텔라는 인상을 찡그리며 말했다.

"저것도 희생의 짐승이야. 천지창조의 제물로 바쳐진 공물…일 거야, 아마."

"아마?"

"시끄러워! 이곳이 어떤 곳인지 겨우 알게 된 참이란 말이야. 가르쳐 줄 테니까 잠깐 입 다물고 조용히 있어!"

여신의 영감으로 이것저것 느끼고 있는 듯한 스텔라.

그러나 그녀는 결코 뛰어난 지혜를 가진 신은 아니다. 미와 사랑의 여신은 복잡한 얼굴로 한동안 생각에 잠긴 후, 천천히 입을 열었다.

"렌. 깡촌 미트가르트, 기억하지? 그 세계의 기원에 대해 새 아가씨가 어딘가에서 보고 온 듯이 얘기했었잖아?"

"기원, 이라고?"

"아직 미트가르트가 탄생한 지 얼마 되지 않아 바다도 육지도 없었던 무렵. 한 거인이 죽어 그 시체가 육지가 되었고, 흘러나온 피는 바다가 되었다… 그 시체에서는 신들과 새로운 거인들도 태어났다… 라는 얘기 말이야."

"아~ 확실히 그런 얘기를 했었지."

"우리는 지금, 그것과 똑같은 걸 목격했어."

"그게 무슨 뜻이야?"

"미트가르트는 거인이 죽어 대륙이 되었어. 휘페르보레아에서는 소나 애벌레가 죽어 섬이 생기지. 요컨대 규모가 다를 뿐. 《희생의 짐승》이 죽고 그 시체가 대지가 된다. …사실 이런 얘기는 수많은 신화 세계에 존재해."

"그렇구나!"

"…그런 얘기를 하는 동안에 또 한 마리 흘러왔어."

스텔라가 천천히 해면을 가리켰다.

흘러온 것은 불규칙한 모양의 통통한 고깃덩어리. 보자마자 후미카가 소름 끼친다는 표정으로 말했다.

"으윽. 불가사리처럼 생겨서 조금 징그러워요."

"그래? 어머, 보기에 따라서는 '인간'으로 보이는데?"

소녀신이 그렇게 지적하자, 렌은 눈에 힘을 주고 그것을 응시했다.

확실히 고깃덩어리에는 두 팔과 두 다리처럼 보이는 네 개의 돌기가 있었다….

그리고 배 여행 이틀째 날 오후, 커다란 항구 도시에 도착했다.

그곳은 태양신 아폴론으로 추정되는 영웅의 소문이 온 도시에 자자했다.

렌은 고생 하나 하지 않고 행선지를 캐물은 후, 사금과 맞바꿔 마차를 손에 넣었다. 《대지를 넓힌 자》와 그 일행이 사라진 동굴까지 안내해 줄 사람도….

육지 여행은 무사히 끝났다.

"드디어 왔구나."

"으으으. 또 위가 아파 오기 시작했어요~"

그리하여 로쿠하라 렌과 그의 일행은 커다란 동굴 앞에 다다랐다.

지하에 있는 명계와 이어진 입구라고 한다. 정말로 동굴 안에서는 달콤한 썩은 내라고 할 만한 냄새가 감돌았다.

이것이 바로 지옥의 독기. 요모츠히라사카 소동에서도 경험했다.

보통 인간의 경우 이것을 빨아들이면 목숨이 위험할지도 모른다. 하지만 신살자와 소녀신, 타마요리히메에게는 위협조차 되지 않았다.

"가자."

렌은 횃불을 들고 선두에 서서 동굴 안으로 들어갔다.

왼쪽 어깨에는 스텔라가 앉아 있었고, 바로 뒤에서 후미카가
죽을상을 지으며 따라왔다.

어둠에 묻힌 동굴을 빠져나가는 데에 한 시간 정도 걸렸을까?

도착한 곳은 잿빛의 황야. 마른 모래가 자욱하게 흩날리고 이
따금 바위산이 있었다. 하늘은 칙칙한 보라색이었다.

그리고 눈에 보이는 마른 대지는 전부 금이 가 있었다….

"엄청난 대지진이라도 일어난 후 같네."

렌은 중얼거렸다.

눈앞에 펼쳐진 대지에는 균열이 가로세로로 뻗어 있어, 마치
그물 같았다.

아이도 뛰어넘을 수 있을 것 같은 틈도 있는가 하면, 10미터
이상이나 벌어져 버린 부분까지 있었다. 이곳저곳이 융기해 울
퉁불퉁했다.

땅이 이래서야 제대로 걸을 수도 없어, 오도 가도 못하고 쩔쩔
매던 그때였다.

마수의 포효가 메아리쳤다.

<u>오오오오오오오오오오오오오오오오오오오오오오오오!</u>

유달리 큰 균열에서 거대한 '뱀'이 기어 나왔다. …아니. 도마

뱀 같은 팔다리에, 박쥐와 비슷한 날개도 등에 달려 있었다.

"드드드드드, 드래곤! 마침내 실제로 만나 버렸어~!"

"뭐야, 저 용은?! 왜 저렇게 살기를 띠고 있지?! 지룡(地龍) 주제에 바다와 대지의 딸인 아프로디테를 다치게 할 셈이냐?!"

후미카가 눈물 어린 목소리로 소리쳤고, 스텔라는 분개하고 있었다. 그리고 렌은….

"나를 노리고 있구나!"

지룡이라는 거대한 몬스터는 험악한 눈빛으로 렌을 내려다보고 있었다.

불길한 살기가 깃든 눈빛이었다. 곧바로 후미카에게 소리쳤다.

"후미는 다른 데로 대피해 있어! 꽤 강해 보이지만, 애먹을 정도는 아닌 것 같아. 잽싸게 해치우고 갈게!"

"아, 네!"

"조심해, 렌! 저 용, 조금 이상해!"

후미카는 뛰어서 도망갔고, 스텔라는 렌의 육체에 동화되었다.

이때, 렌은 이미 가속 상태에 들어가 있었다. 느닷없이 지룡이 앞발을 위에서 아래로 세차게 내리친 것이다. 렌은 당연히 그 공격을 피했다.

"어라?"

장검처럼 커다란 네 개의 발톱이 아래로 내려왔다. 물론 피했다.

"어째서지?"

지룡이 토해 내는 파란 화염도 순식간에 뒤로 십여 미터를 뛰어 멋지게 피했다. 하지만.

"어째선지 몸이 무거워…?"

드래곤은 크고 거대한 꼬리를 휘둘렀다.

그 꼬리에 맞으면 렌의 자그마한 육체는 곧바로 으깨질 것이다.

곧바로 점프해서 회피. 착지하자마자 달려드는 지룡의 발톱, 화염, 꼬리, 이빨 공격….

렌은 전부 신속으로 도망치고 피하고, 또 도망치고 피했다.

그동안 계속 위화감을 느꼈다.

다리와 몸이 점점 무거워졌다. 움직임에서 스피드와 매서움이 사라져 갔다.

"이건 대체 뭐지?!"

지룡의 앞발이 슬로 모션으로 내리쳐졌음에도 불구하고.

마치 번개처럼 '획!' 하고 육박하는 바람에 렌은 직격으로 맞아 버렸다. 드래곤의 네 개의 발톱은 전부 철검처럼 예리하고 길었다.

렌은, 자신의 오체(五體)가 갈기갈기 찢기는 것을 느꼈다.

2

그리하여 로쿠하라 렌은 갈가리 찢어지고 말았다.

처참하게 찢긴 몸통과 목부터 위쪽은 분리되어 버렸다. 네 개의 팔다리도 찢겨 어딘가로 날아갔고, 상당한 양의 피와 살점이 여기저기 튀는 잔혹한 풍경이 펼쳐졌다.

선혈이 늪처럼 퍼졌고, 동공이 열린 눈에는 이미 빛이 없었다.

그리고… 아니, **그럼에도 불구하고**. 렌은 어지럽게 생각했다.

'당했군. 난 이대로 죽는 건가… 어, 어라?'

렌의 육체는 조각조각 찢어발겨졌다.

그럼에도 렌의 두뇌는 아직도 가동 중이었고….

'아니, 그게 아니야!'

지금 자신은 하늘에서 지상을 내려다보고 있었다.

땅이 쩍쩍 갈라져 균열투성이인 지옥의 대지. 그곳에 여기저기 흩어진 '로쿠하라 렌이었던 육체의 조각'. 그리고 지룡. 그 무서운 몬스터는 마침내 흥분을 가라앉히고는, 자신이 갈기갈기 찢어발긴 남자의 살점을 냉연히 바라보고 있었다.

그렇다. 로쿠하라 렌은 보다시피 분명히 지상에서 죽었다.

그렇다면 지금 공중에서 모든 것을 관찰하고 있는 자신은 무엇일까?

하늘에 둥실둥실 떠 있는 그는 생전의 로쿠하라 렌과 똑 닮은 젊은이였다. 어째선지 알몸이었고, 그 몸은 반투명한 상태였다.

마치 육체에서 분리된 영혼이기라도 한 것처럼…. 렌은 경악했다.

'혹시 나, 우마야도 황자처럼 유령이 된 건가?!'

'그래, 렌.'

혼잣말에 곧바로 누군가가 대답했다.

보아하니 스텔라도 옆에 떠 있었다. 신장 30센티미터의 미니멈 사이즈인 몸에 실오라기 하나 걸치지 않았고, 하얀 피부는 역시나 반투명했다.

스텔라… 사랑의 여신 아프로디테. 그녀와 렌은 일심동체.

렌의 육체가 그렇게 되는 바람에 같은 상태가 된 것일까? 스텔라는 말했다.

'단, 덧붙이자면 '망령이 되어 가는' 단계야. 이대로 부활이 무사히 끝나면 너의 영혼은 육체로 돌아가겠지.'

'부활이라고?'

허공에 둥실둥실 뜬 채로 렌은 소녀신과 이야기했다.

'그건 내가 신을 죽인 사람이라서?'

'거의 비슷해. 잘 들어. 이곳 휘페르보레아의 명계는 영웅들의 '죽음과 부활'이 운명의 실로 정해져 필연처럼 되풀이되는 곳이야.'

엄숙한 얼굴로 세계의 이치를 이야기하는 스텔라.

그녀는 아주 가끔, 여신다운 위엄을 보여 준다.

'그러니까 지하를 찾은 '힘 있는 자'는 반드시 고난을 당하고, 웬만한 운을 타고 나지 않은 이상 패배해. 렌, 신살자인 너는 인정받은 거야. 휘페르보레아를 지배하는 《운명을 조종하는 실》에게… 힘이 있는 자라고.'

'신도 아닌데?'

'그래. 싸움의 신, 영웅, 악마, 그리고 신살자. 힘으로 다른 자를 굴복시키는 존재는 공평하게 '죽음과 재생'의 대상이 돼. 이곳은 그런 성역이야.'

역시 여신, 최고의 난봉꾼이라 할지라도 초월자인 신족 중 한 명.

그녀는 위엄 있는 말투로 이야기를 이어 나갔다.

'이 죽음은 어디까지나 재생의 시작. 운명에 정해진 대로 로쿠하라 렌의 육체는 조만간 부활하기 시작할 거야… 그렇게 되면 좋겠는데.'

그렇게 말한 스텔라의 분위기가 갑자기 '가벼워'졌다.

'부활, 시작되지 않을지도 모르겠네. 경계가 조금 애매해….'

'뭐? 운명으로 정해져 있는 게 아니야?!'

'이건 결국 신이 정하는 일이거든. 운명을 조종하는 실에 의해 《시련을 뛰어넘고 죽음마저 극복하는 영웅의 이야기》를 쉽게 재현시키고 있겠지만… 렌과 난 아무런 준비도 없이 찾아와선 죽임을 당했으니까….'

스텔라가 우울한 듯이 중얼중얼 말했다. 렌은 물었다.

'준비 없이 오면 큰일 나?'

'그러네. 역시 위대한 자의 부활을 장려하는 부장품이니, 신하나 신도의 영혼이니, 산 제물 같은 걸 준비해야 했을 거야.'

'으아아. 알았으면 더 빨리 얘기해 주지!'

'어, 어쩔 수 없었어! 나도 이 머나먼 지하까지 와서야 겨우 이것저것 감이 왔으니까!'

평소대로 돌아온 스텔라와 렌은 나란히 허둥거렸다.

지금도 두 사람은 망령이 되어 공중에 떠 있는 상태였다. 눈아래에는 여기저기 균열이 간 대지와 사지가 갈기갈기 찢어진 로쿠하라 렌. 그리고 드디어 몸을 웅크린 채 쉬고 있는 지룡….

렌은 순간적으로 제안했다.

'그래. 《친구의 고리》를 쓰자. 누군가 친구를 불러서 도와달라고 하는 거야!'

'그건 어려워. 우리의 권능은 육체와 영혼 양쪽에 속해 있는 것. 그 한쪽이 사라진 이상 대단한 위력은 낼 수 없어. 여신 아프로디테의 친구를 부른다 해도 웬만큼 가까이에 있는 상대가 아니면….'

스텔라는 뭔가를 깨달은 듯 화들짝 놀라더니, 지상을 내려다보았다.

소녀신의 가녀린 전신에서 장미색 빛이 은은하게 감돌았다.

'저기, 거기 너! 괜찮으면 로쿠하라 렌과 아프로디테에게 힘을 빌려줘! 우리가 다시 한번 새로 태어나기 위해!'

'응? 왜 **저 녀석에게** 부탁하는 거야?'

렌은 지룡을 가리키며 질문했다.

지룡은 엎드린 채 뱀처럼 똬리를 틀고 있었다. 갑자기 로쿠하라 렌에게 덤벼들더니 사지를 갈기갈기 찢은 몬스터였다.

'우리를 **죽인** 장본인이잖아!'

'그건 운명의 실에게 조종당했을 뿐이야. '힘 있는 자의 죽음과 재생'을 재현하기 위해. 하지만 원래 지하에 사는 용과 뱀들은 아프로디테의 친구야!'

스텔라는 힘차게 단언했다.

'기억해 둬! 우리 같은 여신은 물과 대지의 딸. 우아한 귀부인이자 미와 사랑의 화신. 하지만 실은… 무서운 마수로도 변신하지. 용, 이무기, 고르곤 등으로 불리는 괴물로!'

'뭐? 스텔라도 그런 괴물의 모습으로 변해?!'

'물론이지! 뭐, 렌과 하나가 된 지금은 그런 변신도 불가능하지만, 그런 용과 뱀은 우리와 친척이나 마찬가지야. 힘 정도는 쉽게 빌려줄 거야!'

정말로 지룡은 천천히 몸을 일으켰다.

방금 전과는 달리 온화한 눈빛으로 공중에 떠 있는 스텔라와 렌의 영체를 보고는, 눈을 크게 떴다.

그러더니 날카로운 이빨이 빽빽하게 난 입안에서 녹색으로 빛나는 빛의 구체가 터져 나왔다.

그 빛에 삼켜진 순간, 렌은 '힘의 파동'이라고도 할 수 있는 무언가로 영체가 채워져 가는 것을 실감했다.

'굉장해. 파워가 점점 충전되는 느낌이야….'

'저 지룡이 정기를 나눠 줬어! 하지만 렌, 이건 자비 깊은 지모신들을 무서운 용과 뱀으로 바꾸는 힘. 휘둘리지 않도록 조심해!'

빛나는 아폴론의 '죽음'으로부터 일곱 낮 일곱 밤이 지났다.

그동안 같이 죽은 백성의 영혼은 멀어지지 않고 주인의 곁에 머물러 있었다. 다시 말해, 갈가리 찢긴 시체 옆에.

순사(殉死)한 사람들의 영혼은 있는 힘을 다 쏟아 울부짖고 있었다.

빛나는 신이여, 되살아나 주소서.

궁의 명수여, 되살아나 주소서.

우리는 당신의 부활을 바랍니다. 바랍니다. 바랍니다. 바랍니다!

그 기도와 통곡이 하나의 역장을 만들어 내어 정해진 운명을 부르기 시작했다. 그리고 마침내 그때가 왔다.

운명의 죽음으로부터 이레가 지나자, 그는 몸을 벌떡 일으켰다.

빛나는 아폴론의 몸은 더 이상 갈기갈기 찢어져 있지 않았다. 늠름한 장신의 육체에는 상처 하나 없었으며, 탄탄하고 강인한 근육으로 덮여 있었다.

하얀 옷에 빨간 망토를 걸쳤고, 황금 팔찌를 끼고 있었다.

손에 든 것은 백은의 활. 리라와 함께 아폴론이 가장 잘 다룬다고 하는 도구다.

"후후후. 나의 큰 소망이 마침내 이루어졌구나."

아폴론은 괴짜의 미소를 짓고 있었다.

머리에 얹은 것은 월계수로 만든 관. 예전과 변함없는 용맹한 모습이었다. …아니. 아폴론은 지금 온몸에 백은의 오라를 휘감고 있었다.

「훌륭하구나. 더 큰 광명을 얻은 아폴론에게 축복의 언령을 보내도록 하마.」

"아테나로군."

가물어 말라 죽은 지옥의 나무. 그 가지에 올빼미가 앉아 있었다.

"일부러 전령까지 날려 주다니, 이것 참 고맙군. 그대의 여행은 어떤가?"

「이쪽도 아무 이상 없다. 조만간 나도 큰 소망을 이룰 것이야.」

아테나는 올빼미의 부리를 빌려 의미심장한 웃음을 흘렸다.

「큭큭큭. 그러고 보니 음유시인이자 명계로 내려간 오르페

우스. 죽은 아내를 죽음의 세계에서 해방시킨 남자… 그자가 실은 태양신 아폴론의 사제였다고 하던데.」

"알고 있었군."

아폴론은 미소를 지었다.

"너의 말이 맞다. 그자는 내가 가르쳐 준 '명계를 걷는 법'을 지키고, 소원을 이루었지."

「또한 그대는 성우(聖牛)를 죽이는 자이기도 하지. 미스라, 미트라라는 이름을 가진 신이 그랬듯이… 빛나는 자여, 그대는 일찍이 《동방에서 온 빛의 신》이기도 했다.」

미스라(Mithra). 미트라(Mitra). 마이트레야(Maitreya).

옛 그리스의 땅보다 훨씬 동쪽에서 숭배된 신들.

그 이름도 섞어 아테나는 노래하듯이 말했다. 아폴론은 껄껄 웃었다.

"그대 정도 되는 대여신이 내 태생을 알고 있다니, 이거 부끄럽군!"

「아테나는 예지의 여신이다. 그 정도도 몰라서야 어쩌겠나.」

"하하하하, 그러게. …그럼 난 마무리에 들어가도록 하지. 멸망의 불꽃을 슬슬 손에 넣을 때가 되었다."

「음. 하나 그 전에 듣거라. 그대의 머리 위에 흉의 징조가 나타났다.」

"뭐라고?"

「모든 장애를 물리치기 전까지 방심하지 말거라. 그대의 무운을 빈다.」

올빼미는 그 말만 남기고 자취를 감추었다.

아폴론은 "흐음." 하고 중얼거리곤, 등 뒤를 천천히 돌아보았다. 이쪽을 향해 똑바로 다가오는 청년이 보였다.

물론 몸에 상처 하나 없는, 구면인 젊은이였다.

"역시 너였군, 신살자 짐승이여."

다가온 사람은 다름 아닌 로쿠하라 렌이었다.

단, 예전과 달리 엄청난 살기를 뿜어 대고 있다. 날카로운 눈빛으로 아폴론을 험악하게 응시하고 있었다.

몹시 거친 표정. 아폴론은 로쿠하라 렌의 얼굴을 언뜻 보곤 깨달았다.

"나보다 늦게 여행을 떠난 주제에 벌써 '죽음과 재생'을 끝냈구나. 무척 강한 신령의 조력을 받은 것 같군."

로쿠하라 렌이라는 신살자는 항상 종잡을 수 없는 면이 있었다.

그러나 지금, 일찍이 보지 못했을 만큼 살기를 띤 그의 온몸에서는 힘의 파동이 용솟음쳤다.

"후후. 목숨을 건진 건 다행이지만… 너무 흥분한 건 아닌가?"

그에 반해 아폴론은 어디까지나 우아하게 웃었다.

3

'렌! 조금 진정하는 편이 좋지 않을까?!'

귓가에서 스텔라의 목소리가 호소했다. 모습은 보이지 않았다. 부활한 로쿠하라 렌의 몸과 동화했지만, **안쪽**에서 충고하고 있기 때문이다.

렌은 걱정하는 소녀신에게 '그답지 않은' 싸늘한 말투로 대답했다.

"…괜찮아. 난 충분히 진정했으니까."

지금 눈앞에 태양신 아폴론이 있다. 드디어 찾아냈다.

빛나는 미청년을 노려보는 렌의 눈빛은 스스로도 놀랄 만큼 험악했다.

"카산드라는 어쨌어?"

"글쎄? 난 아직 부활한 지 얼마 되지 않아서 말이지. 대답할 수 없는 질문이다. 하나 그 공주를 너에게 돌려줄 생각은 아직 없다. 물러가거라."

"그럼… 힘으로 되찾으면 그만이야."

렌은 또다시 싸늘하게 말했다.

실제로 과거에는 경험한 적이 없을 만큼 마음이 차갑게 식어 있었다. 지금이라면 눈썹 하나 까딱하지 않고 아폴론의 아름다운 얼굴에 오른팔로 스트레이트 펀치를 때려 박을 수 있다. 그리고 저 괴짜의 쿨한 얼굴을 엉망으로 짓밟아 뭉갤 것이다.

그러고 나서 목을 물어뜯고, 경동맥을 잡아 뜯을 것이다.

그런 험악한 짓을 해 버리고 싶은 심정이었다. 본능이 수렵과 투쟁을 원해 마지않았다.

그럼에도 불구하고 '피가 들끓는' 감각은 없었다. 그 반대였다. 온몸의 피가 차게 식었고, 그 피를 따뜻하게 데우기 위해 적을 묻어 버리곤 그 피를 머리부터 발끝까지 온몸에 뿌리고 싶다….

어쩌면… 하고 로쿠하라 렌은 생각했다.

냉혈동물이자 수렵자이기도 한 '뱀'들은 이런 마음으로 싸울지도 모른다.

아까 지룡에게서 정기를 받은 영향일까? 로쿠하라 렌은 지금 '냉혈한 포식자'라고 해야 하는 존재로 변해 있다.

"그럼 갈게."

렌은 짧게 말하고는, 성큼성큼 걸어 나갔다.

그러더니 똑바로 아폴론이 있는 정중앙까지 걸어왔다. 방어 자세도 취하지 않고, 두 손은 아래로 축 늘어뜨린 채.

"꽤나 무방비하군!"

'조심해! 아폴론은 권투를 창시한 신이야!'

궁의 명수 태양신은 다가오는 렌에게 왼쪽 팔로 스트레이트 펀치를 날렸다.

백은의 활을 든 왼쪽 주먹을 그대로 후려갈긴 것이다. 그리고 로쿠하라 렌의 내부에서 스텔라가 소리친… 다음 순간.

뻑! **렌은 등 뒤에서의 반격**을 아폴론에게 날렸다!

"크헉?!"

"대단하군. 지금 그 카운터 펀치를 맞고도 쓰러지지 않다니. 역시 신이야."

앞으로 고꾸라진 아폴론은 헛발을 디디곤 간신히 쓰러질 뻔한 몸에 힘을 주고 버티었다.

그리고 렌은 태양신의 등 뒤에 서 있었다. 마침 《네메시스의 인과응보》를 퍼부은 참이었다. 신속을 발동해 등 뒤로 돌아 들어가선, 왼쪽 스트레이트 펀치의 위력을 청년의 뒤통수에 그대로 내리쳤다.

인간이었다면 뒤통수나 연수의 타격은 목숨과 직결된다.

하지만 아폴론은 태연하게 뒤돌아본 뒤, 백은의 활에 빛의 화살을 걸었다.

"그렇구나. 가차 없을 거란 뜻이군!"

휘잉, 휘잉, 휘잉, 휘잉, 휘잉, 휘잉!

바로 코앞에서 화살을 연달아 쏴 대는 아폴론. 화살을 불러내더니 활에 걸곤 활시위를 당긴 다음, 그대로 쏜다. 화살을 하나 쏠 때마다 네 가지나 되는 동작이 필요한데도 불구하고 마치 기계 같은 연사 속도였다.

평소의 렌이라면 전부 피하면서 인과응보의 '비축분'을 부지

런히 모을 것이다.

하지만 지금은 공격하고 싶다는 충동에 저항할 수 없었다!

"정의의 심판이 있기를!"

인지와 중지를 나란히 모은 오른손을 종횡무진으로 휘둘렀다.

자신을 향해 육박하는 빛의 화살, 그 화살촉을 네메시스의 두 손가락으로 잇따라 막아 냈다. 그러자 모든 화살이 튀어선 궁수 아폴론을 향해 되돌아갔다.

신속의 두 손가락이 그리는 궤적은 마치 허공을 달리는 번개 같았다.

"오오?!"

경악하는 아폴론. 늠름한 전신을 칠흑의 안개가 감쌌다.

아폴론은 자신을 향해 돌아온 화살의 비를 모조리 괴이한 안개 속으로 삼켜 버렸다. 역시 올림포스 제일가는 무용을 자랑하는 신이라고 찬양할 만했다.

"너답지 않은 공격이군, 로쿠하라 렌."

"그런 말을 할 수 있을 정도로 나에 대해 잘 알았던가?"

"그럼. 트로이의 결전에서 너를 봤을 때, 어렴풋이 너와 언젠가 대결할 거란 예조를 감지했다. 그 이후로 무슨 일이 있을 때마다 너를 주목해 왔지."

아폴론은 그다운 특이한 미소를 머금고 있었다.

"어떠한 때이든, 어떤 곳에서든 너를 완벽하게 때려눕힐 수 있도록 말이지."

"연구를 하셨다는 말이군. 아폴론 씨는 참 성실하시네."

그를 이성을 주관하는 신이라고 부른 건 리오나였던가?

그렇다면 신살자 짐승은 어디까지나 야성을 따라야 하는 법일 것이다. 특히 지금의 로쿠하라 렌은 용과 뱀의 정기를 얻어, 여태껏 없던 살상 본능이 높아지다 못해 불타오르고 있으니까.

렌은 입술을 할짝 핥았다.

그것은 그야말로 입맛을 다시는 동작이었다.

한편, 태양신 아폴론은 여유롭게 고개를 끄덕였다.

"그렇군. 지금의 너는 내가 아는 로쿠하라 렌이 아닌 것 같구나. 비상시(非常時)에 비상(非常)의 힘을 얻어 평소 이상의 위험한 남자로 변해 있군."

"칭찬의 말, 고마워. 감사의 표시로 내 카운터 펀치나 먹을래?"

"아니, 칭찬이 아니다."

아폴론은 씨익 웃었다.

"어디까지나 비상의 힘이기 때문에 지금의 너는 발밑이 보이지 않는 상태이다. 그리고 이곳은 지하에 펼쳐진 명계. 그렇다면 아폴론에게도 쓸 수 있는 힘이 있지…."

"뭐라고?!"

"대지여, 지모신 레토의 아들이자 죽음의 나라를 걷는 자 아폴론에게 대답하거라!"

아폴론은 언령을 드높이 읊었다.

그러자 땅은 우릉우릉 흔들리기 시작했고, 커다란 균열이 하나, 둘, 셋, 셀 수 없을 만큼 생겨났다.

게다가 대지는 굽이치더니 갈라지고, 마구 무너져 내렸다.

그 광조에 휘말린 렌은 토사와 함께 미끄러져 떨어졌다.

"으아아아아아아악?!"

'그러고 보니 아폴론의 모친은 대지의 여신 레토!'

렌 안에서 스텔라가 소리쳤다.

'그를 낳을 때, 일부러 땅속에 숨어 있었다고 해. 그리고 지금 있는 곳은 땅속에 펼쳐진 명계! 이곳이라면 레토의 아들로서 마음껏 대지의 권능을 휘두를 수 있어!'

살기를 띤 신살자를 가볍게 받아넘기는 능숙함.

역시 괴짜다운 아폴론에게 불시에 한 방 먹은 로쿠하라 렌은 토석류에 삼켜져 땅속 깊은 곳으로 떨어졌다.

가진 마력을 최대한 끌어올려 아폴론의 권능에 저항하고자 했다.

그러나 때는 이미 늦었다. 덮쳐 오는 토사로 인해 렌의 시야는 암흑으로 가득 찼다.

"의외로 빨리 해치웠군."

장애물을 배제한 아폴론은 만족했다.

땅이 갈라져 균열이 일어나면서 솟구치고 무너져 유난히 울퉁불퉁해진 대지를 바라보았다. 로쿠하라 렌은 그 '아래'에 떨어졌다.

정면승부로 맞받아쳐도 좋았지만, 타이밍이 좋지 않았다.

이제 막 새로 태어난 아폴론에게는 무엇보다 우선해야 할 일이 있었기 때문이다.

"자, 가자. 다시 한번 짐승을 사냥해야 하니까."

아폴론은 로쿠하라 렌과 전투를 벌인 곳을 뒤로하고 걷기 시작했다.

단지 부활한 것만으로는 부족했다. 그에게 '죽음'이라는 시련을 내린 강적에게 복수를 해야 비로소 사명을 다하게 된다.

그런 다음, 공물을 잔뜩 쌓아 두고….

"예 파이안. 불의 의식이 얼마 남지 않았다. 나는 백 마리의 소를 제물로 바치는 자. 대지를 넓히고, 불과 빛으로 천지를 비추는 자…."

아폴론은 자신의 찬가를 흥얼거렸다.

4

그렇구나. 생각지도 못한 형태로 렌은 자신의 약점을 알게 되었다.

갑작스런 사태에 휘말려 산 채로 땅에 묻힌 로쿠하라 렌. 네메시스의 권능을 사용했지만 피하지 못했다. 그때 아폴론이 간섭한 것은 대지 그 자체, 결코 렌 본인이 아니었기 때문이다.

여신 네메시스의 신속은 어디까지나 '타인에게 습격을 당했을 때'를 위한 방비인 것이다.

아니. 렌은 생각을 달리했다.

그래도 평소의… 회피와 도주를 최우선으로 삼아 온 로쿠하라 렌이라면 위기일발의 상황에서 신속을 발동시킬 수 있지 않았을까?

그러나 그땐 공격에 의식이 지나치게 치우쳐 있는 바람에 몸을 지킬 수 없었다….

아폴론은 그것까지 반영한 것일까?

그리하여 로쿠하라 렌은 땅속에 묻혔다.

전신을 토사가 덮쳐누르고 있었으며, 입안까지 모래 맛이 났다. 어둠밖에 보이지 않았고 흙내밖에 나지 않았다. 이대로 압사당하거나, 질식사하는 미래 말고는 보이지 않았다.

'어라?'

렌은 문득 깨달았다.

'그렇게 답답하지 않아….'

'맞아, 렌.'

동화해 있는 스텔라가 사념을 보내왔다.

'드디어 지룡의 정기를 길들인 것 같구나.'

'아, 응. 생매장을 당하고 나서 머리가 조금 식은 것 같아. 하지만 머리부터 발끝까지 토사에 묻혀 있는데, 난 왜 괜찮은 거야?!'

'당연하지. 넌 지룡의 정기를 나눠 받았잖아.'

당혹스러워하는 렌과 달리, 스텔라는 평온 그 자체였다.

'땅속에 사는 짐승의 정기가 그 몸에 깃들어 있기 때문에 설령 흙 속에 잠겼다 한들 죽을 일은 없어. 오히려 흙의 영기를 온몸으로 받아서 아늑하지 않아?'

'듣고 보니 묘하게 몸이 편한 것 같기도 하고….'

'아폴론도 설마 우리에게 정기를 준 게 지룡이라는 건 꿰뚫어 보지 못했던 것 같아. 덕분에 목숨을 건졌어.'

로쿠하라 렌과 스텔라의 악운은 아직 다하지 않은 듯했다.

그러나 토사에 묻혀 있는 탓에 손가락 하나 까딱할 수 없었다. 몸이 꿈쩍도 하지 않았다. 일단 어떻게든 이곳에서 탈출해야 한다.

'내가 지룡의 파워를 얻었다면….'

스텔라의 동족이라고 하는 지룡들은 땅속에서 어떻게 움직일까?

렌은 상상했다. 몸을 구불구불 움직이며 코끝으로 땅을 파서 앞으로 전진한다. 뱀… 아니, 지렁이 같은 움직임이지만, 이건 어떨까?

정신을 깊이 집중해 머릿속에 그렸다. 공기를 찾아 흙 속을 기어 다니는 뱀 혹은 지렁이….

정수리 방향으로 몸이 '미끌' 끌려갔다. 그런 기분이 들었다. 한동안 미끌미끌 앞으로 전진했고, 마침내….

"우왓?!"

느닷없이 렌의 몸이 공기 중으로 쑤욱 빠져나갔다. 탈출에 성공한 것이다.

정신을 차려 보니 마른 지면에 몸을 내던진 모양새로 쓰러져 있었다. 흙투성이가 된 전신과 옷에 이번에는 마른 모래가 잔뜩 들러붙어 더러워져 있었다.

렌은 몸을 일으킨 다음, 실컷 공기를 들이마셨다.

신살자라곤 해도 역시 인간이기에 호흡 정도는 자유롭게 하고 싶었다.

"여긴 어디지…?"

렌은 주위를 둘러보았다.

골짜기 밑인 것 같았다. 깎아지른 듯이 솟은 단애절벽 사이에 나 있는 좁은 길. 경트럭 한 대가 간신히 지나갈 법한 폭이었다.

위를 올려다보니 명계의 하늘이 펼쳐져 있었다. 칙칙한 보라색 하늘이었다.

왼쪽 어깨에 스텔라가 불쑥 출현했다.

"그 지룡과 아폴론이 일으킨 균열의 밑바닥이야, 아마."

"그렇구나. …응?"

스텔라의 염에 맞장구친 직후, 렌은 깨달았다.

저 앞에 누워 있는 사람이 있었다. 아니, 저건 아마… 렌은 곧장 달려갔다.

"균열이 일어났을 때 떨어져 죽었구나…."

서른 살 전후로 보이는 청년이었다. 낙하의 충격인지 목이 꺾여 있다. 황홀한 표정으로 행복하다는 듯 죽어 있었다.

죽은 사람을 위해 명복을 빌어 준 후, 렌은 골짜기 밑으로 뻗은 길을 걷기 시작했다.

조금 걷다 보니 구부러진 길모퉁이와 마주쳤다.

길을 꺾은 순간, 확 트인 곳으로 나왔다. 그곳에는 경악스럽게도 시체가 첩첩이 쌓여 있었다.

"이게 다 뭐야…?"

"다들 휘페르보레아인 같네. 명계 사람들이 아니야…."

스텔라는 경악을 금치 못하는 렌에게 알려 주었다.

확실히 다들 휘페르보레아의 옷을 입고 있었다. 요모츠히라사카 사건 때 만난 좀비들과는 달랐다.

행복한 듯이 죽은 얼굴도 있는가 하면, 공포와 절망으로 굳은 얼굴도 있었다.

고통에 가득 찬 얼굴, 완전히 체념한 얼굴도 있었다.

"모든 일은 과거에 원인이 있다. 운명이여, 모든 인과를 나에게 보여 주거라."

렌은 무릎을 꿇은 다음, 대지에 손을 댔다.

인지와 중지를 나란히 붙인 '네메시스의 성스러운 두 손가락'으로 이 땅에 새겨진 인과의 흔적을 읽어 내는 작업에 들어간 것이다.

…대지를 넓히는 자, 아폴론을 따라나선 군중.

…선택받은 영웅과 함께 명계로 내려왔다.

…그리고 갑작스러운 죽음. 그 영혼은 아폴론 부활의 제물로 바쳐졌다.

"이게 무슨…."

"우리와 달리, 아폴론은 용의주도했구나…."

렌은 멍하니 중얼거렸고 스텔라는 전율했다.

그녀와 일심동체인 렌은 알 수 있었다. 같은 신족이지만, 사랑의 여신 아프로디테는 동포의 무자비함에 공포마저 느끼고 있다는 것을.

그리고 렌은 인과응보의 성취를 맹세했다.

선행에는 선과(善果)가 따라야 하는 법. 악행에는 악과(惡果)가 따라야 하는 법….

희생된 사람들이 어떻게 죽었는지 전부 눈에 아로새기고자 렌은 첩첩이 쌓여 있는 시체 속을 그저 서성거렸다.

"죽은 지 꽤 됐을 텐데, 썩질 않았네…."

"여긴 명계인걸. 죽은 모습도, 육체와 영혼의 끝도 지상과는 달라."

왼쪽 어깨에 앉은 소녀신과 이야기를 나누면서 걷던 도중.

결코 있어선 안 되는 것을, 렌은 발견하고 말았다.

은발의 미인 카산드라도 이 골짜기 밑에 누워 있었던 것이다. 말없는 시체가 되어 그 아름다운 두 눈을 감은 채.

온화한 얼굴이었다.

"렌, 슬슬 가자."

"……."

"렌. 렌."

스텔라가 몇 번이나 말을 걸었다.

그러나 렌은 아무런 대답도 하지 않았다. 걱정하는 소녀신에게 등을 돌리고 땅바닥에 주저앉아 그저 카산드라의 싸늘한 주검을 바라보았다.

우선 그녀의 두 손을 배 위쪽으로 올린 다음, 깍지를 끼게 했다.

죽은 얼굴조차 더할 나위 없이 아름다웠기 때문에 얼굴을 정리해 줄 필요는 없었다. 흐트러진 옷매무새를 고쳐 주는 정도로 충분했다. 그리스 신화에서 제일 뛰어나다고 일컬어지던 미모에도, 평온해 보이는 몸에도 눈에 띄는 상처는 전혀 없었다.

그렇기에 이제 왕녀 카산드라의 죽음을 추도하기만 하면 되었지만.

렌은 그럴 수 없었다.

마음속에는 슬픔이 있었다. 절망이 있었다. 분노가 있었다.

카산드라를 구출하지 못한 자신에 대한 분노. 그 죽음의 원흉인 아폴론에 대한 분노. 무엇보다 그녀를 이런 결말로 떠다민 운명인지 무엇인지에 대한 분노.

그러나 렌은 자각하고 있었다.

그 어떤 감정보다도 커다란 무언가가 마음을 지배하고 있었다.

말로 표현하자면 그것은 아마 '의지'일 것이다.

젊은 나이에 죽을 이유 따윈 전혀 없었던 선량한 카산드라, 그녀의 죽음을 절대로 인정해선 안 된다는 의지.

이 의지를 끝까지 밀고 나가기 위해서는 신조차 죽여도 된다고 할 만한….

"그러고 보니 왕녀 카산드라는 트로이 멸망 후 비명횡사해. 그것이 '올바른 신화의 줄거리'였어."

설마 그 **응보**가 여기서 돌아온 걸까…?

스텔라는 안타까운 듯이 중얼거렸다. 렌은 겨우 반응했다.

"하지만 우리가 그걸 다시 썼잖아."

"렌?!"

"신화의 줄거리가 운명이란 거라면. 생각해 보니 카산드라는 이미 한 번 그걸 바꿨어. 두 번은 안 된다는 법은 없지."

누워 있는 트로이 왕녀를 어두운 눈으로 응시하면서….

렌은 조용히 단언했다.

오른손 인지와 중지. 네메시스를 구현시키는 두 손가락을 카산드라의 이마에 가져다 댄 다음, 렌은 두 눈을 감았다.

눈꺼풀 안쪽에 어떤 풍경이 선명하게 되살아났다.

…비명횡사하기 직전, 카산드라는 죽을 뻔한 소녀를 구하고자 달려갔다.

…그러나 결국 함께 땅이 갈라진 틈으로 떨어졌다.

"신기하군. 그 땅에 새겨진 '죄의 기억'을 흡수해 죄를 저지른 이들에게 인과응보를 한 적은 몇 번이나 있지만… 다른 그 어떤 때보다 기억이 또렷하게 읽혀."

예를 들면 트로이 이곳저곳을 방문했을 때.

그 나라에서 그리스 병사가 되풀이하던 만행의 기억을 흡수해 나중에 그리스군 전체에 인과응보를 완수했다. '여태껏 학살당한 트로이병 2만 명의 주검을 부활시켜 그들을 역습'하게 하는 식으로.

네메시스의 권능은 단순한 크로스 카운터가 아니다. 렌은 중얼거렸다.

"이것도 지룡의 파워를 받았기 때문이야?"

"아니. 이곳이 명계이기 때문이야."

스텔라는 명료하게 대답했다.

"살아 있는 자는 어떤 신에게 가호를 받았다 하더라도 명계의 문을 지난 순간, '일시적인 죽음'을 맞이해. 다시 말해 그 시점에서 이미 그들의 시간은 멈춰 있지."

"시간이 멈춘다고?"

"그래. 그래서 '두 번째 죽음'을 맞이해도 시체는 썩지 않고, 네메시스처럼 '과거의 현재의 인과'를 조종하는 권능의 영향도 받기 쉬운 거야."

"역시 그렇군."

어렴풋이 눈치채고 있던 것을 스텔라가 언어화해 주었다.

렌의 입술이 희미하게 일그러지더니, 미소에 가까운 형태가 되었다. 일심동체한 소녀신이 기겁했다.

"하지 마, 렌! 그런 미친 짓을 했다간 너도 무사하지 못해!"

"그렇다 하더라도 시험해 볼 가치는 있어."

렌은 즉답했다.

"난 카산드라를 구해야 해. 선행에는 선과가 따라야 하는 법. 마음을 정했으니, 쇠뿔도 단김에 빼야 하지 않겠어?"

"안 돼! 과거와 미래를 주무르는 인과의 조작은 매우⋯."

뭔가 말하려고 하던 스텔라의 모습이 훅 사라졌다.

렌은 지금부터 걸 인과응보의 업에 전력을 쏟을 생각이었다.

스텔라를 실체화시키는 데에 쓰던 마력까지 남김없이 몽땅.

렌은 네메시스의 성구를 영창했다.

"정의와 응보의 여신에게 바란다…."

또다시 카산드라의 이마에 네메시스의 두 손가락을 가져다 댔다.

"선행에는 선과가 따르는 법. 목숨을 구하는 자에게는 목숨의 은혜가 따르는 법!"

누워 있는 트로이 왕녀의 전신이 하얀 빛에 감싸였다.

그녀는 죽기 직전, 자기 자신보다 타인의 목숨을 구하려 했다. 그 아름다운 마음은 《정의와 응보의 여신 네메시스》의 축복을 받아 마땅했다.

목숨의 대가는 목숨밖에 없다.

그 응보를 구현시키기 위해 렌은 온 마력을 쥐어 짜내려 했다.

하지만 그와 동시에 폐와 심장에 송곳이 푹푹 꽂히는 듯한 아픔이 몇 번이나 스쳤다. 그것도 끝없이. 권능을 행사하기 위해 힘을 쏟으면 쏟을수록 아픔은 점점 더하기만 할 뿐….

"…아아, 그렇구나."

렌은 깨달았다.

목숨의 대가가 목숨밖에 없다면 로쿠하라 렌도 그것을 내어 주어야 하는 것이다. 그러나 잠시의 머뭇거림도 없이 렌은 사납게 웃었다.

"생각해 보니 카산드라가 내 목숨도 구해 줬지!"

트로이에서 영웅 소 아이아스의 검에 베였을 때.

다정한 미인이 자신의 몸을 바쳐 목숨을 구해 주었다. 렌은 똑똑히 기억하고 있었다.

"이 인과응보, 나를 구해 준 몫도 합친 거야! 부탁할게, 네메시스 씨!"

내가 할 일은 끝났다. 렌은 분명한 확신을 얻었다.

하지만 그와 반대로 렌의 몸속에서 이음이 들려왔다. 콰지직. 콰지직. 폐와 심장이 무참히 터지는 소리였다.

오늘만 벌써 몇 번이나 죽음의 예행연습을 했는지 모른다.

하지만 드디어 리허설은 끝난 것 같았다.

5

"으으으으. 이런 곳에서 혼자가 되어 버리다니~"

울상이 된 후미카는 이리저리 헤맸다.

마른 황야의 한가운데였다. 초목도 거의 없고, 싸늘한 바람이 불어와 쓸쓸함을 자극했다.

경관만 봐도 몹시 황량했다. 이곳은 명계인 것이다.

웬만한 영적 능력을 가진 《타마요리히메》라 하더라도 과연 언제까지 무사히 있을 수 있을까.

"근데 로쿠하라 씨가 있는 곳으로 돌아가는 것도 아직 위험할 것 같고. 난 어떡하면 좋지~?!"

로쿠하라 렌이 지시한 대로 후미카는 싸움터에서 쏜살같이 도망쳤다.

언니와 달리 전투에서 도움이 되는 힘은 그다지 없기 때문이다. 뒤도 돌아보지 않고 안간힘을 다해 뛰었고, 숨이 차오르기 시작한 이후로는 안간힘을 다해 걸었다.

덕분에 제법 거리를 둘 수 있었지만.

"어느 쪽으로 걸어가야 아까 그곳으로 돌아갈 수 있을까…?"

엄격한 언니가 곁에 있었다면 경솔했다며 크게 혼이 났을 것이다.

이런 비상시에 미아가 되다니. 스스로 생각해도 이런 추태가 또 없었다. 게다가 등 뒤에서 '부스럭' 소리가 나는 것을 똑똑히 들었다. 후미카는 조심조심 뒤를 돌아보았다….

"나, 나왔다아아아?!"

등 뒤에 있던 것은, 작은 귀신이라고 불러야 할까?

아홉, 열 살 정도 되어 보이는 어린아이와 덩치는 그다지 다르지 않았다. 단, 체모가 단 한 가닥도 없었고 매끈한 피부는 이상하리만치 창백했다.

두 개의 안구는 얼굴의 반 정도를 차지할 만큼 큰 데다, 얼굴 표정은 몹시 흉악한….

그런 녀석이 여섯이나 있었다. 작은 귀신들은 위협하는 목소리를 냈다.

샤아아아아아아악!

그들은 모두 날카로운 엄니를 갖고 있었다.

"히이이익! 역시 육식 구울인 건가?!"

요모츠히라사카의 여신 이자나미에게는 요모츠시코메, 요모츠이쿠사라고 하는 권속이 있었다.

명계의 주민인 좀비와 같은 부류. 이 작은 귀신들도 아마 비슷한 존재일 것이다. 물론 후미카에게 살기 띤 시선을 보내고 있었다!

꺄악! 소리치며 몸을 움츠린 그때, 후미카는 반가운 목소리를 들었다.

"꺼져라, 이 천한 것들! 이 아가씨는 내 영혼의 매체이다!"

어느샌가 후미카의 옆에 훤칠한 청년이 서 있었다.

미륵보살을 방불케 하는 미모를 가진 그는 허리에 찬 직도를 쓱 뽑은 다음, 날렵하게 땅을 갈랐다. 검끝이 자갈에 칙! 닿아 불꽃이 튀었다.

그리고 불꽃의 수는 점점 늘어나더니, 커다란 빛이 되어⋯ 작은 귀신들을 덮쳤다!

샤아아아아아아아아아아아아악!

명계의 주민들은 잔뜩 겁을 먹곤 거미 새끼가 흩어지듯이 줄

행랑을 쳤다.

"태, 태자님?"

"그래. 나다. 무사한 것 같아 다행이구나."

우마야도 황자는 직도를 검집에 넣으면서 그 특유의 기품 있는 말투로 대답했다.

물론 후미카는 아연실색했다.

"어째서 이곳에?!"

"어리석은 것. 이곳이 어디인지 잊었느냐? 지하에 펼쳐진 명계, 뿌리의 나라이지 않느냐. 설령 휘페르보레아 신역의 명계라 할지라도 망자인 나에겐 익숙한 곳이다."

"아, 그렇지."

죽은 망령이 지옥에서 활력을 얻는다. 듣고 보니 지극히 당연한 일이었다.

납득한 후미카는 뻔뻔스럽게 그를 의지하기로 했다. 어설픈 억지웃음을 지어 보인다.

"저기. 저, 이제부터 어떻게 할까요? 로쿠하라 씨가 어디 있는지 아세요?"

"흐음."

미래를 알고 있는 우마야도 황자는 길게 찢어진 눈으로 먼 곳을 응시했다.

"타마요리히메여. 마음을 가라앉히고 낌새를 살피도록 하거

라. 망령들이 떼를 지어 모여 있고, 죽음의 냄새가 유난히 자욱한 곳에 신살자가 있다."

"어, 엄청 무섭잖아요!!"

그러나 이 명계에 목숨이 붙어 있는 지인은 로쿠하라 렌밖에 없다.

후미카는 할 수 없이 정신을 집중하고, 감각을 날카롭게 곤두세웠다.

"음…."

"일어나셨어요, 렌 님?"

어느샌가 땅에 누워 있었다.

단, 담요가 깔려 있는 덕분에 등은 그다지 아프지 않았다. 그리고 다른 한 장의 담요가 로쿠하라 렌과 또 한 사람 위에 덮여 있었다.

"이거, 어디서 난 거야?"

"다행히도 길동무가 많았거든요. 그분들이 지참하고 있던 담요를 잠깐 빌려 왔어요."

하늘을 향해 누워 있었기 때문에 칙칙한 보라색 하늘이 잘 보였다.

지금도 균열이 생긴 '골짜기 밑'에 있는 듯했다. 깎아지른 듯이 솟은 단애절벽 사이에 나 있는 좁은 길에 렌은 눕혀져 있었다.

단, 주위는 시체가 첩첩이 쌓여 있는 참혹한 광경이 아니었다.

렌과 나란히 누워 있는 그녀가 멀리 떨어진 곳까지 열심히 옮겨 준 것 같았다.

"자고 있는 나를 혼자 옮기다니, 진짜 힘이 세구나."

"네. 이래 봬도 완력에는 자신이 있거든요. 저희 가문은 무가 일족이니까요♪"

그녀는 렌에게 올라탄 듯한 자세로 함께 누워 있었다.

덧붙여 말하자면….

둘 다 어째선지 알몸이었다. 놀란 마음이 렌의 표정에 드러났는지, 멋진 몸을 아낌없이 밀어붙이던 그녀는 부끄러운 듯이 그렇게 말했다.

"그게, 저기, 렌 님의 몸이 차가워져서 따뜻하게 해 드리려고…."

"고마워, 카산드라."

선행에는 선과가 따르는 법.

인과응보를 일심불란하게 염원한 끝에 렌은 기적을 일으켰다.

물론 '카산드라의 죽음'이 휘페르보레아의 명계에서 일어난 불운이 아니었다면, 그녀가 최후의 순간에 다정함과 용기를 보이지 않았더라면 이루어질 리 없었다. 행운과 우연의 도움으로, 그리고 사력을 다했기 때문에 일어난 미러클이었다.

하지만… 렌은 신기하다고 생각했다.

"나, 왜 살아 있지?"

눈앞에 있는 소녀를 소생시킬 때 심장과 폐 둘 다 분명히 찌부러졌는데.

그러자 카산드라가 잠시 머뭇거리고 나선,

"아, 아뇨. 렌 님**도** 한차례 완전히 죽었다가… 깨어나신 거예요."

"뭐? 정말?"

"네. 트로이 바다에서 쓰러졌을 때와 달리 이번엔 완벽하게 숨도 멎었고, 심장과 폐도 터져 입에서 피를 잔뜩 토하셨어요. 하지만 저는 느꼈어요. 죽은 렌 님의 몸에… 아직 정기가 남아 있는 것을."

"정기? 아아, 그거 말이구나!"

렌은 깨달았다.

"얼마 전에 지룡이라는 몬스터에게서 정기를 나눠 받았거든."

"어머나! 잘 하셨어요! 예로부터 뱀과 용은 알 만한 사람은 다 아는 불사의 성수랍니다. 우리가 사는 지상에서도 뱀은 무슨 일이 있을 때마다 오래된 허물을 벗어 버리고 어린 모습으로 다시 태어나곤 하죠. 그러니까 렌 님도…."

"지룡 덕분에 일시적으로 불사신이 되어 있었다는 뜻이야?"

"네, 맞아요."

"어라? 잠깐."

하지만 심장과 폐가 찌부러졌다.

지룡의 정기가 바닥났다면 이번에야말로 가차 없이 죽었던 게 아닌가? 그러자 알몸으로 렌과 함께 누워 있던 카산드라가 장난스럽게 미소를 지었다.

"실은 제가 좋은 것을 갖고 있었거든요."

"좋은 것?"

"네. 예전에 리오나 님께서 쓰셨던, 치유의 부적이라고 하던가요… 그 멋진 영검에 감복한 나머지, 나중에 '졸랐'답니다. 저에게도 한 장 주시면 안 되냐고 말이죠."

"트로이에서 날 고치는 데 썼던 거구나!"

"리오나 님은 '주술을 쓰지 못하면 의미가 없다'고 말씀하시면서도 친절하게 부적을 써 주셨어요. 여태껏 부적 주머니에 넣어 저를 지켜 주는 호부(護符)로 몰래 갖고 다녔지만… 지금이야말로 그것이 필요한 때라고 생각했어요."

카산드라는 렌의 얼굴을 들여다보며 생긋 웃었다.

"열심히 기도했더니 치유의 부적에 힘이 깃들었어요. 그래서 그대로 렌 님께…."

"그러고 보니 카산드라는 예전에 무녀였지."

태양신 아폴론을 섬기다가 그에게 인정받고, 예지 능력까지 받은 무녀.

그렇다면 그 기도에도 커다란 힘이 있었을 것이다. 렌은 납득했다. 결국 카산드라의 힘을 다한 노력이 있었기에 자신은 목숨을 부지할 수 있었던 것이다.

우아한 왕녀의 입술이 어렴풋이 빨갛게 더러워져 있었다. 그랬다.

자신과 같은 신살자에게 주술을 걸 때는, 그리고 대량으로 피를 토해 냈다고 하는 렌의 입가는 틀림없이 피범벅이었을 것이다….

서로 안은 채로 누워 있는 렌과 카산드라, 두 사람의 시선이 뒤얽혔다.

"다시 한번 감사 인사를 전할게. 고마워, 카산드라."

"렌 님께선 제 목숨을 구해 주셨는걸요… 렌 님을 위해서예요. 제가 할 수 있는 일이 있다면 뭐든지 하고 싶었어요."

"…………."

"…………."

말로 하지 않아도 전해지는 마음이 있다.

위에서 렌의 몸을 덮고 있던 카산드라는 갑자기 얼굴을 가까이 댔다.

아마 생각하는 것보다 먼저 멋대로 몸이 움직였을 것이다. 그리고 렌에게도 그녀에게 보답하고 싶은 마음이 북받치면서….

두 사람은 자연스럽게 입술을 포개었다. 한동안 그대로 시간

이 흘렀다.

그리고 카산드라가 정신을 번쩍 차렸는지 황급히 입술을 떼었다. 렌은 도망치지 못하도록 그녀의 등에 팔을 둘렀다.

가냘프지만 글래머러스한 몸을 꽉 껴안았다.

"죄, 죄송해요. 이제 렌 님도 회복하셨는데."

"카산드라가 나한테 사과할 필요는 없지."

카산드라를 껴안은 채 렌은 몸을 일으켰다.

위에 걸치고 있던 담요가 툭 떨어졌다. 왕녀의 매끈한 알몸이 훤히 드러났다. 책상다리를 하고 앉은 렌의 두 다리에 카산드라가 올라앉은 모양새였다.

몸을 누르는 부드러운 살결, 열기, 탄력 있는 살의 감촉이 기분 좋았다.

"하지만 렌 님께는 리오나 님이 계시는데…."

"난 카산드라를 정말 좋아해."

눈을 마주치려 하지 않는 왕녀의 귓가에 살포시 속삭였다.

렌에게 안긴 카산드라는 "?!" 하고 경직되더니, 순식간에 홍당무가 되었다. 얼굴만이 아니라 온몸이 홍조를 띠고 있다.

이번에야말로 렌은 사랑스러운 그녀의 눈을 똑바로 들여다보았다.

"카산드라도 그렇지?"

"……줄곧 사모해 왔어요."

"응, 알고 있었어."

"렌 님!"

마침내 카산드라가 먼저 렌의 목에 달려들었다.

그리고 두 사람은 누가 먼저라고 할 것도 없이 입술을 포개고 는, 입술을 톡톡 맞부딪치는 듯한 가벼운 키스를 몇 번이나 되 풀이했다. 그 중간에 카산드라가 뜨거운 한숨을 토해 내며 속삭 였다.

"저, 저는 리오나 님의 다음이라 해도 상관없어요. 그러니까, 부디…."

"아내의 위치는 이미 약속을 해 놨으니까 리오나의 것이지만, 난 이런 식으로 감정에 순서를 매기는 건 싫어."

"렌 님…."

"나도 참, 내가 유리한 말만 하는 것 같지만."

"아니에요. 제가 지금 얼마나 기쁜데요."

두 사람은 천천히 시간을 들여 입술을 포개었다.

그저 입술을 밀어붙이는 것만이 아니라 서로의 마음과 입술의 형태를 확인하듯이 정성껏 키스를 이어 갔고, 렌은 이따금 혀를 넣었다. 카산드라의 혀는 한순간 '흠칫!' 하고 경직됐지만, 곧바 로 부드럽게, 깊은 애정을 담아 맞이해 주었다.

그렇게 행위는 한동안 이어졌다. 그리고 렌은 천천히 말했다.

"지금은 힘든 상황이니까 이쯤에서 끝낼까? 나머지는 전부 정리하고 나면 이어서 하자."

"네, 렌 님…."

고개를 끄덕이는 카산드라는 행복을 그림으로 그린 듯한 미소를 짓고 있었다.

"로, 로쿠하라 씨, 슬슬 있을 때가 됐는데."

이리저리, 사방팔방을 둘러보면서 후미카는 바람을 입에 담았다.

우마야도 황자의 가르침에 따라 가까스로 원래 장소로 돌아올 수 있었다. 드래곤이 날뛰기 시작해 로쿠하라 렌과 헤어진 지점이었다.

이곳저곳에 균열이 생긴 대지는 보기만 해도 안타까웠다.

안내자이자 수호자이기도 한 우마야도 황자가 나지막이 말했다.

"나의 영안(靈眼)에는 그 녀석들이 시산혈해(屍山血海) 속에 있는 것처럼 보이기도 했다. 타마요리히메여, 그런 곳이 없는지 찾아보거라."

"그, 그게 무서우니까 로쿠하라 씨가 먼저 나오길 바라는 거죠!"

우마야도 황자는 주위를 둘러보려 하지도 않은 채 태연자약하고 전혀 서두르지 않는 느긋한 걸음걸이로 걷고 있었다.

그 모습은 역시 전설의 황태자. 상식을 벗어나 있다.

그에 반해 후미카는 세속과 연을 끊을 수 없는 번뇌와 현대 사회의 부산물. 끝까지 체념하지 못하고 주위를 두리번거리고 있었다.

아무런 위험 없이, 되도록 공포스러운 이벤트 없이 로쿠하라 렌과 합류하고 싶다.

오로지 그 마음뿐이었다. 그리고 운 좋게도 그 바람이 실현되었다. 땅이 갈라져 생긴 골짜기 안에서 언니의 약혼자가 가볍게 뛰어 '폴짝!' 올라온 것이다.

게다가 그는 손을 뻗어….

아름다운 트로이 왕녀를 끌어 올렸다.

마음 착한 카산드라 공주의 구출은 무사히 성공한 것이다!

"로쿠하라 씨! 카산드라 씨!"

후미카는 환희에 젖어 말을 걸려고 했지만.

그 직전에 말을 꾹 삼켰다.

로쿠하라 렌이 잡아 끌어올린 카산드라는 꽃처럼 화사하게 웃으며 로쿠하라 렌의 얼굴에 뺨을 갖다 대더니, 기쁜 듯이 무슨 말을 하고 있었기 때문이다.

서로의 뺨과 뺨을 비비는 그 모습은 굉장히 친밀해 보였다. 게다가 뺨에 키스까지 한 것 같은데…?

잘못 본, 걸까? 후미카는 자신의 눈을 의심했다.

"어라, 후미!"

"어머나, 후미카 님! 우마야도 태자님까지!"

"오오. 그대들 둘 다 무사했구나. 고생했다."

로쿠하라 청년이 느긋하게 손을 흔들었고, 카산드라 왕녀는 만면에 미소를 지었으며, 우마야도 황자는 혼자 차분히 그들을 축복하고 있었다.

오직 후미카만 답답해져선, 속으로 '내 눈이 이상한 건가?!' 하고 울부짖고 있었다.

신살자 청년은 언니 토바 리오나와 불과 얼마 전에 약혼한 사이. 카산드라 공주와 '무슨 일이 있을' 리가 없을 것이다….

제 6 장   chapter 6   # 빛을 가져오는 자

1

"자아득불래(自我得佛來), 소경제겁수(所經諸劫數), 무량백천만(無量百千萬), 억재아승기(億載阿僧祇)… 푸헉?! 사, 상설법교화(常說法敎化)… 아, 아파아아아아아아!"

리오나는 폭포수를 맞고 있었다.

콸콸콸콸, 대량의 물이 쏟아지는 가운데 안간힘을 다해 경문을 외우고 있었다.

이따금 물이 입안으로 들어가서 독경 소리가 끊기곤 했다. 그때마다 그것이 날아왔다. 무서운 '스승님' 라호 교주의 목소리

가….

"묘법연화(妙法蓮華), 불소호념(佛所護念)! 집중해서 기도하도록 하세요!"

까랑까랑하고 아름다운 목소리의 질타였다.

게다가 이 질타를 들을 때마다 리오나의 전신이 저릿저릿 아파 왔다.

비유가 아니다. 물리적으로 '아, 아파!'였다. 직립한 채 합장 포즈로 폭포 수행을 하고 있는 리오나의 머리부터 발끝까지 초음파와 같은 진동이 스쳐 지나갔다.

주술인지, 아니면 다른 종류의 힘인지 확실치 않았다. 그러나.

'스승님, 목소리를 내뱉기만 해도 충격파를 일으킬 수 있다니. 저 사람은 괴물이야!'

게다가 자유자재로 강약 조절이 가능했다. 이런 걸로 제자를 가둬 두다니, 정말 무서운 사람이다.

코스튬은 스승이 준 '검은 법의'. 그야말로 불교나 도교의 수행자가 입을 법한 디자인이었다. 하지만 이곳은 이세계 휘페르보레아. 백련당의 부하에게 명령해 친히 만들게 했을 것이다.

그 옷도 폭포의 물을 쫄딱 맞고 흠뻑 젖었다. 몸도 몹시 차가워졌다.

차가움을 잊기 위해서도 독경에 집중해야 한다. 리오나는 이어 갔다.

"상설법교화(常說法敎化), 무수억중생(無數億衆生), 영입어불도(令入於佛道), 이래무량겁(爾來無量劫)… 푸헉!"

"쓸데없는 생각을 버리고, 마음을 비우세요!"

폭포수가 떨어지는 곳 밖에서 감시 중인 스승으로부터 또다시 질타가 날아왔다. 저릿저릿. 리오나는 소리쳤다.

"아파아아아?!"

백련왕의 저택이 있는 섬에서 수십 킬로미터 떨어진 작은 섬이었다.

작은 산, 숲, 청류, 폭포 등 '그야말로 수행에 적합해 보이는 로케이션'이 한데 갖추어져 있는 섬이기도 했다.

이곳에 리오나는 **감금**당했다.

섬에는 돛단배 한 척도 없었다. 날아 도망가려 해도 리오나의 특기인 음양도, 그리고 야타가라스의 영력도 **전부 봉인당한 상태였다.**

스승 라취련이 《금술》을 걸어 버렸기 때문이다.

'아베노 세이메이의 재림, 토바 리오나 님을 이렇게나 어린애 취급하다니!'

리오나가 몰래 어금니를 깨문 이유였다.

수행치고는 **뻔하디뻔하다고도** 할 수 있는 폭포 수행. 낡아 빠진 데다 비합리적인 데다 권력형 폭력이나 다름없는 지도를, 평소라면 코웃음을 치며 무시했을 것이다.

그러나 '스승님'은 코웃음 따윈 치지 못하게 만드는 인격 및 물리적인 힘을 갖고 있었다.

　날이 저물기 시작하자 폭포에서 나와도 좋다는 허락이 떨어졌다.

　리오나는 헉헉 숨을 몰아쉬면서 육지로 올라가선, 온몸이 푹 젖은 상태로 그 자리에 대자로 뻗었다. 스승 라호 교주의 발밑에서.

　지용을 겸비한 신살자는 오늘, 하늘하늘한 옛 중국 의상을 입고 있었다.

　이런 차림으로 격투까지 해치우니 생각할수록 정말 터무니없는 존재일 따름이다.

　"스, 스승님은 자신을 방술사… 도교를 토대로 한 술사라고 말씀하셨죠. 도사… 아니, 여자니까 도고*이시겠네요."

　녹초가 되어서 아직 일어설 수 없었다. 하지만 궁금한 것이 있었다.

　땅에 널브러진 채 리오나가 스승에게 말을 걸었다.

　"하지만 법화경… 그러니까 불교 경전을 계속 읊게 하시잖아요. 다시 말해 도교에 불교를 가미한 전진교(全眞敎) 쪽에 속한

※도고(道姑) : 여자 도사를 의미함.

분이신 거죠? 진융*의 무협소설 같은 데에서 흔히 볼 수 있는 영웅 왕중양(王重陽)을 그대로 실생활에 옮긴 듯한….”

“뭐, 그런 셈이에요. 그런데.”

라취련은 진귀한 짐승과 마주친 듯한 눈빛으로 리오나를 내려다보고 있었다.

“당신은 그런 지경이 되어도 꽤나 총명하군요.”

“그게 저의 장점이거든요. 더 칭찬해 주세요.”

칭찬에 겸손을 떠는 건 토바 리오나의 사전에 없다.

그러나 상식과는 거리가 멀다는 점에서는 라취련이 보인 반응을 따라가지 못했다.

“그렇다면 당신에게 명령하죠. 그 총명함을 버리고, 하늘… 온갖 지혜와 상념으로부터 자유자재의 경지에 달하도록 하세요.”

“네?”

“그것이 가능해졌을 때, 당신은 다음 단계로 나아갈 겁니다.”

“저, 저한테 그렇게까지 거만하게 말하는 사람은 지구상에 단 한 명도 없었어요.”

리오나는 멍하니 투덜거렸다. 대답은 신속했다.

“다른 사람은 알 바 아닙니다. 그러나 나는 당신보다 훨씬… 아득할 만큼 훨씬 위에 있는 존재예요. 내 가르침을 잘 지키도록

※진융 : 홍콩 무협소설의 대가. 우리나라에서는 김용이라는 이름으로도 널리 알려져 있다.

하세요."

스승님은 이런 말을 마치 세상의 진리처럼 이야기했다.

그리고 그것은 사실이기도 했다. 하지만 순순히 알겠다고 할 토바 리오나가 아니었다. 지친 몸을 채찍질하여 벌떡 일으켰다.

여왕님의 고집을 걸고 더 수준 높은 지적 문답을 시도해 볼 속셈이었다.

"화제를 바꾸죠, 스승님. 슬슬 가르쳐 주세요."

"무엇을 말이죠?"

"이 휘페르보레아가 어느 신화를 토대로 한 세계인지, 라든가."

"글쎄요?"

리오나가 질문하자, 라호 교주는 아무래도 좋다는 듯이 말했다.

"이곳이 어디인지 딱히 신경 써 본 적은 없어요. 당신도 쓸데없는 생각은 그만하도록 해요. 세계의 진실 따윈 때가 오면 자연스럽게 스스로 깨닫는 법. 그때까지는 그저 천지자연과 어울리면서 시간을 보내면 돼요."

"으으으. 무위자연의 노장사상(老莊思想)을 가진 사람은 이래서 안 돼…!"

"다만 한 가지 말을 해 주자면. 휘페르보레아의 신역에는 아주 오래된 신앙의 모습이 굉장히 소박한 형태로 남아 있어요. 그걸 알면 참 재미있을 거예요."

"무슨 의미인가요, 스승님?"

"이곳에서는 신의 이름이 그다지 중요하지 않아요. 신들은 이름보다 《빛을 가져오는 자》, 《대지를 넓히는 자》, 《불꽃의 전사》, 《하늘》, 《왕》 등의 칭호로 백성들에게 인지되고 숭배받죠. 또한 이곳 휘페르보레아에는… 죽어서도 부활을 기다리는 신이 많아요."

"부활을 기다리는 신? 그건."

스승이 말한 이야기의 내용을 듣자마자 리오나는 몸을 앞으로 쭉 내밀었다.

"저번에도 말씀하신 '명계에서 죽은 영웅들' 말씀이죠? 언젠가 되살아날."

"명계뿐만이 아니에요. 지상에도 **일찍이 세계가 멸망했을 때** 전사한 신들이 있고, 그들의 육체와 영혼은 부활의 때를 기다리고 있어요."

"그 얘기, 더 자세히 들려주세요!"

도가적 사상의 체현자라도 역시나 지용을 겸비한 대교주님.

장기 체류 중인 사람답게 체크해야 할 곳은 확실하게 보고 있었다. 지금껏 리오나는 땅에 앉은 상태에서 볼썽사납게 몸을 추욱 늘어뜨리고 있었지만.

재빨리 몸을 꼿꼿이 세워 앉은 후, 스승님을 향해 공손히 절했다.

"수행도 열심히 할 테니, 제발 부탁드려요!"

"참 태세 전환이 빠르군요… 뭐, 좋아요. 내가 보고 들은 것에 따르면, 이 세계는 일찍이 신들의 노여움을 사서 대홍수가 일어 났어요. 육지는 거의 바다에 잠겼고 그래서 휘페르보레아는 바 다밖에 없는 세계가 되었죠…."

그야말로 자신이 세운 가설과 똑같았다. 리오나는 고개를 끄덕거렸다.

그리고 비파 타는 소리와도 비슷한 스승의 강의에 또다시 귀를 기울였다.

"가라앉아 가던 대지에는 수룡, 지룡, 악귀 등이 나타나 옛 신들과 영웅을 공격했어요. 이때 공격을 당하고 죽은 신들의 일부가 '재생의 순간'을 기다리고 있죠."

"어떻게 해야 부활할 수 있나요?"

"예를 들면 그자에게 걸맞은 '제물'이 바쳐졌을 때. 이곳은 그런 '죽음과 재생의 이야기'가 몇 번이나 되풀이되고 있는 땅이에요. 지상도, 명계도."

"그렇군요…."

리오나는 스승의 말을 천천히 곱씹었다.

"히어로즈 저니가 거의 자동적으로 되풀이되는 세계. 휘페르보레아는 이른바《영웅계》라는 건가요?"

"호오. 영웅계 휘페르보레아. 제법 훌륭한 네이밍 센스군요."

"제가 모르겠는 건, 그 영웅계와 태양신 아폴론의 관계… 스승님. 이왕 알려 주시는 김에 그것도 제발 알려 주세요."

리오나는 또다시 스승님에게 공손히 절했다.

온갖 면에서 상상을 초월하는 라취련. 아무리 리오나가 여왕님이라고 해도 정면대결은 불리했다. 그동안 보이지 않은 태도를 섞어 살살 구슬릴 수밖에 없다.

리오나는 이것도 수행이라고 생각하며 태어나 처음으로 평신저두(平身低頭)로 빌었다.

"이 상태로는 수수께끼의 정답이 궁금해서 도저히 마음을 비울 수 없어요!"

"흐음."

라호 스승은 한순간 생각에 잠기더니, 곧바로 훗 하고 미소를 지었다.

"그렇다면 가르침을 줄 테니, 귀담아듣도록 하세요."

"감사합니다!"

"도둑의 신이 아폴론의 소를 훔쳐 갔다. …그런 얘기가 있었죠?"

"그 얘기, 알아요. 소도둑 헤르메스. 아폴론 소유의 목장에 몰래 들어간 헤르메스가 소가 잔뜩 있는 것을 보곤 우발적으로 소를 훔치는 이야기잖아요. 아마 외양간 앞에서 통째로 구워 먹어 버리죠?"

리오나는 스승의 말을 듣고는 떠올렸다.

"호메로스의 시에서는 '신에게 바치는 소를 통째로 굽는다'는 장면이 자주 등장해요. 그거, 읽다 보면 절로 입맛을 다시게 되더라구요…."

트로이 전쟁에서도 영웅, 왕족들은 곧잘 소를 통으로 구웠다.

올림포스의 신들에게 바치기 위해서였다. 단, 그들은 어째선지 통으로 구운 소를 그대로 먹으며 연회를 시작했다.

시 속에서는 딱 들어도 맛있을 듯한 묘사가 나열된다.

'소 넓적다리살을 잘라 두 겹으로 접은 지육으로 감싼 다음, 그 위에 생고기를 얹는다', '이것을 장작에 올려 구운 후, 꼬치에 꽂은 천엽 등의 내장도 불에 굽는다', '넓적다리살과 내장을 일동이 다 먹고 나면 남은 고기를 꼬치에 꽂아 정성껏 불에 대고…' 등등.

이 섬에 감금된 이후로 리오나는 죽밖에 먹지 못했다.

보리와 푸성귀를 넣고 끓였을 뿐인 죽이라 간이 아주 연했다. 매 끼니가 그 죽이었다. 슬픈 메뉴가 아닐 수 없었다. 검소한 식사 또한 수행이라고 하는 스승님의 방침이었다.

기름이 뚝뚝 떨어지는 쇠고기를 떠올린 탓에 리오나의 배에서 꼬르륵 소리가 날 뻔한 그때.

라호 스승이 불현듯 중얼거렸다.

"그럼 아폴론은 왜 많은 소를 소유하고 있었을까요?"

"아마 목축의 수호신이기 때문 아닌가요?"

"글쎄요. 그리고 보니 아폴론에게는 《아폴론 헤커톰바이오스》라는 이명이 있다고 하더군요. '제물인 백 마리의 소'를 의미하는 말이 유래라고 해요."

"다시 말해, 소 백 마리를 바치는 자 아폴론…."

"그 말 그대로 생각하면 그런 뜻이죠. 하지만 소 백 마리를 바치는 자라고 해석해선 안 된다… 내 생각은 그래요."

의미심장하게 이리저리 돌려 말하는 라취련. 결국 리오나는 기다림에 지쳐 말했다.

"스승님, 그래서 수수께끼의 정답은 뭔가요?! 궁금해요!"

"후후후후. 내가 가르쳐 줄 수 있는 건 여기까지예요."

아름다운 라취련은 제자의 애원을 무시하고 초연하게 미소를 지어 보였다.

"리오나. 당신은 총명한 데다, 궁금증이 너무 많아요. 내 말이 어떤 의미인지 궁금해서 못 참겠죠? 그 잡념을 전부 떨쳐 버리고, 슬기로운 사람이 되고자 하는 욕망을 뛰어넘어 공의 경지에 달해 보도록 해요!"

힌트를 말해 준 것은 어디까지나 수행의 일환.

리오나는 라취련의 철저함에 어질어질 현기증을 느끼고 말았다.

2

"예 파이안. 예예 파이안."

빛나는 아폴론은 콧노래를 흥얼거렸다.

왼손에는 백은의 활. 거기에 오른손을 가져다 대곤, 활시위에 빛의 화살을 메겼다.

"내가 백은의 활을 잡았을 때, 너희는 요란하게 떠들어 댈 것이다. '궁술과 리라를 관장하는 자여, 빛나는 화살을 빨리 쏘아라'라고. 내가 푸톤의 땅으로 내려갔을 때, 너희는 다 같이 소리칠 것이다. '예예 파이안, 용과 뱀을 쏴 죽이는 자여'라고…."

명계의 황야.

아폴론은 약간 높은 바위산 위에 서서 하계를 향해 활을 들고 있었다.

빛나는 화살을 겨냥한 곳에 운명의 숙적이 있었다. 며칠 전에 위대한 아폴론을 갈기갈기 찢은 지룡이었다.

하지만 무서운 괴물은 이미 수백 발의 화살을 맞은 상태였다.

더 이상 저항할 여력도 없어 대지에 엎드려 누운 채 힘없이 고개를 숙일 뿐.

그 지룡… 태양신의 숙적 피톤과 같은 종인 거대한 괴수를 향해 마침내 아폴론은 활을 쏘아 필살의 공격을 가했다.

"예 파이안. 제물을 바치는 자 아폴론에게 영광이 있기를."

화살은 정확히 지룡의 이마에 꽂혔다.

무서운 짐승의 거구에서 마지막으로 남아 있던 힘이 빠져나갔다. 일찍이 거센 살기로 형형하게 빛나던 두 눈이 감겼다. 환생한 아폴론은 승리를 거둔 것이다.

"후우⋯. 이로써 영웅담은 성취했다."

적의 시체를 높은 곳에서 내려다보며 아폴론은 미소를 지었다.

그렇다. 되살아난 것으로만은 부족했다. 한차례 결투에서 졌던 상대에게 역습을 가해 승리를 거둠으로써 '위대한 자의 시련'은 끝나는 것이다.

그리하여 죽은 신은《빛을 가져오는 자》로 귀환할 수 있다⋯.

"다시 한번 말하지. 절망으로 가득한 이 세계에도 '빛이 있으리'라고."

아폴론이 엄숙하게 선언하자마자.

땅에 쓰러진 마룡의 시체, 그 꼬리 끝에 작은 불이 지펴졌다. 이 불은 순식간에 타오르더니 용의 거구를 완전히 덮고 말았다.

"이것이야말로 생명의 빛, 구세의 불꽃⋯ 그럼 남은 제물도 불러내 볼까?"

그렇게 중얼거린 직후, 아폴론은 등 뒤를 돌아보았다.

"왔구나, 로쿠하라 렌. 참으로 질긴 남자이군⋯ 오오! 카산드라 공주도 함께 오다니, 대체 어떤 마술을 사용했느냐!"

아폴론은 궁의 명수, 그 날카롭고 예리한 시력으로 간파했다.

대적이라 부르기 걸맞은 '짐승'의 습격과, 일찍이 총애하려 했던 소녀의 부활을.

이쪽으로 걸어오는 이들을 바라보며 아폴론은 웃음을 흘렸다.

"의식은 잠시 연기하도록 하지."

아폴론이 손을 휙 흔들었다. 그러자 이제 막 타오르기 시작한 지룡의 시체가 감쪽같이 사라졌다.

"그럼 다녀올게. 다들 조금 떨어져 있어."

렌은 일단 발걸음을 멈추고는, 동료들에게 경고했다.

"카산드라는 간신히 구해 냈지만, 또다시 아폴론 씨에게 휘둘리고 싶지 않으니까. 저 사람, 우리의 지구에 멸망을 가져올 거라고 했거든."

"확실히 저 녀석은 여기서 쓰러뜨려야만 하는 불적(佛敵)."

우마야도 황자의 유령이 고개를 끄덕였다.

"힘내거라, 신살자여. 저승에서 싸움이 벌어지게 된 것도 다 부처님의 뜻. 나도 최대한 조력할 생각이다."

"저도 무운을 빌게요."

카산드라 또한 진지하게 호소했다.

바로 앞에 우뚝 솟은 높은 바위산에는 백은의 활을 든 아폴론이 있었다. 아마 평소처럼 히죽히죽 웃고 있을 것이다.

…렌은 깨달았다. 가련한 트로이 왕녀는 얼굴에 근심이 가득

했다.

너무나도 애절한 눈빛으로 로쿠하라 렌을 바라보고 있다.

"괜찮아. 얌전하게, 잠시만 기다리고 있어."

"네… 아."

렌은 카산드라를 껴안은 후, 이마에 살짝 키스를 했다.

불안해 보였던 그녀는 겨우 입가에 아주 살짝 미소를 띠었다. 무리해서 웃어 줬을 것이다. 렌이 걱정 없이 싸울 수 있도록.

한순간 카산드라는 눈을 내리뜬 후, 결연하게 고개를 들었다.

"지금은 돌아가신 헥토르 오라버니도 틀림없이 렌 님의 승리를 바라고 계실 거예요. 저도 온 힘을 다해 응원할게요!"

이번에는 힘차게 선언했다. 렌은 웃었다.

"응. 나도 카산드라가 응원해 주면 마음이 든든할 거야."

"저만 믿으세요!"

또한, 왕녀와 렌의 대화를 후미카가 놀란 눈으로 지켜보고 있었다.

렌은 천천히 다가가선, 약혼자의 동생을 껴안았다.

"다녀올게, 후미♪"

"흐앗?! 로, 로쿠하라 씨, 뭐뭐뭐 하시는 거예요?!"

"뭐긴 뭐야, 포옹이지. 후미도 하고 싶어 할 것 같아서."

장난 가득한 농담 후, 렌은 엄지손가락을 척 세웠다.

"나에게 만일의 사태가 생기면 카산드라와 함께 지상까지 도망쳐. 그 이후에는 리오나와 라호 누나를 의지하도록 해. 그럼."

"히, 힘내세요, 로… 오빠!"

후미카는 동요하면서도 격려해 주었다.

등 뒤에서 들려오는 그 목소리를 들으면서 렌은 홀로 나아갔다. 목표는 아폴론. 그가 서 있는 바위산까지 앞으로 10미터 정도 되는 지점에서 목소리가 들려왔다.

빛나는 미청년은 방긋 웃으며 렌을 높은 곳에서 내려다보고 있었다.

"왔구나, 신살자여!"

"날 기다려 준 거야? 마침 잘됐어. 카산드라에게 심한 짓을 해 준 만큼… 나도 복수를 하고 싶어서 말이야."

말에는 원한이 가득했지만 표정은 밝았고 발걸음도 가벼웠다.

더는 트로이 왕녀가 납치당한 일로 곤두서 있던 때만큼 신경질적인 상태가 아니다. 지룡의 정기로 인해 미친듯이 날뛰지도 않는다.

분명 카산드라와의 스킨십 덕분에 쓸데없는 힘이 적당히 빠져나갔을 것이다.

평소처럼 마이 페이스, 지나치게 밝고 호쾌한 로쿠하라 렌이었다.

그래, 이 정도면 돼. 스마일. 릴랙스. 재빨리 움직이고 싶다면 힘주는 건 절대 금지. 몸도 마음도 유연함을 유지하자.

그럼으로써 비로소 최고속을 낼 수 있다. 아폴론의 신궁(神弓)에도 대항할 수 있다.

"후후후후. 너의 여유가 느껴지는구나, 로쿠하라 렌. 이번에야 말로 너의 모든 것을 총동원하여 나에게 도전하거라. 로쿠하라 렌이라는 장애물을 제거한 후, 아폴론은 곧바로 너희 지상세계에 돌아가서 그 땅에 멸망을 가져다줄 생각이니까."

"아폴론 씨도 '더러워진 지구 따윈 필요 없다' 파였구나…."

빛나는 신은 그렇게 중얼거리는 렌에게 활을 겨누었다.

"물론이지. 나 또한 아테나와 뜻을 같이하는 입장. 그렇게 일 그려져 버린 모양으로 번영한 지상은 역시 정화의 불꽃으로 모조리 불태운 후, 바다에 담가 버리는 것 말고는 답이 없다. 그러고 나서 또다시… 내 손으로 대지를 넓혀 주도록 하마."

이번에 아폴론이 은궁에 메긴 것은 칠흑의 화살이었다.

화살촉에서부터 살깃까지 전부 검은색. 불길한 색이었다. 빛나는 미청년에게는 전혀 어울리지 않는 무기였지만, 신기하게도 위화감은 들지 않았다.

"그동안 소중히 간직해 두었던 화살을 이것저것 꺼내 왔다. 너의 입맛에 맞으면 좋겠다만."

"살살 해 줘. 나, 고전 같은 건 별로 하고 싶지 않은 사람이거든."

"그거 우연이군. 나도 그렇다!"

그렇게 말하자마자 아폴론은 칠흑의 화살을 쏘았다!

렌의 감각은 순식간에 가속 상태가 되었다. 언제든지 화살을 피할 수 있었다. 하지만 렌이 움직이기 시작하기 전에….

칠흑의 화살은 산산조각으로 부서졌다!

"아폴론 스민테우스… 《쥐의 아폴론》의 위협을 느껴라. 난 어둠을 달려 병을 옮기는 쥐들의 우두머리이기도 하다!"

화살이 박살 나면서 생겨난 분말이 공기 중에 확 퍼졌다.

게다가 바람에 날려 확산되었다. 렌도 그 분말을 들이마실 뻔했지만, 난데없이 등줄기에 오싹함을 느꼈다.

"으앗?!"

가속 상태에 몸을 맡긴 채 뒤로 홱 비켜났다.

십여 미터 뒤까지 점프해서 간신히 분말이 날리는 범위에서 피할 수 있었다.

그리고 렌은 보았다. 명계의 대지에 자라 있던 수목, 이미 선채로 말라죽어 있던 나무가 검은 화살의 분말을 뒤집어쓰곤 검게 부패해 갔던 것이다.

"저게 뭐야?!"

"나 아폴론은 병을 치유하는 의술의 신. 그러나 병을 뿌려 대는 역신이기도 하지. 화살 자체는 피할 수 있어도, 화살에 담긴 역병까지는 피하지 못할 것이다!"

"그런 화살이 있었어?! 완전 화학병기나 마찬가지네!"

놀라는 렌을 향해 아폴론이 화살을 세 발 연달아 쏘았다.

세 발 다 '검은 화살'이었다. 역병의 화살. 전부 하늘 높이 날아가선, 공중에서 부서졌다. 어마어마한 양의 독가루가 렌의 머리 위로 쏟아졌다….

그때, 익숙한 목소리가 명계의 하늘에 울려 퍼졌다.

「나무… 약왕보살(藥王菩薩), 약상보살(藥上菩薩)! 공덕을 베풀어 주소서!」

"우마야도 황자?!"

주문을 외운 목소리는 다름 아닌 쇼토쿠 태자의 것이었다.

그 순간, 역병을 일으키는 독가루가… 반짝반짝 빛나는 모래알이 되더니, 마침내 공중에서 덧없이 사라졌다.

「야타가라스의 환생은 없어도, 이 우마야도 또한 구세관세음보살(救世觀世音菩薩)의 화신이다. 미력하지만, 그대를 돕겠노라!」

쇼토쿠 태자, 즉 우마야도 황자의 목소리가 울려 퍼졌다.

이런 식으로 렌을 도와주다니, 고마울 따름이었다. 그러나 아폴론은 감사하는 렌에게 재빨리 은궁을 겨누었다.

활시위도 잔뜩 당겨진 상태였다. **단, 화살이 없었다.** 어떤 공격을 할 셈일까?

"그렇다면 이걸 받아라!"

렌은 일부러 피하지 않고 멈춰 서선, 온 신경을 날카롭게 곤두세웠다.

　의식이 공격에 지나치게 치우치면 반드시 반응이 늦어진다. 방어 본능을 최대한으로 높인 후, 자신의 청각까지 바짝 곤두세웠다!

　휘릭휘릭. 휘릭휘릭. 휘릭휘릭. 휘릭휘릭!

　"보이지 않는 화살 아니면 투명한 화살, 아무튼 둘 중 하나가 오는구나!"

　살깃이 허공을 가르는 소리만을 의지해 렌은 멋지게 캐치했다.

　그 순간에 가속을 시작했다. 옆으로 크게 뛰었다. 무사히 '보이지 않는 화살'을 피했다. 그러자 아폴론은 재빨리 두 번째 화살을 쏘았다.

　…이번에도 '보이지 않는 화살'이었지만.

　콰앙! 파열음이 메아리쳤다.

　마치 포탄처럼 활로 공기의 덩어리를 쏘았다.

　다행히도 흐트러진 기류가 렌의 피부에 전해져 왔기 때문에 공기포가 날아오는 것을 알아챌 수 있었다. 렌은 또다시 가속해서 이것 또한 무사히 피했다.

　명계의 메마른 대지가 충격으로 마구 튀었지만, 그곳에 로쿠하라 렌은 없었다.

　"그렇다면 이건 어떠냐?!"

　아폴론은 늘 그렇듯이 빛나는 화살을 불러내어 쏘았다.

초가속에 몸을 맡긴 채 사이드 스텝. 여유를 갖고 화살을 피했다… 라고 생각했다. 그러나 화살은 엄청난 속도로 날아와 렌의 왼쪽 뺨을 스쳤다.

상처가 한 가닥 생기더니 피가 뚝뚝 떨어졌다. 작지만 화살에 맞아 생긴 상처였다.

"응…?"

"후후후. 빛과 똑같은 속도로 날아가는 화살이다. 이것도 아슬아슬하게 피하는군."

렌은 당황했고, 아폴론은 미소를 씨익 지었다.

광속의 화살. 그렇다는 건 아마 초속 22만 킬로미터 정도. 렌의 신속이 번개와 마찬가지로 아마 초속 150킬로미터였을 것이다. 엄청난 스피드 차이였다!

아슬아슬하게 피할 수 있었던 것은 궁수 아폴론이 광속이 아니기 때문이다.

빛의 화살을 불러내어 활에 메겨 활시위를 놓고 화살을 쏘았다….

그 동작이 이루어지는 동안, 가속 상태의 렌은 사선을 확인하고 몸을 피했다. 그래서 직격을 당하지 않았다. 그러나 그것이 언제까지 계속될까? 두세 번은 고빗길에서 아슬아슬하게 피할 수 있어도, 그 후에도 계속 피할 수 있을지는 자신이 없다… 렌은 결단했다.

"이제 **비장의 카드**를 꺼내야겠군."

탁. 탁. 탁. 탁.

앞뒤로 스텝을 반복하는 풋워크. 렌은 리드미컬하게 대지를 펄쩍펄쩍 뛰어오르며 왔다 갔다 했다. 조금 앞으로 뛰었다가 원래 위치까지 돌아왔다.

뛰었다가 제자리로. 뛰었다가 다시 제자리로. 아웃복서의 가벼운 움직임.

바위산 위에 서 있던 아폴론은 큰 소리로 껄껄 웃었다.

"아폴론도 모르는 미래의 권투인가. 하나 이 화살에는 통하지 않는다!"

"글쎄? 과연 어떨까!"

빛의 화살이 쏘아진 찰나, 렌은… 일곱 개로 분신했다.

로쿠하라 렌의 잔상이 일곱 겹으로 포개져 진짜를 구분할 수 없었다. 렌과 대치한 자에게는 그렇게 보이는 상태였다!

광속으로 날아온 화살은 잔상 중 하나를 꿰뚫었다.

"그럴 수가?!"

"최근에 익힌 신기술이야. 제법이지?!"

아폴론은 경악했고, 렌은 멈춰 서선 분신 상태를 마쳤다.

일곱 겹으로 흔들리지 않고, 오로지 홀로 명계의 황야에 서 있었다. 하지만 곧바로 탁탁 스텝을 밟기 시작했다.

"연습해 보고 싶으니까 한 발 더 쏴 봐."

"좋다. 그 속임수의 성과를 시험해 주마!"

광속의 화살이 쏘아지자, 렌은 또다시 일곱 개로 분신했다. 잔상 중 하나가 희생당했다.

빛나는 아폴론의 얼굴에서 미소가 사라졌다. 그러더니 진지한 얼굴로 칭찬했다.

"훌륭하구나, 로쿠하라 렌. 그런 움직임이 가능할 줄은 생각도 못 했다."

"이론은 꽤 심플하지만 말이지."

요컨대 신속이 발동한 순간부터 페인트를 시작한다.

그뿐이었다. 발을 까딱거리며 오른쪽으로 스텝, 왼쪽으로 스텝, 대각선 앞, 대각선 뒤, 전후좌우로 스텝을 밟으며 어디로 뛸지 상대가 눈치채지 못하게끔 움직였다. 그 자잘한 액션을 신속으로 되풀이하자⋯ 몇 겹이나 분신이 가능했다.

라호 교주와의 첫 대결에서 발견한 테크닉이었다.

그때 렌은 무릎 슬라이딩으로 교주를 속였다. 그런 줄 알았다.

하지만 생각해 보면. 쉴 새 없는 발차기와 관절기 등, 몸을 내던져 가한 기습은 웬만큼 타이밍을 잘 맞춰 공격하지 않으면 실패로 끝났다. 하물며 상대는 '무의 지존'이라고 큰소리치는 달인이었다.

실제로 그때, 라호 교주는 지면을 굴러 도망가는 렌을 똑똑히 보고 있었다.

다시 말해, 무릎 슬라이딩의 움직임은 전부 간파당하고 있었던 것이다.

오히려… 그 직전에 보인 페인트가 효과가 있던 것 아닐까?

좌우전후 어느 쪽으로 뛸지 넌 알겠느냐? 시종일관 깔보는 듯한 작은 스텝의 반복. 그것이야말로 그녀를 현혹시켰던 건 아닐까?

로쿠하라 렌은 그 동작을 철저히 연습해 '분신'이라는 새로운 경지에 달했다.

그리고 지금….

광속의 화살이 세 번 날아왔다.

렌도 작게 스텝을 밟기 시작했다. 탁탁탁탁타타타탁, 신속의 페인트가 낳은 일곱 개의 분신. 잔상 중 하나를 빛의 화살이 꿰뚫은 순간.

렌은 분신을 멈추고, 번개 같은 속도로 점프했다.

바위산에 서 있는 아폴론을 향해 순식간에 도약해 그와 같은 높이까지 뛰어올랐다.

늠름한 태양신을 노려본 후, 공중에서 렌은 영창했다.

"목숨을 해하는 악행에 신벌을 내리노라. 정의의 심판이 있기를!"

인과응보의 언령. 렌의 등 뒤에 날개 달린 여신이 모습을 드러냈다.

지금까지 받은 수많은 공격을 전부 태양신 아폴론에게 되돌려 주기 위해. 등 뒤에서 네메시스의 환영이 크게 날개를 펼쳤다.

3

공중으로 뛰어오른 렌과 함께 여신의 환영도 공중에 있었다.

아이스블루의 머리카락을 나부끼며 검은 가면으로 미모를 가린 네메시스. 진홍색 드레스를 입은 그 등에는 순백의 날개가 돋아나 있었다.

그 날개에서 지금 인과응보의 신벌이 넘쳐 났다.

몇 번이나 렌이 피해 온 빛의 화살, 역병의 화살, 광속의 화살. 화살. 화살. 화살. 화살.

물론 궁수인 아폴론을 향해 날아간다.

거기에 그가 서 있던 바위산 뒤에 아까 쓰러진 지룡이 쑤욱 나타났다. 지금 이 순간만 환영으로 되살아나 자신이 당한 공격에 대한 복수를 할 속셈인 것이다!

그리고 당사자인 아폴론은 소리쳤다.

"오오, 네메시스! 너의 모습을 오랜만에 봤구나!"

그 순간, 아폴론은 수많은 화살을 맞았다.

등 뒤에서 나타난 지룡의 환영에 물려 통째로 씹혔다.

렌이 쌓아 둔 인과응보의 비축분이 사나운 태양신을 무자비하게 유린했다. 승리를 불러오는 혼신의 한 수, 였지만.

"땅밑으로 내려가는 아폴론은 마치 밤의 어둠과도 같으니…."

만신창이가 된 미청년은 언령을 내뱉었다.

"사나운 신의 심연을 보아라! 나야말로 어둠의 왕!"

암흑의 언령. 빛나는 아폴론과는 전혀 어울리지 않지만, 더할 나위 없이 그에게 어울리는 어둠을 부르는 성구.

그리고 수많은 화살이 꽂히고, 지룡에게 물어뜯긴 아폴론은….

어둠 그 자체로 변했다.

규칙 없는 암흑. 까만 안개. 뭉게뭉게 소용돌이치는 어둠.

그런 것으로 변신한 것이다. 네메시스의 날개에서 잇따라 쏘아지던 신벌의 화살은 그 소용돌이치는 어둠에 꽂혔다. 그러나.

모든 화살이… 실체 없는 암흑에 빨려 들어가선 소멸했다.

미청년을 씹어 으깬 지룡도 소용돌이치는 어둠 속에 삼켜졌다.

"후후후후. 늦지 않았군."

소용돌이치는 어둠 속에서 아폴론의 미성이 들려왔다.

"그걸 제대로 받으면 내 몸도 버티질 못하거든. 그래서 피했다."

"아폴론 씨, 빛의 신인데 어둠의 힘도 쓸 수 있구나. 진짜 치사하네. 속성이 완전 정반대잖아."

투덜대는 렌. 방금 전까지 아폴론이 있던 바위산 위에 서 있었다.

크게 점프하여 아폴론이 인과응보에 버티는 것을 보면서 이곳에 내려선 것이다. 한편, 어둠으로 변한 아폴론은 웃었다.

"아니, 아니야. 오히려 어둠이야말로 이 몸, 아폴론의 원점이다. …쫓기는 신분이었던 우리 어머니가 몸을 숨긴 곳은 캄캄한 땅속. 어둠에서 태어난 어린아이가 그 후 영달하여 빛나는 영웅이 되었지. 그래… 아폴론의 본질은 《영웅》이라는 점이다."

소용돌이치는 어둠에서 청년신의 목소리가 새어 나왔다.

그것은 시원시원하면서도 어딘가 불길한 울림이었다.

"어둠에서 태어나 그림자에 몸을 숨기는 것도 나. 암흑의 자식으로서 재앙을 일으키는 것도 나. 마수를 죽이고, 제물의 짐승을 바치는 것도 나. 불과 빛의 아이로서 빛나는 것도 나. 사나운 영웅으로서 힘을 휘두르고 승리하는 것도 나…."

"하지만 아폴론 씨, 예전에도 말했잖아."

렌은 자연스럽게 태클을 걸었다.

"빛은 보다 강한 빛을 비춰 주면 사라진다고. 그걸 토대로 말하자면. 강한 빛을 비춰 주면 어둠도 사라져 버리지 않을까? 어둠을 물리치는 건 보통 태양이잖아."

"그래, 그 말이 맞다."

어둠 그 자체가 된 아폴론은 쉽사리 인정했다.

"사실을 말하자면 네 권속… 불새 소녀가 조금 마음에 걸렸다. 어둠의 아폴론을 태양으로 비추는 자가 될지도 모른다고. 하나운이 없었군. 이유는 모르지만, 너와 권속의 연결은 지금, 확실하게 끊겨 있으니 말이지."

"그걸 알다니, 역시 아폴론 씨야. 하지만."

렌은 씨익 웃었다.

"괜찮아. 그 대신 굉장한 지원군이 있거든."

"뭐라고?!"

빛나는 아폴론이 어둠으로 변신… 하기 직전.

뒤에서 신과 신살자의 대결을 지켜보고 있던 우마야도 황자는 천천히 함께 있던 이들 쪽으로 시선을 돌린 후, 입을 열었다.

"역시 공주의 예견대로 됐군. 타마요리히메여, 내가 가르쳐 준 것을 기억하느냐."

"아, 네! 흔들어라, 찰랑찰랑 흔들어라…."

타마요리히메의 주구였다. 후미카는 집중해서 영창했다.

일본 황태자의 망령과 마음을 하나로 합쳐 그의 영검을 더더욱 높이기 위해. 곧바로 우마야도 황자는 허리에 차고 있던 직도를 뽑았다.

그 검끝으로 마침내 소용돌이치는 어둠으로 변한 아폴론을 가리키더니,

"호세사왕(護世四王)에게 비나니, 반드시 적에게 승리하게 해 주시옵소서! 제두뢰타천(提頭賴吒天), 비루륵차천(毘樓勒叉天), 비루박차천(毘樓博叉天), 비사문천(毘沙門天)… 나무사천왕도래

(南無四天王到來)!"

성덕의 황자는 직접 소집했다.

그러자 곧 허공에 네 명의 갑옷무사가 나타났다.

태자를 섬기는 호법동자들이었지만, 불법수호의 사천왕의 모습을 하고 있었다. 비사문천, 지국천(持國天), 광목천(廣目天), 증장천(增長天)의 현신(現身)이다.

네 사람 다 분노한 얼굴을 하고 있었으며, 저마다 미늘창, 보검, 도끼, 갈래창을 들고 있었다.

사천왕은 자유롭게 날아다닐 수 있었다. 공중에서 로쿠하라렌을 내려다보는 소용돌이치는 어둠, 즉 변신한 아폴론을 재빨리 에워싼 다음 저마다 들고 있던 무기를 들이밀었다.

그 찰나, 우마야도 황자는 영창했다.

"맑고 깨끗한 빛이 모든 어둠을 깨뜨린다… 무구청정광(無垢清淨光), 혜일파제암(慧日破諸闇)!"

그 순간, 사천왕 넷은 저마다 온몸에서 빛을 쏟아 내기 시작했다.

눈부신 태양 같은 빛. 게다가 그 눈부신 빛은 점점 밝아지더니 새하얀 섬광이 되어 명계의 대지를 밝게 비추었다.

"오오?!"

소용돌이치는 어둠이 되어 공중에 있던 아폴론도 역시나 동요의 목소리를 흘렸다.

카산드라는 눈부심에 눈을 가늘게 뜨면서 그 목소리를 똑똑히 들었다. 항상 괴짜의 미소를 입가에 띠고 있던 미청년, 그도 드디어 허를 찔린 것이다.

"훌륭하세요, 태자님!"

"무슨 소리냐. 이 또한 공주의 신탁이 있었던 덕분이다. 그대의 공이기도 하다."

우마야도 황자는 카산드라에게 감사를 표하며 너그럽게 고개를 끄덕였다.

아폴론과의 대결을 앞둔 로쿠하라 렌을 따라 명계를 걷던 중. 예지를 얻은 카산드라가 신살자와 망령 황자에게 슬쩍 귀띔한 것이다.

보통 사람과는 전혀 거리가 먼 두 사람은 저주받은 예언자의 말을 곧바로 받아들였다.

'호오…! 그자가 조만간 암흑 그 자체로 변한다고?'

'그야말로 아폴론 씨다운 비장의 기술이네.'

'그렇다면 나에게 비책이 있다. 이 우마야도에게 맡겨 주거라.'

그리고 지금, 네 명의 호법동자에게 태양의 빛을 강림시켰다.

너무나도 눈부신 빛을 앞에 두고 우마야도 황자는 또다시 영창했다.

"겁에 질린 군진 속에서도 보살님에게 기도를 드리면 적은 반드시 물러날 것이다. 포외군진중(怖畏軍陣中), 염피관음력(念彼

觀音力), 중원실퇴산(衆怨悉退散)!"

그리하여 함정에 걸린 사나운 영웅 아폴론.

"크으… 으아아아아아아아?!"

대지가 갈라질 듯이 절규하며 고통스러워했다.

사방에서 내리쬐는 하얀 섬광을 받으며 소용돌이치는 어둠의 모습이 조금씩 작아져 갔다. 이대로 가면 승리는 확실하다. 렌이 속으로 직감한… 그때였다.

"후, 후후후후."

소용돌이치는 어둠이 아폴론의 미성으로 소리 내어 웃었다.

"제법이군, 로쿠하라 렌. 너희의 세계를 멸망시키기 위해 이곳 휘페르보레아에서 비축해 놓은 불꽃… 그것을 이렇게 갑자기 쓰게 될 줄은 생각도 못 했다…."

불꽃? 렌이 의아해 한 직후였다. 소용돌이치는 어둠이 영창했다.

"이 저주받은 세상에도 빛이 있으리라."

허공에 소용돌이치던 암흑이… 사라졌다.

그 대신 그곳에는 빛나는 미청년 아폴론이 떠 있었다. '빛나는' 정도가 아니다. 정말로 신성한 백광을 온몸에서 뿜어내고 있었다.

"본래 모습으로 돌아갔군…."

렌은 중얼거렸다.

발을 디디고 있던 바위산 옆으로 네 명의 갑옷무사가 날아왔다.

물론 사천왕이었다. 비사문천, 지국천, 광목천, 증장천이 렌 앞에 쭉 늘어서더니 방어 태세를 취해 주었다. 설령 아폴론이 광속의 화살을 쏜다 하더라도 만약의 상황이 발생했을 때는 사천왕이 지켜 줄 것이다.

승부는 원점으로 돌아갔다. 렌은 그렇게 생각했지만.

"잘 보거라, 신살자 짐승이여."

빛을 뿜어내면서 공중을 부유하는 아폴론은 엄숙하게 말했다.

렌은 화들짝 놀랐다. 그들이 있는 바위산 주변이 어느샌가… 짐승의 시체로 넘쳐 나고 있었던 것이다. 소가 제일 많았다. 사슴, 말, 멧돼지, 늑대, 코끼리 등도 있었다.

전부 덩치가 대단히 컸고, 아름답고, 성수의 풍격이 느껴졌다.

나아가 '짧은 다리가 무수히 달린 애벌레'나 '불규칙한 모양의 통통한 고깃덩어리'까지.

"이건 바다에 떠 있던 동물들? 갑자기 섬으로 변했던…."

"그래, 희생의 짐승들이다. 요 한 달 동안 아폴론이 휘페르보레아 이곳저곳을 돌아다니며 죽이고 바다에 흘려보낸 것들… 그들의 영혼은 죽고 나서 이 명계에 다다랐다. 그것들을 불러 모은 것이다."

아폴론과 렌이 내려다보고 있는 대지는 죽은 짐승들로 가득했다.

백 마리 이상은 죽어 있을 것이다. 게다가 또 한 마리 늘었다. 거대한 지룡의 시체까지 갑자기 나타나더니 대지에 누워 있었다.

렌을 한 번 죽인 후, 정기를 나눠 주고 아폴론에게 살해된 용….

"들어라, 로쿠하라 렌."

아폴론은 남자다운 미성으로 말을 이어 나갔다.

"나는 옛 그리스 신역에서 온 여행자지만, 원래는 동방 출신이다. 그리스에서 봤을 때 동쪽… 인간들이 카스피해, 흑해라고도 부르는 내해 사이에 있는 땅. 그곳이 아폴론의 원향(原鄉), 옛 휘페르보레아다."

"뭐?"

"성지 델포이에서 수백 일을 가다 보면 머나먼 북동의 땅, 흑해 부근에 캅카스 산맥과 콜키스 왕국이 있다. 또한 동쪽으로 쭉 가면 그곳은 마침내 북풍의 저편…."

렌의 기억이 옳다면 그곳은 코카서스 지방이다.

나라 이름으로 말하자면 조지아, 아제르바이잔, 아르메니아 등. 그리고 보니 렌 일행이 지나온 아라라트 산 근처의 공간왜곡은 구 아르메니아령이었다.

아폴론은 아름다운 목소리로 또랑또랑하게 말했다.

"아득히 먼 옛날, 이 땅의 신들에게는 이름이 없었다. 그것은 단순히 '천공' 그 자체였으며, '짐승들'이었다. 그래. 돌로 된 무기만 갖고 있던 소박한 그들은 사냥해서 잡은 생명의 양식인 들소와 사슴들을 '성스러운 것'으로 여기며 숭배했지."

아폴론은 이야기만 할 뿐, 화살을 쏠 기미조차 보이지 않았다.

인과응보의 비축분을 소진해 버린 로쿠하라 렌이 먼저 공격할 일은 없다, 그렇게 보고 있는 것일까? 렌은 살짝 짜증이 났다. 이러면 안 된다.

분노와 짜증은 움직임을 무디게 할 뿐이다. 힘을 빼고, 릴랙스.

각오를 다지고 아폴론의 지겨운 장광설을 들어 줄 정도의 마음을 갖고 있어야 한다.

"그건 석기시대 얘기야?"

"그래. 이윽고 시간은 흘러 짐승에 지나지 않았던 신들에게 이름과… 사람의 모습이 추가되었다. 예를 들면 나, 아폴론은 원래 늑대이자 쥐였다. 너도 아는 아테나는 올빼미이자, 무시무시한 뱀이었지. 또한 수많은 여신들이 원래는 암소였다."

"소… 듣고 보니."

렌은 눈 아래로 시선을 돌려 첩첩이 쌓인 동물들의 사체를 둘러보았다.

"소의 사체가 제일 많네."

"휘페르보레아인은 목축의 민족. 소는 특히 귀중한 성수였다. 그들에게 소를 죽이는 행위는 신성한 의식이었지. 성대하게 불을 피워 통째로 불에 구운 고기를 다 같이 나눠 먹는 것 또한 신성한 의식이었다. 인간들은 타오르는 불꽃과 태워지는 소를 '성스러운 것'으로서 숭배했다. 또한, 죽임을 당한 소는 하늘에 있는 신들에게 바치는 제물이기도 하다…."

…응? 렌은 깨달았다.

타오르기 시작하고 있었다. 아폴론과 자신이 내려다보는 대지에 겹겹이 쌓여 있던 성수들의 시체에, 홍련의 불꽃이 일어나기 시작한 것이다.

한 마리, 또 한 마리가 불길에 활활 타올랐다.

아폴론은 그 화염을 만족스러운 듯이 바라보고 있었다.

"휘페르보레아인은 말을 키워 마차를 끌던 기마의 민족. 그들은 동쪽으로 서쪽으로, 그리고 남쪽으로 이주해 자신들의 신화를 전해 나갔다. 너희가 페르시아로 알고 있는 땅은 그 영향을 강하게 받은 나라이다. 그 땅에는… 나, 아폴론의 먼 사촌이라고 할 만한 신이 있었지."

불길이 일었다. 또 불길이 일었다. 죽은 짐승들이 차례차례로 불에 탔다.

마치 아폴론의 한마디 한마디가 그 화염을 불러일으키듯이.

"오, 미트라. 법의 신 미트라. 아폴론이 휘페르보레아의 땅에 법을 세웠듯이 미트라 또한 옛 페르시아에 법을 세웠다. 또한 그에게는 '소를 죽이는 전설'이 있었지. 미트라가 소를 죽였을 때, 그 시체에서 초목과 약초가 났고, 대지를 초록빛으로 덮었다고 하는 전설이."

땅에 나뒹구는 짐승들은 어느샌가 전부 불꽃에 감싸여 있었다.

그 열이 상승기류를 일으켰고, 아폴론과 렌에게 열풍이 밀어닥쳤다.

"알겠느냐, 로쿠하라 렌? 성수를 죽이는 건 다시 말해 '대지를 넓히는' 의식이다!"

"시작의 짐승, 이라는 얘기구나. 그보다 아폴론 씨!"

하계는 이미 완전히 불바다가 되어 있었다.

불씨가 된 짐승들의 시체는 눈 깜짝할 사이에 전부 싹 타 버렸다. 불꽃의 기세는 1초마다 커져 갔다. 그 속에서 렌은 소리쳤다.

"불놀이가 너무 과한 것 아니야?!"

"너그러이 봐주길 바란다. 짐승을 죽이고 불로 태우는 건 전부 성스러운 의식의 하나니까. 불에 태운 짐승은 고기가 되어 백성들의 굶주림을 채워 줄 성찬이 된다. 그 불길이 일으킨 연기는 하늘까지 닿아 천공에 사는 신들에게 바치는 제물이 된다. 따라서."

아폴론의 목소리에는 마력이 깃들어 있었다.

그것의 영향인지, 이곳을 뒤덮고 있는 불길은 하늘까지 태우려는 듯이 치솟았다.

"성수를 죽이는 자는 불의 신이 된다. 불을 다스리기 때문에 빛과 태양의 화신이 된다!"

"으아아아아아아아앗?!"

렌은 땅에서 올라온 폭염에 삼켜졌다.

아폴론이 이야기했던 신화는, 말하자면 주문이었던 것이다. 성스러운 화염을 불러일으키기 위한 언령. 노골적으로 공격했다간 로쿠하라 렌이 피할 뿐이니까.

벽이 되어 렌을 지켜 줘야 할 사천왕도 불꽃에 타고 있었다.

렌은 마력을 최대한으로 높여 간신히 화염의 열기를 견뎠다.

그러나 언제까지 버틸 수 있을지… 조금이라도 빨리 네메시스의 빠른 발로 도망쳐야 한다. 렌이 그렇게 결의한 순간이었다.

'안 돼, 렌!'

로쿠하라 렌과 동화하고 있는 소녀신 스텔라의 사념이 들려왔다.

'이 불길은 하늘 위로 올라가 신들에게 바쳐지는 제물! 아무리 높이, 멀리 날아도 끝까지 쫓아올 거야!'

"그럼 부탁할게, 스텔라! 너의 힘을 사용해 줘!"

'나만 믿어! 우마야도 황자, 당신의 부하들을 잠깐만 빌려줘!'

타오르는 렌의 온몸에서 장미색 빛이 쏟아졌다.

그리고 마찬가지로 화염을 견디고 있던 비사문천, 지국천, 광목천, 증장천이 잇따라 이쪽으로 날아오더니 **렌의 몸 안**으로 들어왔다!

4

신살자 짐승은 신력과 저주에 강한 내성을 갖고 있다.

그렇기 때문에 지금, 로쿠하라 렌은 그 육체에 깃든 주력을 최대한 태워 아폴론이 부른 불길을 참고자 했다.

그러나 그것만으로는 이 불길 속에서 계속 버틸 수 있을 리가 없다.

성수를 죽인 화염은 전쟁터가 된 일대를 통째로 삼키더니, 하늘도 태울 기세로 높이높이 타오르고 있었다. 그것은 신살자 짐승조차 묻어 버릴 수 있는 작열하는 신력이었다.

그래서 우마야도 황자는 일심불란하게 기도를 올렸다.

저 멀리 뒤에서 결투의 행방을 지켜보며, 신살자를 수호하기 위해.

"약유지시관세음보살명자(若有指是觀世音菩薩名者) 설입대화(說入大火) 화불능소(火不能燒)… 만약 관세음보살의 이름을 지닌 이가 혹여 불 속에 들어가더라도 불이 그를 태우지 못할지어니. 염피관음력(念彼觀音力) 화갱변성지(火坑變成池)… 관음을 염하는 그 힘으로 불구덩이 변하여 연못이 될지어다!"

불에서 몸을 지켜 달라고 기도하는 경문이었다.

이 기도를 사천왕에게 맡겼다. 비사천문, 지국천, 광목천, 증장천… 이들은 모두 이미 로쿠하라 렌의 몸에 동화되어 있었다.

신살자의 안에 있는 사천왕도 기도를 올렸다.

""""""염피관음력, 화갱변성지!""""""

우마야도 황자와 그 호법동자들은 동시에 불을 막아 달라고 기도했다.

그 덕분에, 그리고 신살자 특유의 끈질김으로… 로쿠하라 렌은 간신히 아폴론의 불꽃에 태워지지 않은 채 아슬아슬하게 참고 버틸 수 있었다.

"피자를 굽는 화덕에 처박힌 기분이야…."

로쿠하라 렌이 발판으로 삼고 있는 바위산은 새빨갛게 달구어져 있었다.

머지않아 용암이 되어 흘러내릴 것이다. 하지만 빨갛게 작열한 그 바위 위, 한쪽 무릎을 꿇은 상태에서도 신살자 젊은이는 건재했다.

그의 옷과 맨살은 불 속에서도 아직 멀쩡했다.

옷 이곳저곳이 그을리기는 했지만. 몸이 땀 범벅이긴 했지만.

그러나 활활 타오르는 불꽃 한가운데에 있는 것이 꽤나 부담이 되고 있을 것이다. 서지도 못한 채 무릎을 꿇고 말았다. 빠른 발을 자랑하는 그가.

그 숙적을 내려다보면서 불의 신 아폴론은 공중에서 노래하고 있었다.

"예 파이안. 예예 파이안. 대지를 넓히고 가축을 늘리는 위대한 신은 불의 의식을 거행하겠다. 제물 백 마리의 소를 지금 태울 것이다…."

더 거대한 화염을 일으키는 언령이자 축가였다.

아폴론이 외는 말 한마디 한마디가 그대로 불을 지피는 장작이 되었다. 이것을 이어 가며 로쿠하라 렌을 태워 죽일 작정인 것이다.

궁의 명수인 신은 손에 든 은궁의 활시위를 마치 하프를 켜듯이 튕기고 있었다.

티잉. 티잉. 무구로 쓸 마음은 더 이상 없을 것이다. 자칫 활을 쏘았다간 그대로 그 화살이 인과응보로 자신에게 돌아오기만 할 뿐이라고 확신하곤.

"아아, 렌 님!"

카산드라는 가슴을 짓밟히는 듯한 고통에 괴로워했다.

그저 지켜볼 수밖에 없는 자신이 한심했다. 사나운 아폴론을 향해 활을 쏘아 봤자 화살은 그에게 닿기 전에 불에 타고 말 것이다.

왕녀 카산드라는 무인 가문 출신이다. 실력도 갖추고 있다.

하지만 신과 신살자의 싸움에 끼어들 만큼의 무예와 용맹함을 겸비하고 있지 않았다. 자신이 토바 리오나처럼 불새의 화신이었다면. 혹은 영웅인 오빠들만큼 건장했다면….

"돌아가신 오라버니들! 부디 렌 님을 지켜 주세요!"

지푸라기라도 잡는 심정으로 트로이 전쟁에서 죽은 오빠들에게 빌었다.

…어느샌가 바로 옆에 토바 후미카가 와 있었다. 연하인 소녀는 카산드라를 빤히 쳐다본 다음, 막힌 목으로 열심히 호소했다.

"저, 저기, 카산드라 씨. 잠깐 괜찮으세요?!"

난데없이 후미카가 손을 잡았다. 카산드라는 고개를 갸웃거렸다.

"왜 그러세요, 후미카 님?!"

"설명은 나중에 할 테니까, 제가 읊는 축문에 같이 마음을 담는다는 생각으로 집중해서 잘 듣고 계세요! 그렇게 해 주시면 아마 굉장한 일이 벌어질 테니까요!"

"네?"

"질풍의 신이시여, 서둘러 주시옵소서… 오키츠카가미, 헤츠카가미, 야츠카노츠루기, 이쿠타마, 타루타마, 마카루카에시노타마, 치카에시노타마, 오로치노히레, 하치노히레, 쿠사구사노모노노히레… 열 가지 보물을 합쳐 하나, 둘, 셋, 넷, 다섯, 여섯, 일곱, 여덟, 아홉, 열. 흔들어라, 찰랑찰랑 흔들어라…."

그러더니 숨을 한 번 들이쉰 후, 후미카는 영창했다.

"저승에서 지금 이곳에 손님이 오실지어다!"

그 직후였다. 천둥이 치는 듯한 굉음이 하늘에 울려 퍼졌다.

쿠릉쿠릉쿠릉! 쿠릉쿠릉쿠릉! 쿠릉쿠릉쿠릉! 쿠릉쿠릉쿠릉!

"어머나."

카산드라는 중얼거렸다. 어디서 많이 들은 익숙한 소리였다. 엄청난 속도로 수레바퀴가 돌아가며 말들과 전차가 질주할 때 나는 굉음….

소리가 나는 곳을 찾아 하늘을 올려다보았다. 카산드라는 경악했다.

"헥토르 오라버니?!"

천공 저편에서 하늘을 나는 전차가 달려왔다.

두 마리의 군마가 끌고 있는 그 전차에 마부는 없었다. 전차 위에 우뚝 서서 천하무쌍한 강궁을 겨누고 있는 것은… 죽은 오라버니이자 트로이의 왕자, 바로 그 헥토르였다!

전차가 카산드라의 머리 위를 빠르게 지나갔다.

바로 그때, 오빠는 분명히 지상에 있는 동생에게 한쪽 손을 흔들며 인사를 하고 갔다.

"저희 오라버니는 돌아가셨는데, 대체 어째서?!"

"이곳은 명계인걸요! 죽은 사람을 떠올리고 바람을 전한 카산드라 씨의 마음과, 신의 후예라고 하는 왕가의 핏줄만 있으면 이 정도의 일은 일어나도 이상하지 않아요!"

후미카가 기쁜 듯이 가르쳐 주었다.

흥분한 건지, 언니와 닮지 않은 풍만한 가슴을 활짝 펴고 있었다.

역시 일본의 타마요리히메. 영혼을 불러들이는 무녀. 이 기적을 이끌어 준 것은 바로 그녀의 공적이었다.

로쿠하라 렌은 하늘까지 태워 버릴 듯한 기세로 활활 타오르는 불꽃에 갇혀 있었다.

이 화염에 삼켜진 이후로 얼마만큼의 시간이 지났을까? 1분, 2분? 십여 분? 그것조차도 알 수 없었다.

뜨거워서 의식이 몽롱해지는 가운데, 렌은 중얼거렸다.

"태자님 덕분에 어떻게든 버틸 수 있었지만… 이대로 가다간 통구이가 되어 버릴 거야…."

목도 마른 정도가 아니었다.

어마어마한 불꽃의 열기로 인해 온몸이 바짝 말라 버릴 것 같았다.

그리고 이 큰 불길의 지배자 아폴론은 허공에 떠 있는 상태였다. 렌과 같은 높이에서 꼼짝도 하지 못하는 사냥감을 흥미진진한 듯이 지켜보고 있었다.

타오르는 불꽃에 휩싸여 있는 것은 두 사람 다 마찬가지였다.

그러나 아폴론은 전혀 아무렇지 않은 표정이었다. 렌은 호소했다.

"…나 한 사람을 태워 죽이기엔 너무 성대하지 않아? 굳이 이렇게 크게 캠프파이어를 해 주지 않아도 되는데."

갈증 때문에 갈라진 목소리가 나왔다.

아폴론은 괴짜의 웃음을 지으며 즐거운 듯이 눈을 가늘게 떴다.

"무슨 말을 하는 것이냐. 역시 신살자 짐승답게 필멸의 불꽃에도 잘 견디고 있구나. 정말이지, 넌 대단한 녀석이야. 하지만…"

아름다운 청년신의 눈이 약간 날카로워졌다.

"슬슬 한계가 가까워진 것 같군."

"그야 냉탕 없는 사우나에 있으려니 당연히 힘들지. 뭐, 그래도 아직 참지 못할 정도는 아니야…"

힘없는 목소리로 간신히 허세를 부리는 렌. 아폴론은 고개를 끄덕였다.

"그렇다면 시험해 주지. 이걸로 끝이다."

궁의 명수인 신이 오랜만에 은궁을 잡고 빛의 화살을 메겼다.

물론 빛나는 화살촉은 로쿠하라 렌의 이마를 향하고 있었다.

"지금의 네가… 과연 내 화살을 인과응보로 받아칠 수 있을까?"

"힘든 시험이지만, 응할 수밖에 없겠지."

오른손 인지와 중지. 인과응보의 방아쇠를 당기는 두 손가락.

평소처럼 그 두 손가락을 나란히 모은 다음, 렌은 각오를 다졌다. 지금부터가 고비, 최후의 대승부에 임할 타이밍이라고. 그때였다.

쿠릉쿠릉쿠릉! 쿠릉쿠릉쿠릉! 쿠릉쿠릉쿠릉! 쿠릉쿠릉쿠릉!

하늘을 달리는 신마 두 마리가 끄는 전차가 이쪽을 향해 돌격했다.

전차 위에서 커다란 활을 겨눠 화살을 쏘는 전사의 이름을 렌은 물론 알고 있었다. 아름다운 얼굴을 한 위풍당당한 대장부. 그가 입은 갑옷 또한 역사가 느껴졌다.

"헥토르 씨! 카산드라의 오빠잖아?!"

"오오?! 트로이의 용자여, 너의 고국을 수호한 아폴론에게 왜 맞서는 것이냐?!"

렌도 아폴론도 경악했다.

그사이에도 헥토르는 강궁에 화살을 메겨 끊임없이 쏘았다. 십여 발의 화살이 성수를 죽인 태양신에게 쇄도했다.

대부분의 화살은 맞기 직전에 불에 타 재가 되었다.

그러나 그중 딱 두 발이 아폴론에게 꽂혔다. 한 발은 아름다운 청년신의 오른쪽 옆구리, 다른 한 발은 왼쪽 허벅지에 푹 박혔다.

"크억?!"

치명상은 아니지만, 아폴론은 심한 타격이 될 만한 부상을 입고 신음했다.

그 틈을 노려, 하늘을 달리는 신마 두 마리와 전차는 아폴론을 들이박았다. 아폴론은 늠름한 군마의 발굽에 차여 저 멀리 날아가고 말았다!

"오오오오?!"

불의 신은 활활 타는 불 속에 묻힌 대지로 떨어졌다.

한편, 당장이라도 녹아내릴 듯이 빨갛게 달궈진 바위산에서 한쪽 무릎을 꿇은 로쿠하라 렌… 그 신살자의 앞에는 어느새 헥토르 왕자가 있었다.

찰나에 전차에서 뛰어내려 이곳으로 도약한 것이다.

역시 빠른 발을 가진 아킬레우스에게도 필적하는 용사. 몸이 가벼웠다. 장검과 방패로 완전무장한 헥토르는 몸을 웅크린 렌을 내려다보고 있었다.

살기도, 투지도 없었다. 헥토르의 입술이 뭔가를 말하듯 움직였다.

"…………."

목소리는 들리지 않았다. 렌은 깨달았다.

아마 《타마요리히메》가 아닌 자는 알아듣지 못할 것이라고. 그렇다. 트로이의 영웅 헥토르는 이미 죽었기 때문이다.

가만히 보니 헥토르 왕자의 전신이 활활 타기 시작하고 있었다.

이미 손과 발은 검게 그을린 상태였다. 아무리 대영웅이라고 해도 역시 아폴론의 불 속에서 무사할 수는 없을 것이다.

납득한 렌의 안에서 스텔라가 사념을 보내왔다.

'이 아이의 갑옷과 방패는 트로이 왕가의 비보(祕寶). 아킬레우스 녀석만큼은 아니지만, 꽤나 영검이 있는 것 같아. 불 속에서도 주인을 아주 잘 수호하고 있는 것을 보니.'

하지만, 그렇다고 아폴론의 화염을 견딜 수 있는 건 아니었다.

헥토르는 어째서 렌의 곁으로 온 것인가. 뻐끔뻐끔. 전신이 불꽃에 타는 와중에도 왕자의 입술은 아직 움직이고 있었다.

렌은 전해 들은 그의 사람 됨됨이를 떠올렸다.

그래서 웃음을 지으며 희대의 영웅을 향해 고개를 끄덕였다.

"괜찮아. 카산드라는 나에게 맡겨. 난 딱히 자랑할 만한 재산 같은 건 없지만, 친구는 제법 많은 편이거든. 그녀와 만나게 된 것도 나에겐 크나큰 행복이야. 가능하면 죽음이 우리 두 사람을 갈라놓을 때까지 함께 있고 싶다고 하느님에게 빌고 싶을 정도…."

'자, 잠깐, 렌! 대체 무슨 말을 하는 거야?!'

스텔라의 태클을 무시하고, 렌은 헥토르를 쳐다보았다.

고결한 인격자. 가족을 소중히 여긴 제1왕자. 옛 트로이군 총대장은 만족스러운 듯이 미소를 짓더니… 완전히 타 버렸다.

그가 입고 있던 갑옷도, 머리부터 발끝까지 마침내 재가 되었다.

하지만 웅크리고 앉은 렌의 눈앞에 두 개의 무구, '영웅 헥토르의 장검과 방패'가 떨어졌다. 둘 다 불에 탔지만 멀쩡했다.

"이건…."

'네가 쓰라는 뜻이야, 렌! 방패만이라도 빨리 들어!'

나무판을 원형으로 조합해 그 위에 튼튼한 소가죽 일곱 장을 겹친 다음, 마무리로 견고한 청동판을 붙인 둥그런 방패….

스텔라의 재촉에 렌은 방패를 집어 들었다.

그 순간, 불꽃의 열기에 고통받던 몸이 편해졌다. 헥토르의 방패에 깃든 마력이 신살자 로쿠하라 렌을 수호하기 시작한 것이다.

마침내 렌은 일어나서 불바다로 변한 주위를 둘러보았다.

이곳은 바위산 위. 시야가 좋았다. 헥토르의 신마와 전차에 치여 지상으로 떨어진 아폴론을 곧바로 찾을 수 있었다.

틀림없이 한동안 몽롱한 채로 있었을 것이다.

지금 마침 일어서는 참이었다. 불이 활활 타오르는 대지 위에서 비틀거리면서도 자세를 바로잡으려 하고 있다.

게다가 왼손에 들고 있는 은궁을 렌에게 겨누며 빛나는 화살까지 오른손에 불러낸 상태였다.

"설마 헥토르가 난입할 줄이야. 덕분에 모처럼의 기회가 엉망이 됐지만… 슬슬 막을 내릴 시간이다!"

광속의 화살.

로쿠하라 렌으로 하여금 '피하는 건 불가능'이라고 각오하게
만들었던 무구.

이것을 궁의 명수인 신이 더할 나위 없이 신속한 동작으로 시
위에 메기… 려던 찰나, 렌은 굳게 확신했다.

"내가 이겼어. 헥토르 씨와 카산드라 덕분이야!"

확신하면서 전광석화의 속도로 움직이기 시작했다.

원래라면 적의 공격을 피할 때가 아니면 가속할 수 없는 로쿠
하라 렌. 그러나 지금까지도, 바로 이 순간도 계속 아폴론의 화
염 속에 놓여 있다. 언제든 신속으로 움직일 수 있었다.

눈앞에 있는 헥토르의 장검을 줍자마자, 아폴론을 향해 크게
점프했다.

왼손에는 방패. 오른손에 쥔 장검은 휘두르지 않았다. 허리에
댄 채 검끝을 앞으로 들이민 상태에서 몸에 힘을 실어 아폴론에
게 힘껏 부딪쳤다!

이 순간, 렌이 뛰어내리는 움직임은 그야말로 하늘을 내달리
는 번개 같았다.

"크흭?!"

"운명이여, 인과의 관계를 구현하여라… 지금이야말로 정의의
심판이 있기를!"

인과응보의 언령. 자신에게 실컷 고통을 줬던 화염을 그대로 돌려주었다.

단, 내리꽂은 장검으로 비집어 연 아폴론의 몸통… 그 상처 안에. 불의 신이자 영웅신을 몸속에서부터 모조리 태워 버리기 위한 불꽃이었다.

"불과 빛의 아이를 불꽃으로 없앨 셈이냐, 로쿠하라 렌?!"

"아폴론 씨와 똑같이 쓰면 재미가 없잖아!"

그렇게 말한 순간, 렌은 이미 멀찌감치 달아난 상태였다.

여신 네메시스의 빠른 발을 사용해 딱 한 번 뛰었을 뿐인데 수 킬로미터 뒤쪽에 있는 대지를 향해 홱 물러서 이 일대를 삼킨 불바다로부터 이탈했다.

아폴론은 놀라 입을 쩍 벌린 채 뒤쪽으로 멀리 비켜선 렌을 올려다보고 있었다.

그가 말하기를, '빛은 보다 강한 빛을 비춰 주면 사라진다'. 그렇다면 불에 그만큼 강대한 불을 맞붙이면 어떻게 될까…?

높이 뛴 렌이 지켜보는 앞에서 결과가 나왔다.

인과응보의 화염이 아폴론의 체내에서 미쳐 날뛰었기 때문일까? 불의 신 자신이 불씨가 된 것처럼 대폭발을 일으킨 것이다.

그것은 금세 부풀어 오르더니….

명계의 대지에 거대한 화구(火球)가 생겨났다. 도쿄 23구 중 한 곳 정도라면 그 전역에 충격과 폭풍이 덮칠 만한 규모였다.

신역의 캄피오네스

종 장 *epilogue*

1

그만한 대폭발에 삼켜졌는데도….

아름다운 아폴론의 오체는 간신히 멀쩡했다. 온몸이 그을음투성이가 되고 몹시 피폐해졌지만, 세상에 다시 없는 미청년의 원형을 유지하고 있었다. 팔다리 어디가 날아가지도 않았다.

역시 불의 신. 그 폭발의 위력도 어느 정도 억눌렀을 것이다.

하지만 역시 완전하지는 않았다. 열과 충격에 의한 대미지로 인해 육체 안팎이 굉장히 손상된 듯했다.

아폴론은 추욱 늘어진 채 명계의 대지에 쓰러져 있었다.

그를 내려다보는 로쿠하라 렌의 발밑에….

"너의 승리라고 말하지 않을 수 없겠구나, 신살자여."

"그런 것치곤 여유롭네, 아폴론 씨."

렌이 지적하자, 그을음투성이가 된 태양신은 위를 향해 누운 채로 어깨를 움츠렸다.

"당치도 않다. 정말 유감이군. 고심해서 휘페르보레아에 귀향해 '영웅이 되기 위한 여행'에 도전한 것도 더 강대한 불의 신이 되기 위해서이다. 그래. 너희의 지상을 불태워 버리기 충분한 불길을… 일으킬 수 있는 존재로서."

아폴론은 웬일로 속내를 털어놓고 있는 건지도 모른다.

"허 참! 다시 태어난 아폴론의 빛과 화염이 반드시 하늘을 불사르고, 대지의 모든 것을 불에 태워 없애 버렸을 텐데. 정말 분하구나. 기껏 완성한 《필멸의 불꽃》을 지상에 일으키기도 전에 내가 먼저 쓰러지고 말다니!"

패배한 아폴론의 원망을 렌은 흘리듯이 듣고 있었다.

이겨서 우쭐한 마음도, 기쁜 마음도 들지 않았다. 렌 또한 몸과 마음을 소모해 완전히 지쳐 있었기 때문이다. 그러나 다음 순간, 화들짝 놀라 정신을 차렸다.

아폴론이 몹시 분한 듯이 이렇게 말한 것이다.

"이렇게 된 바에는 나의 시신을 **너**에게 맡기도록 하마. 예전부터 계획했던 대로."

"음… 만일 아폴론이 졌을 때는 전부 이 아테나가 이어받겠다고 한 계획 말이지. 걱정하지 말아라, 빛나는 자여. 그대의 시체도 '제물'로서 불꽃의 양식으로 바치마."

그 목소리와 함께 하늘에서 단검이 떨어졌다.

그러더니 아폴론의 심장에 푹 박혔다. 갑자기 나타난 흉흉한 검. 그러나 흙투성이가 된 청년신은 만족스러운 듯이 미소를 짓더니 말했다.

"큰물과 큰불로 세계를 멸망시켜야 하느니라. 부탁한다, 맹우여."

화륵! 쓰러진 아폴론의 몸이 불에 휩싸였다.

미청년의 늠름한 전신은 곧바로 활활 타 버렸다. 그리고 그 불길에서는 작은 빛의 구슬이 생겨나더니, 렌의 등 뒤로 날아갔다….

렌은 황급히 뒤를 돌아보았다.

"아테나 씨도 와 있었구나… 응?"

"왜 그러느냐, 로쿠하라 렌?"

여신 아테나는 깜짝 놀란 렌에게 싸늘하게 물었다.

기껏해야 10대 초반으로밖에 보이지 않는 외모. 녹색 로브. 그점은 다르지 않았다. 하지만 쇼트헤어였던 예전과 달리 머리카락이 많이 자라 있었다.

마치 달의 물방울을 녹인 듯이 고귀하게 빛나는 은발이었다.

머리카락은 그녀의 허리까지 닿았다. 그 롱헤어 안에 '살아 있는 뱀'이 섞여 있다.

구불구불 움직이며 이빨을 드러내는 뱀. 샤악, 하고 위협하며 렌을 노려보는 뱀. 여신 아테나의 은발과 동화된 뱀들은 십여 마리나 있었다.

이 뱀들이 움직일 때마다 아테나의 머리카락도 생명이 있는 뱀처럼 구불구불 움직였다.

"스타일이 많이 바뀌었네…?"

"맹우 아폴론을 따라 나도 이곳 휘페르보레아에서 옛날의 나를 되찾기 위해 여행을 하고 있었다. 말하자면 '여왕이 되기 위한 여행'이지."

"여왕이라고?"

놀라는 렌의 눈앞에서 아테나의 은발과 뱀이 또다시 몸을 구불구불 움직였다.

기괴하고 징그러운 모습. 그러나 동시에 장엄했으며, 모종의 아름다움을 느끼고 말았다.

"옛 그리스에서 천신 제우스의 딸이 되기 **전**, 아테나는 이런 모습이었다. 고귀한 지모신이자 신계의 여왕이었던 무렵에 말이지. 그 열쇠가 되는 신성을 마침내 휘페르보레아에서 회복했다. 이곳에는 오래된 신앙과 신이 가진 본연의 모습이 아주 짙게 남아 있지. 덕분에 별로 고생하지 않고 끝났다…."

렌이 아는 아테나는 안광이 날카로운 여신이었다.

지금도 그 점은 다르지 않았다. 그러나 예전에는 올빼미를 연상시키는 눈이었다. 지금은 다른 생물을 떠올리게 하는 냉혹한 눈빛. 렌은 중얼거렸다.

"뱀, 이군…."

"맞아, 렌. 아득히 먼 옛날, 아테나는 뱀의 여신이기도 했어."

렌의 왼쪽 어깨에 스텔라가 슉! 하고 나타났다.

"이 여자의 생애에는 늘 고르곤족의 뱀여자가 따라다니지. 예를 들면, 아테나의 방패에 새겨진 메두사라든가. 그건 원래 아테나와 고르곤이 동일한 존재였기 때문이야!"

"그래. 아프로디테 공주가 말한 대로이다."

큭큭큭. 아테나가 소리 내어 웃으며 흐뭇한 미소를 지었다.

"든 것이 없어서 머리가 가벼운 그대라면 잊었을 줄 알았는데, 그걸 기억하고 있다니. 예지의 여신인 이 아테나도 모르는 것이 있구나!"

그렇게 빈정댄 아테나는 빛의 구슬을 손에 들고 있었다.

지금 막 불에 타 버린 아폴론의 시체에서 생겨난 것이었다. 이 구슬이 아테나의 손바닥에 빨려 들어갔다.

"아폴론이 키운 불꽃을 내가 전부 이어받았다! 이제 지상에 풀어놓기만 하면 된다!"

아름다운 소녀신 아테나는 씩씩하게 선언했다.

"빛나는 눈동자를 가진 아테나가 로쿠하라 렌에게 설욕의 승리를 거두는 것은 잠시 미뤄 두마. 너희의 지상, 지구 세계로 돌아간 후에 결착을 내도록 하겠다!"

뱀머리의 여신으로 변한 아테나… 그 괴이한 모습이 순식간에 자취를 감추었다.

단, 뱀 같은 두 눈만이 아직 허공에 뜬 채 날카로운 눈빛으로 렌을 응시하고 있었다. 그 직후, 아테나의 목소리에 의한 선전포고로 상황은 마무리되었다.

"얼마 후, 나는 지상 섬멸을 위한 성전을 시작할 것이다. 그전까지 고향으로 돌아가 상처를 치유하고, 피로를 풀어 놓도록 하거라. 완전해진 로쿠하라 렌을… 그곳에서 반드시 박살 내 주마!"

여신의 두 눈도 사라졌다.

2

"호오…. 일단 원래 살던 지구로 돌아가겠단 말인가요?"

"예. 세계의 멸망을 잽싸게 막고 오겠습니다."

리오나는 비장한 얼굴로 머리를 푹 숙이며 호소했다.

그들이 있는 곳은 납치와 감금, 학대의 현장이던 작은 섬이 아니었다. 원래 섬으로 돌아와 백련왕의 저택에 있었다. 나무 바닥에서 무릎을 꿇고 두 손을 바닥에 댄 다음, '스승님'에게 머리를 조아리고 있다. 옷도 학교 교복인 블레이저 차림이었다.

옛 중국의 의상을 걸친 라취련은 나무 의자에 앉아 있었다.

엄격하기 그지없는 스승은 역시나 예상했던 대답을 입에 담았다.

"하나 리오나. 당신은 아직 수행 중인 몸. 수행을 내던지는 건 바람직하지 않아요."

세계의 위기보다 기예의 추구.

너무나도 특이한 가치관을 가진 자가 리오나의 앞을 가로막고 서 있었다.

…어제, 로쿠하라 렌과 그 일행이 백련왕의 섬으로 돌아왔다. 카산드라 왕녀를 무사히 되찾은, 예상치 못한 엄청난 수확과 함께.

덕분에 리오나도 '본섬'으로 돌아가도 좋다는 허락을 받을 수 있었다.

여행 중에 어떤 일이 있었는지 자세한 이야기는 아직 듣지 못했다. 하지만 아폴론이 만들어 낸 '불꽃'인지 뭔지를 여신 아테나가 이어받은 이야기는 보고받았다.

서둘러 지구로 귀환해야 한다. 리오나는 또다시 말했다.

"조만간 틈을 봐서 스승님의 곁으로 돌아오겠습니다. 부탁드립니다."

"하지만….''

"아, 그럼 저 대신이라고 하긴 그렇지만, 한동안 저희 동생을 지도해 보시는 건 어떨까요?"

형세가 좋지 않은 것을 자각한 리오나는 다른 방법으로 공격해 보았다.

"그래 봬도《타마요리히메》라는 재미있는 자질이 있는 아이랍니다."

"알고 있었어요. 하지만 당신만큼의 인재는….''

"실은 그 아이의 '안'에는 '사람'이 있어요! 쇼토쿠 태자! 관세음보살의 환생이라고도 불렸던 전설의 성인이죠!"

"아마 일본의 위인이었죠?"

겨우 라취련이 흥미를 보였다.

"소문은 들은 적이 있어요. 출가하지 않은 보통사람이면서 불도에 깊이 귀의하여 경전 주석서도 남겼다고 하던데….''

"『법화의소(法華義疏)』 말씀이시죠? 불가 모든 경전의 왕이라 할 만한 법화경에 대해 기록한.''

"…실은 당신들이 왔을 때, 어째선지 법화경을 문득 떠올렸어요. 그래서 당신의 수행에도 써 봤는데… 이제야 알겠네요. 그런 존재를 감춰 놓곤 나의 영감을 자극했군요….''

막연히 우마야도 황자의 기적을 헤아리고 있었나 보다. 역시 대단한 사람이었다.

스승님의 무시무시함을 다시 한번 알게 된 리오나는 헛웃음이 치밀어 올랐다. 하지만 동생에게 관심을 가진 듯한 모습을 보고는, 리오나는 속으로 몰래 '좋았어!' 하고 주먹을 꽉 쥐었다.

"뭐? 후미가 리오나 대신 인질이 됐다고?"

"남들이 들으면 오해하겠어요. 체험 입문 같은 거예요."

백련왕의 섬 선착장이었다.

리오나는 로쿠하라 렌과 함께 물과 식량을 나르는 중이었다. 스승 라취련으로부터 받은 '마법이 걸려 있는 요트'에 싣기 위해.

"게다가 우리는 휘페르보레아를 좀 더 여행하면서 새로운 공간왜곡을 찾아내야 하잖아요. 그 아이도 기뻐하던걸요? 극진하게 대접해 주는 백련왕의 섬에 남아 있을 수 있다고…."

"설마 왔을 때 사용했던 게이트가 없어졌을 줄이야."

리오나의 말에 주인님이 고개를 끄덕였다.

지구 귀환 루트를 확인하기 위해 식신을 날렸던 것이다. 그러나 분명히 그곳에 있었던 공간왜곡점이 소멸해 있었다.

"결사 캄피오네스의 마술사들이 억지로 비집어 연 포인트니까요. 그래서 불안정했던 건지도 몰라요. 아니면 돌입 전에 있었던 이런저런 일… 줄리오의 수호 기사님과 하급 천사의 싸움이 영향을 끼쳤거나. 뭐, 없는 건 어쩔 수 없죠. 다음을 찾도록 하자고요."

리오나는 중얼거렸다.

또한 후미카에게는 '외딴섬에 감금당한 채 수행하게 될지도 모른다'는 이야기는 전하지 않았다. 남아 있으라는 제안을 동생이 흔쾌히 수락하게 하고자 은폐한 것이다.

한편, 얼마 전까지 납치 피해자였던 공주도 있었다.

"리오나 님. 괜찮으시다면 제가 나아갈 방향을 점쳐 볼게요!"

카산드라 왕녀가 씩씩하게 나서 주었다.

"옛날, 신전에서 무녀로 있었던 무렵에 점술도 배웠거든요!"

"아. 호메로스의 시로도 잘 알려진 그거 말인가요?"

"목적지도 없는 여행이니 한번 점쳐 보자. 부탁할게, 카산드라."

"네, 렌 님♪"

로쿠하라 렌과 카산드라 공주는 만면에 활짝 미소를 지으며 대화를 주고받았다.

서로의 얼굴을 들여다보는 듯한 두 사람의 거리는 꽤나 가까웠다. 납치를 당하기 전보다 훨씬 친밀해진 것 같았다.

무리도 아니다. 리오나는 납득했다.

'왕녀님도 이래저래 고생이 많았으니까. 그런 상황에서 로쿠하라 씨가 구해 줬으니, 당연히 예전보다 사이가 좋아질 만하지.'

그런 생각을 하고 있는데….

"새 아가씨…."

"네? 왜 그러세요, 스텔라?"

스승이 선물해 준 요트에 짐을 이것저것 옮기고 있었다.

음료수 통에 앉은 소녀신 스텔라가 이름을 불러 리오나는 대답했지만. 사랑의 여신은 무언가를 체념하는 듯한 얼굴로 나지막이 말했다.

"아니, 아무것도 아니야. 뭐, 눈치채지 못했다면 상관없겠지."

"? 무슨 의미인가요?"

"아무것도 아니야. …잠깐, 렌, 그리고 공주! 쓸데없이 붙어 있지 말고 나도 똑바로 신경 써 줘!"

"죄, 죄송합니다, 스텔라 님!"

"그래. 이렇게 사과할 테니까 봐줘. 그리고 슬슬 출항해야 하니까. 지구 멸망의 위기가 가깝다면 느긋하게 있을 수도 없지."

로쿠하라 렌이 소녀신에게 엎드리며 사과한 후, 화제를 바꾸었다.

그 말이 맞다. 우리는 고향에 돌아가 유래 없는 절체절명의 위기에 맞서야 하는 사명이 있다.

왠지 모르게 찝찝함을 느끼면서도 리오나는 마음을 바꾸었다.

"새로운 공간왜곡을 최대한 빨리 찾아낸 후, 후미카를 데리러 온다. 지구를 구한다. 이것이 우리의 방침이에요, 여러분!"

전체적으로 약간 가볍지만, 다시 한번 사명감을 호소했다.

주인님도, 그리스 신화의 공주와 여신도 가볍게 고개를 끄덕이고 있었다.

결사 캄피오네스의 본거지에서 '파멸 예지의 시계'는 몇 시 몇 분을 가리키고 있을까?

하지만 눈앞에 닥친 급선무는 우선 돌아갈 길을 찾아내는 것이었다.

4권 끝

여러분, 오랜만입니다.

이번에 방문한 곳은 신화 세계 휘페르보레아.

그리스 신화에 등장하는 지명이지만, 자세한 내용은 알 수 없는 지역입니다.

그리고 악역은 너무나도 유명한 것치곤 실은 수수께끼가 많은 신 아폴론.

그의 기원에 대해서는 여러 가지 설이 있습니다.

간결하게 설명하면 '그리스 토착신은 아니겠지만, 근원의 출처는 잘 모르겠군. 아마 오리엔트 아닐까?' 이런 내용입니다.

그래서 이번에 오랜만에 좌우명을 떠올려 봤어요.

'고약이 어디에나 붙듯이, 어떤 일에도 이유는 붙일 수 있다'.

아폴론. 휘페르보레아. 석기시대의 동굴화.

인도유럽어족의 고국. 홍수 전설. 천지창조. 산 제물 의식. 빛의 신. 등등.

이 요소를 더하고 곱해서 '만약 이러면 재미있을 텐데!'에 따라 논리를 구성해 봤습니다.

전 시리즈 『캄피오네!』에서 이따금 했던 거예요.

(아마조네스 전설과 아서왕 전설을 악마 합체시키는 것처럼)

재미있게 읽어 주신다면 좋겠습니다만.

실은 이건 '일본인과 유대인의 루트는 같다!'라든가 '미나모토 노 요시츠네가 실은 칭기즈 칸이 되었다!', '예수회가 사실은 혼노지의 변*의 흑막!', '아폴로는 달에 가지 않았다!' 등등 말도 안 되는 & 어처구니없는 음모사관을 구축할 때와 같은 수법. 어디까지나 엔터테인먼트로서 받아들여 주시길 바라겠습니다(쓴웃음).

그에 관련해 상세한 설명을 담은 용어집도 타케즈키 조의 트위터를 경유하여 공개 중입니다.

아폴론에 관한 설과, 이 4권에 등장하는 아○○○스 전설과 미○라 신화의 유사성 등의 해설을 보실 수 있습니다.

이번에는 오디오 드라마 부록판도 동시 발매됩니다.

로쿠하라 렌과 신살자 '선배' 쿠사나기 고도의 만남을 그린 짤막한 단편입니다.

4권의 후일담이라는 형식이지만, 오히려 추가 보충편이라고 이름 붙이고 싶은 내용입니다. 이번 권에서 다 이야기하지 못한 휘페르보레아 세계의 수수께끼까지 엮어 지식이 한가득. 배틀

※혼노지의 변 : 오다 노부나가의 부하 아케치 미츠히데가 반역하여 혼노지에서 오다 노부나가를 자결하게 만든 사건.

한가득. 기획한 작가도 이렇게까지 중요한 애기가 될 줄은 몰랐어요(식은땀).

아니, 마츠오카 요시츠구 성우님의 캐스팅이 확정된 시점에서 이미 눈이 돌아가는 바람에.

"마츠오카 씨, 저번에 '아무리 무리한 요구를 하셔도 따르도록 하겠습니다!'라는 식으로 열정을 보이면서 말씀하셨잖아…."

그리하여 목소리만으로 진행되는 드라마엔 있어선 안 되는 배틀, 지식을 전부 꾹꾹 눌러 담은 플롯을 짜 버렸지 뭡니까.

녹음이 시작되기 전까지 "이거, 잘될까?" 하면서 조마조마했는데.

주인공 렌 역의 후쿠시마 준 성우님과 고도 역의 마츠오카 성우님이 작가가 제일 걱정하던 배틀 파트를 뜨겁게 연기해 주셨어요. 애니메이션『캄피오네!』와 같은 음향 스태프 여러분께서 이번에도 맡아 주셔서 기대 이상의 작품이 완성됐습니다.

물론 여성 성우진 여러분도 정말 감사했습니다.

리오나 역의 오쿠보 루미 성우님, 카산드라 역의 스와 아야카 성우님, 스텔라 역의 히에다 네네 성우님. 원작의 이미지 재현을 뛰어넘어 플러스알파의 연기를 보여 주셨습니다. 이 오디오 드라마, 정말 퀄리티가 어마어마해요.

그럼.

세계의 끝을 둘러싼 신역 여행, 다음 권은 드디어 클라이맥스 「묵시록 편(가제)」.

하지만 그전에 예전부터 공언했던 책을 한 권 낼 예정입니다.

저의 작품 『캄피오네!』의 특별편 『군신재림』. 애니메이션으로도 만들어진 시리즈의 후일담이자, 『신역의 캄피오네스』와도 관계되는 에피소드. 두 작품을 잇는 미싱 링크도 그려질 예정입니다.

타케즈키 조

※후기에 언급된 오디오 드라마 및 특별편 발행은 일본 현지의 소식입니다.

신역의 캄피오네스

신역의 캄피오네스 [4]
영웅계 휘페르보레아

2023년 11월 10일 초판 발행

저자 타케즈키 조 | **일러스트** BUNBUN | **옮긴이** 심이슬
발행인 정동훈 | **편집인** 여영아
편집 팀장 황정아 | **편집** 노혜림
발행처 (주)학산문화사 | 서울특별시 동작구 상도로 282 학산빌딩
편집부 02.828.8838(전화), 02.816.6471(팩스) | **영업부** 02.828.8986(전화), 02.828.8890(팩스)
홈페이지 www.haksanpub.co.kr | **등록** 1995년 7월 1일 | **등록번호** 제3-632호

ISBN 979-11-411-0048-3 04830
ISBN 979-11-6947-083-4 (세트)

값 7,000원

밀리언 크라운 5

타츠노코 타로 지음 | 코게차 일러스트

타츠노코 타로가 선사하는
인류 재연(再演)의 이야기, 격진의 제5막!

큐슈에서의 사투를 마치고 왕관종 중 하나인 오오야마츠미노카미를 토벌하는 데 성공한 극동도시국가연합 일행들. 전후 처리를 마친 시노노메 카즈마는 '나츠키와의 데이트 약속'으로 고민하며 휴가를 쓰지만, 쉬기는커녕 연달아 예정이 생기는데?! 귀국한 적복 필두 와다 타츠지로, '최강의 유체조작형'이라 불리기도 하는 왕년의 인류최강전력(밀리언 크라운)과의 대련이 시작되고, 중화대륙연방, EU연합의 갑작스러운 방문과 시대를 뒤흔든 '신형병기' 공개, 그리고 그 끝에서 기다리는 긴장되는 데이트에서…! 여러 가지 이야기가 교차되는 가운데 파란만장한 휴가의 막이 오른다!

(주)학산문화사 발행

전생소녀의 이력서 6

카라사와 카즈키 지음 | 쿠와시마 레인 일러스트

검과 마법의 이세계로 전생한
절세 미소녀의 행복찾기, 제6탄!

결계가 붕괴되어 왕국 전체가 혼란에 빠졌다. 하지만 루비포른령은 지금까지 행한 영지정책과 타고사쿠가 퍼뜨린 요르의 가르침으로, 마물의 피해를 최소한으로 억누를 수 있었다. 루비포른 영내의 혼란이 진정되기를 기다리다. 알렉에게 받은 '신을 죽이는 검'을 가지고 배쉬에게 돌아가는 료. 마물 대책으로 성냥이 유효하다고 실감한 료는 다시 한번 흰 까마귀 상회를 이용하여 다른 영지로 성냥을 보내는 계획을 실행한다. 흰 까마귀 상회의 인원을 늘리고 길을 정비하여 성냥 등의 배급이 다른 영지로 전달되면서 왕국을 뒤흔든 마물 재해도 진정되기 시작할 무렵, 왕도에서 어느 상인이 찾아오는데….

(주)학산문화사 발행

라스트 엠브리오 8

타츠노코 타로 지음 | 모모코 일러스트

〈문제아 시리즈〉 완결 이후
언급되지 않았던 3년,
그 추상과 시동을 말하는 제8권!!

제2차 태양주권전쟁 제1회전이 열린 아틀란티스 대륙에서 격투를 뛰어넘은 '문제아들'. 세 명이 모인 평온한 시간은 실로 3년만…. 그동안 각자 보낸 파란의 나날. '호법십이천'에 들어온 의뢰에서 시작된 이자요이 일행과 화교와의 싸움. '노 네임'의 두령이 된 요우가 한 달 이상 행방불명된 사건. '노 네임'에서 독립한 아스카가 '계층지배자'로 임명되는데…?! 서로 마음을 열고 잠시 휴식을 취한 후, 모형정원 바깥세계를 무대로 한 제2회전이 막을 연다!

(주)학산문화사 발행

학전도시 애스터리스크 16

미야자키 유 지음 | 오키우라 일러스트

최고의 학원 배틀 엔터테인먼트,
절정을 눈앞에 둔 제16탄!

정점은 과연 누구인가? '왕룡성무제' 결승전, 돌입! 유리스가 아야토를 꺾고 먼저 결승전 진출을 결정지었다. 남은 결승전 티켓을 쥐는 자는 사야인가 오펠리아인가. 하지만 준결승에서 오펠리아를 상대로 해 보고 싶은 일이 있다고 말한 사야는, 싸우기 전에 오펠리아에게 이렇게 말했다. "나는 오늘 싸우기 위해 여기에 온 게 아니야. 나는 너와 대화를 하러 왔어."한편 '왕룡성무제' 뒤에 서는 아야토 일행이 조금씩 금지 편 동맹의 핵심에 접근해 나가는데….

(주)학산문화사 발행